KB105289

천국에도 분명 고양이가 있을 거예요

Im Himmel gibt's Lachs

천국에도 분명
고양이가 있을 거예요

프로일라인 토트 지음 | 이덕임 옮김

25년간 부검을 하며 깨달은 죽음을
이해하고 삶을 사랑하는 법

design **house**

하늘에 계신 외할머니와 외할아버지를 위해

(곧 저도 따라갈게요!)

들어가며

　나는 결코 책을 쓰고 싶지 않았다. 존경하는 동료들이 이미 모든 것을 얘기했다고 생각했기 때문이었다. 왜 이제 와서 죽음과 슬픔, 특이한 내 직업에 대한 책을 써야 할까? 편집자와 만나러 가는 길에도 나는 책을 쓰지 않겠다고 결심했다. 그래도 내심 앞일은 누구도 모르는 거라고 생각했지만 말이다. 결국 두 시간도 안 돼서 마음을 바꿨다. 사과 소다 칵테일 두 병을 마시고 나서 나는 이런 말을 내뱉고 말았다. "좋아요. 해 볼게요!"

　왜 그랬을까? 아마 편집자 때문이었을 것이다. 그와 너무 잘 맞은 나머지 그는 날 열심히 설득할 필요도 없었다. 앞으로 나올 책에 관한 얘기를 나누면서 행복감을 느꼈고, 그가 내 아이디어를 받아들이고 나를 격려하는 방식에 마음이 흔들렸다. 그러다 내 인생에서 정말로 굉장한 일이 일어났다. 어느 시점에서 이렇게 외친 것이다. "빌어먹을! 이제부터 한번 해 보지 뭐!"

집으로 차를 몰고 오면서 기분이 매우 좋아졌고, 책을 쓰기로 한 결정에 확신이 들자 곧바로 글을 쓰고 싶어졌다. 수년 동안 휘황찬란한 일기장에 생각과 아이디어를 써 온 이유가 비로소 명백해졌다. 우주가 계속해서 신호를 보내고 있던 것이다. 내가 여태 가르치고 발표한 그 모든 것을 정리하여 독자들에게 전해야 한다고 나를 설득한 세미나 참석자의 모습으로 말이다. 그래, 나는 준비가 되었다!

이제부터 나에 대한 몇 가지 멋진 얘기를 하려 한다. 모두 자전적인 이야기다. 뮌헨 공과 대학 병원 병리과의 부검 어시스트^{Leichenpräparatorin}(직역하면 '시신을 준비하는 자'라는 뜻이지만 여기서는 부검 시 부검의의 조수 역할을 할 뿐 아니라 부검 전후에 시신을 관리 및 처리하고 유족들에게 장례 절차를 안내하고 상담까지 하는 병리과의 직원으로, '부검 코디네이터'라고 달리 부를 수도 있다—옮긴이)이자 애도 상담가^{Notfallseelsorgerin}로서 20년 이상

근무해 오면서 고인과 유족을 돌본 아름답고도 유용한 경험에 대해 얘기하고자 한다. 이 책의 목표는 죽은 사람과 무엇보다도 슬픔에 빠진 유족을 돌보는 것이 얼마나 중요한지를 알리는 것이다. 이런 점에서 이 책은 일종의 안내서이기도 하다. 하지만 나는 개인적인 관점과 더불어 삶과 죽음을 다루는 내 방식에 대해 이야기하려 한다. 여러분은 이 책에서 연민과 죄책감 그리고 마법의 불꽃까지도 느낄 수 있을 것이다.

시신을 다루는 여자의 마음속 세상에 온 걸 환영한다. 이제 그 죽음의 세계로 들어가 보자.

즐겁고 멋진 시간이 되길
유디트 브라우나이스

차례

1장

오늘날 우리에게
일용할 시체를 주시고!

열 살짜리 어린아이였을 때조차 나는 시체를 다루는 일 말고는 다른 일에는 관심이 없었다. 죽음을 더 잘 이해하고 탐구하고 싶은 마음에 죽은 사람의 몸을 부검하고 연구하고 싶었다. 그런데 한 치의 거짓도 없이 말하자면, 내가 부검 어시스트가 되고 싶었던 이유 중 하나는 보통 사람들과는 다른 사람이 되고 싶었기 때문이다. 무리에서 벗어나 눈에 띄는 사람이 되고 싶었다. 흐름을 거슬러 살자! 게다가 법의학에서는 온갖 끔찍하면서도 흥미진진한 사건을 조사하는 일이 다반사인데 나도 그런 일을 하고 싶었다. 멋지지 않은가!

처음에 나는 병리과에서 일을 시작했는데 곧 부서를 바꿀 계획이 있었으므로 그것도 나쁘지는 않았다. 일한 지 얼마 되지 않아 법의학과 동료 의사들에게 초대받아 그들의 부검 작업을 지켜볼 기회를 얻었다. 인턴으로 일할 때 특이한 시신을 몇 번 접하기는 했지만, 본격적인 부검 경험은 그때가 처음이었다. 한 동료가 나를 특별히 챙겨 주었는데 부검실에 간 날 나는 그가 시신 운반용 가방에서 시체를 꺼내는 것을 도와주어야 했다.

"여길 잡아!" 동그랗고 묵직한 것을 내 손에 내려놓으며 그가 말했다. 사람의 머리였다. 나는 섬뜩 놀라 뒷걸음쳤다. 톱질로 그 가엾은 머리를 여는 동안 내 손에서 머리가 얼마나 요동치던지. 차가운 물 한 바가지, 아니 차가운 공포를 온몸에 뒤집어쓴 것 같았다. 그렇게 해서 나는 처음으로 부검 어시스트의 일용할 양식인 끔찍한 상황을 접하게 되었다. 하지만 그것이야말로 진정 내가 원하던 바가 아니었던가?

요즘 나는 의과 대학 학생들에게는 그처럼 충격을 주는 과격한 방법을 사용하지 않으려 한다. 시체를 보는 것이 익숙하지 않은 사람에게는 트라우마와 혐오감을 불러올 수 있기 때문이다. 범죄 드라마에서 종종 볼 수 있듯이 부검하는 동안 검사하지 않는 다른 부위를 천으로 덮어 줄 정도는 아니지만 나는 가능한 덜 잔인한 방식으로 하나씩 부검 단계를 따르는 습관을 익히게 되었다. 예를 들어 심장, 폐, 식도로 구성된 흉부 내장을 제거하기 위해 식도를 척추에서 휙 잡아채서 떼어 내는 방법을 쓸 수 있다. 이렇게 해도 아무것도 손상되지 않는다. 이는 매우 실용적이고 신속한 방법이지만 외부인이 볼 때는 매우 끔찍하게 여겨질 수 있다. 그래서 나는 천천히 조심스럽게 자르고 당기며 부검하는 것을 선호한다. 두개골을 절개할 때도 조심스럽게 진행한다. 두개골 위 두피를 뒤에서 앞으로 벗기는 것이 중요하다. 얼굴이 손상될까 걱정할 필요는 없다. 눈썹 가장자리에서 2.5센티미터 정도 떨어진 위치에서 멈출 수 있기 때문이다. 두피를 벗기다 얼굴에 다다르면 안쪽에 지방층이 나타나므로 쉽게 알아볼 수 있다. 시간을 절약하려면 거기서 두피를 찢어 버려도 된다. 하지만 굳이 그래야 할까?

다행히도 내가 일하는 병원에서는 이런 일에 스트레스를 주는 사람이 없으므로 나는 느긋하게 장기를 떼어 내는 일에 전념할 수 있다. 즉 두피(손가락으로 눌러 만지면 앞뒤로 움직일 수 있다. 한번 해 보아라!)를 뜯어내지 않고 메스를 사용하여 피부와 뼈 사이의 결합 조직을 해체한다. 이는 학생들에게 덜 충격을 가하는 방식으로 부검 작업이 순조롭게 진행되도록 한다. 내가 톱으로 두개골을 썰어서 여는 것을 처음으로 본 학생들의 표정이 어떤지 잘 알고 있다. 분명 시각적·청각적 충격을 가져다주는 장면일 것이다. 그럴 때 보통 나는 학생들에게 직접 얘기한다. "이 모든 것이 여러분에게 어떻게 보일지 잘 알고 있습니다. 인간의 몸에 대한 야만적 침해로 여겨지겠죠. 해부라는 무례를 범하는 걸 피할 수는 없지만, 우리 앞에 놓인 고인의 품위를 지켜 주기 위해 우리는 세심하고 청결하게 부검을 진행해야 합니다."

톱질 후 두개골을 완전히 열기 전에, 나는 종종 학생들에게 경고한다. 마치 호두 까는 기구를 사용할 때처럼 굉장히 거슬리는 소리가 날 것이라고. 대부분의 학생은 충격을 완화하는 내 경고를 고맙게 받아들인다.

우리 팀은 언제나 고도의 집중력을 가지고 각자 맡은 작업에 임한다. 이쯤에서 나는 언젠가 TV에서 본 것처럼 부검 중에 음악을 듣지 않는다는 것을 강조하고 싶다. 작업 중에는 그저 간간이 안내대의 전화벨 소리만 들릴 뿐이다. 또한 우리는 부검실에서 절대로 아무것도 먹지 않는다. 달콤한 페이스트리도, 사과나 샌드위치도 먹을 수 없다. 이는 있을 수 없는 일이다. 해부학 수업에서 우리는 청결함과 조심성에 대한 교육을 철저하게 받았다. 몸에서 6리터의 피가 쏟아지는 상황이 얼마나 엉망진창일지 상상이 가는가? 게다가 흉부와 복부에서 흘러내리는, 아마도 망자의 질병과 관련되었을 것 같은 체액은 또 어떤가? 이 체액이 의학적 진단에 중요한 역할을 하므로 우리는 이를 조심스럽게 모아서 보관한다. 예전의 상사였던 수석 부검의는 시신의 구멍을 모두 깨끗이 비우고 부검대와 바닥의 피를 완전히 닦아야 한다고 가르쳤다. 부검 과정에서는 항상 인간의 존엄성을 잊지 말아야 한다. 그러므로 이 과정에 참여한 학생들과 의료진들은 조용히 집중하고 사적인 대화는 피해야 한다. 부검이 이루어지는 동안 태연하게 보이려 행동하는 학생 한두 명은 어디를 가나 있기 마련이다. 입안에 껌을 물고 있거나 야구 모자를 쓰고 있거나 코에 선글라스를 걸치고 있다. 아니면 불쾌한 냄새를 막으려 할 때처럼 입이나 코 위로 스카프를 두르기도 한다. 나는 그런 무례한 차림으로 나타나는 것은 적절치 않다고 곧바로 지적한다. 학생들은 별 뜻 없이 하는 행동이겠지만 그래도 신경이 쓰인다. 정말 나를 화나게 하는 행동은 누군가 빈 부검대 위에 앉으려고 하는 것이다. 그때는 침착하고 객관적인 태도를 유지하기 어렵다. 적어도 부검실에 있는 두세 시간 동안은 정신을 가다듬고 임하기를 바란다. 고인과 이들이 겪었을 고통에 대해 그리고 자신들의 스승에 대한 존중을 보여 주길 바란다. 우리가 하려는 일은 부검 과정을 최대한 명확하고 이해하기 쉽게 보여 주는 일이다. 의대 실습생 중 누군가가 나를 재수 없는 여자라고 여기더라도 나는 개의치 않는다. 대부분은 두 번 다시 보지 않을 사람이다. 하지만 부검실의 시신은 내가 보호해야 할 대상이므로 나는 사람들이 이들 앞에서 공손하게 행동하기를 바란다.

여기서 확실히 말하기 애매한 것은 시체에서 풍기는 냄새다. 우리의 화제에 늘 오르는 그 특유의 들척지근한 냄새 말이다. 솔직히 나는 그 냄새를 알아차린 적도 없고 그게 무슨 의미인지도 모르겠다. 우리 병원 시체들은 모두 신선한 상태로 냉장고에 완벽하게 보존되어 있다. 거기선 아무 냄새도 나지 않는다. 맡을 수 있는 냄새라고는 오로지 오랜 질병과 병환에서 비롯된 자연스러운 환자 냄새와 부검 과정에서 드러나는 여러 장기 내용물과 혈액이 칵테일처럼 섞여 발산하는 코를 찌르는 냄새뿐이다. 하지만 이를 지켜보는 실습생들이 냄새를 역겨워하며 고개를 돌릴 때면 짜증이 치민다. 냄새를 없애고 싶지도 않다. 이들은 미래에 의사가 될 학생들이 아닌가? 나중에 병실에 들어서서 좋지 않은 냄새가 나면 그때도 고개를 돌릴 것인가? 거기에 더해 누군가 "냄새가 너무 역해요"라고 말하며 창문을 열어 달라는 요청이라도 한다면 정말이지 머리 뚜껑이 열리고 만다. 신선한 공기를 맡고 싶다고? 부검실에 있는 에어컨과 환풍기는 잘만 작동하는데 창문까지 열어 달라니! 그런 부탁을 받으면 화는 더욱 치밀어 올라 속으로 이를 갈게 된다. 그러다 시체 냄새를 맡은 파리가 재빨리 열린 창으로 들어오면 은근히 고소한 마음이 든다. 날개가 번들거리는 살찐 똥파리는 먼저 우리의 시체를 맛있게 음미하고 나서, 실습생들의 스카프나 머리카락에 느긋하게 내려앉는다. 마음속으로 콧노래가 나오는 장면이다! 물론 화가 날 때가 더 많다. 하지만 내게는 그 외에도 비장의 무기가 있다. 누군가 건방진 행동을 하거나 눈에 띄게 무관심한 태도를 보이면 나는 재미있는 발견을 했다며 그 실습생을 골반부의 장 쪽으로 슬쩍 유인한다. 보는 즉시 불쾌감이 드는 광경을 목격하게끔 말이다. 부검을 할 때마다 우리는 장을 절개하여 헹군다. 그리고 장의 내용물뿐만 아니라 점막의 상태까지 판단한다. 장은 무려 7미터에 이르는 상당한 길이로, 불그스름하게 변색되거나 균열이 생긴 장도 있고 종양이나 작은 물집과 같이 돌출된 부위가 군데군데 발견되기도 한다. 최근에 나는 심하게 부풀어 오른 장을 절개한 적이 있는데 그 모양은 솜사탕이 생각날 정도였다. 아름다운 솜사탕 모양의 장이라니! 그곳은 게실증Diverticulosis이라는 병증이 분명하게 드러나는 부위였다. 이는 장 점막에 생긴 작은 돌출부인 장 게실에 배설물이 들어가면 생기는 증세다. 그런 게실증을 눈 앞에서 목격하면 나는 실습생들을 데려와서 굉장히 흥미진진한 발견이라며 보여 준다. 이들이 바싹 다가가서 게실을 들여다보는 순간 나는 게실 주머니를 뒤집어 안에 쌓인 배설물이 밖으로 튀어나오도록 한다. 물론 완벽하게 진지한 표정을 유지해야 한다. 이런 것만 빼면 나는 부검실에서 매우 친절한 사람이다. 농담이 아니다!

물론 나도 뼛조각이나 위 내용물의 냄새 등 신선한 시체에서 풍기는 냄새 중에서 한두 가지는 좋아하지 않는다. 그러나 후각적 측면에서 사실 나는 아직 한계점에 도달한 적이 없다. 때로 망자의 마지막 식사가 무엇인지도 알아볼 수 있고 희한하게 그 냄새가 좋게 느껴질 때도 있다. 그럴 때면 나는 정신을 가다듬고 외친다. "아냐, 유디트. 여기서 좋은 냄새가 날 리가 없어. 그저 네 머리가 속임수를 쓰고 있는 거야!" 나는 수년 동안 한 부검의 밑에서 일했는데 그녀는 도대체 내가 뭐가 그리 마음에 들지 않았는지 툭하면 아침부터 사무실로 들어와 내가 눈물을 쏟을 때까지 호통을 치곤 했다. 그러던 어느 화창한 날, 그녀와 함께 부검을 하게 되었다. 그날은 개인의 의뢰를 받아 외부에서 반입된 시체를 부검하는 작업이 기다리고 있었다. 이런 일은 흔치 않았다. 부검 대상은 업무상의 만찬 자리에서 사망한 한 신사였다. 검찰이 어떤 이유인지 사법부에 업무를 배치하지 않았기 때문에 우리는 검찰이 확보했다가 방출한 시신을 부검해야 했다. 하지만 그 사람이 중국에서 사망한 지는 이미 6주나 되었다. 그러므로 시신은 더는 아침 이슬처럼 신선하지 않았고 우리에게 도착했을 당시에는 보존 상태가 좋지 않았다. 하지만 나는 부패해 가는 시신이 마음에 들었다. 그 이유는 상관이 냄새에 매우 민감한 사람이라는 것을 잘 알고 있어서였다. 반면에 상관은 불만이 가득했고 자기에게 복수하기 위해 이런 시신을 선택한 것이 아니냐며 나를 비난했다. 그녀가 그럴수록 나는 부검을 더욱 즐길 수 있었다. 부검을 하며 괴로워하던 그녀는 부풀어 오른 배를 열고 눈앞에 펼쳐진 6주 된 음식물을 보았을 때 백지장처럼 얼굴이 하얗게 질린 채 밖으로 뛰쳐나갔다. 나는 그녀를 따라 나가 변기 옆에 서서 상냥하게 괜찮으냐고 물어보았다. 바로 그 순간 그녀는 토하면서도 웃음을 터트렸다. 정말로 웃긴 장면이었다. 물론 그녀는 내가 고소해 한다는 걸 눈치채고도 남았겠지만 나를 책망하지 않았다. 잊을 수 없는 순간을 선사해 준 그녀에게 나는 오늘날까지 감사하는 마음을 품고 있다.

부검하는 동안 부검의들이 제자들 앞에서 나를 갈기갈기 찢어 놓은 것은 한두 번이 아니었다. 처음 몇 번은 상처를 받았지만 결국 익숙해졌다. 우리가 너무 멍청해서 "제대로 된" 직업을 갖지 못한다며 부검 어시스트인 우리를 무시하는 의료진들도 있다. 이를 공공연하게 떠들고 다닌 한 의사는 어느 날 나에게 소리쳤다. "당신네 부검 어시스트들은 오로지 우리 의사들 뒤치다꺼리를 하기 위해 존재하는 거라고!" 그 당시 나는 이미 그런 말은 한 귀로 듣고 한 귀로 흘린 지 오래되었는데, 잠시 후에 몇몇 학생들이 다가와 의사를 대신해 사과하는 말을 듣자 억눌렸던 분노가 되살아났다. 20년 전에 사과했던 학생은 의사가 되어 여전히 나와 동료들을 겸손한 태도로 대하고 있다.

다시 부검대로 돌아가 보자. 원칙적으로 우리는 최종적인 의학적 판단과 함께 부검을 마친다. 부검의는 모든 신체 장기와 필요한 조직을 본 다음에 질병과 죽음의 원인을 파악한다. 그런 다음 임상의에게 자문한다. 그리하여 우리는 시신을 임상의의 관점에서 다시 보게 된다. 마지막으로 발견한 모든 것을 우리는 '차가운 접시'에 올려놓는다. 협조가 잘 이루어지면 그 과정에서 부검 결과가 나올 수 있다. 때로 장난꾸러기 부검 어시스트는 경험이 없는 의사들을 골려 먹기 위해 장기 접시 위에 천연 스펀지를 올려놓기도 한다. 이는 주로 각 장기의 체액을 닦는 데 사용되는 것이다. 이것이 터무니없이 비싸서 나는 칠판을 닦는 종류의 스펀지도 상관없지만 부검에서는 전통적으로 천연 스펀지를 사용한다. 아마 젊은 의사들을 골려 먹기에 최적의 재료라서 그런 게 아닐까? "세상에, 뇌가 정상이 아닌 것 같아 보이네요." 하지만 뇌는 포르말린 병에 담긴 지 오래다.

부검이 끝나면, 나는 최대한의 정성을 들여 시신을 원래대로 돌려놓는다. 장기도 다시 몸 안으로 넣지만, 이후 매장을 준비하는 과정에서 시신이 이리저리 움직이면서 위치가 바뀔 수 있으므로 꼭 제자리에 놓아야 할 필요는 없다. 그보다는 몸의 장기를 빠짐없이 넣는다는 의미가 크다. 나는 의료진을 위해 조직 샘플만 떼어서 보관한다. 적어도 두 명의 부검의가 현미경으로 조직을 검사하고 나면 부검 보고서는 최종적으로 완성된다.

그리고 드디어 튼튼한 실과 큰 바늘로 시신을 다시 꿰매는 작업이 이루어진다. 흉터가 남을까 고민할 필요는 없다. 단지 봉합 상태가 며칠 후에 있을 고인의 장례식까지 유지되는 것이 중요하다. 하지만 봉합 상태는 거의 문제를 일으키지 않는다. 꿰맨 부분은 솔기가 단단해서 마치 커다란 지퍼를 채워 놓은 것처럼 보인다. 또한 두개골을 깊게 절개한 경우에는 나중에 꿰맬 때 아주 잘 봉합이 되므로 장례식을 위해 시신을 관 안의 쿠션 위에 잘 뉘어 놓으면 거의 절개선이 보이지 않는다. 게다가 시신의 몸통은 어차피 옷으로 잘 감싸여 있다. 시신을 둘러본 누군가가 "그런데 뇌를 꺼낸 것이 아니었나요?"라고 물었다면 그건 내가 부검 후의 작업을 매우 훌륭하게 수행했다는 뜻이다.

그런 다음 시신을 깨끗이 닦는 일이 시작된다. 이를 위해서는 나는 거품이 많은 비눗물을 선호한다. 차갑게 굳은 시체에 팔꿈치까지 넣어서 오랫동안 부검을 한 후라면 후반 작업은 좀 느긋하고 따뜻하게 하고 싶어지지 않겠는가. 게다가 고인을 가장 멋진 상태로 정돈해서 장의사에게 넘겨주고 싶기도 하다. 나로서는 자연스러운 욕심이다.

어떤 특별한 사연의 시신을 만난 적이 있는지, 혹은 잊지 못할 특별한 부검에 대한 경험이 있었는지에 관한 질문을 종종 받는다. 그런 건 존재하지 않는다. 나는 단 하나의 얼굴도, 특정한 질병을 앓은 시신도 기억하지 못한다. 내가 경험하고 수행하는 일은 그저 인생의 한 과정일 뿐이다. 사람들은 병에 걸리고 죽음을 맞이한다. 병리학적 죽음이 법의학적 죽음보다 덜 끔찍하게 보일 수는 있다. 하지만 어느 쪽이든 결론은 비극적이다. 이미 지상의 삶을 마친 고인보다는 그 사람을 사랑하는 남겨진 사람들에게 더욱 그렇다. 나는 고인과 아무런 관계가 없고, 시신의 상태만 보기 때문에 쉽게 거리를 둘 수 있다. 그러니 눈앞의 부검대에 누워 있는 사람의 죽음은 나보다는 고인과 인연이 있었던 다른 모든 사람, 심지어 의사나 간호사에게 훨씬 더 감정적으로 큰 의미를 가졌을 거라 짐작된다.

　마지막으로 부검실을 샅샅이 청소하는 일이 남아 있다. 부
검 어시스트가 아닌 청소부가 이런 일을 하는 부검 연구실도
있다는 소리를 듣긴 했다. 참으로 호사스러운 경우다. 사실
부검은 청소를 하지 않더라도 너무나 고단한 일이기 때문이
다. 몇 시간 동안 서서 팽팽한 긴장과 집중을 유지하며 시신
을 들어 올리거나 끄는 작업을 온몸으로 해야 하고, 이를 지
켜보는 사람들에게 어느 정도의 친절한 응대까지 해야 하는
일이다. 이는 엄청난 에너지가 필요하다. 곧 마주하게 될 일
의 무게에 짓눌려 힘없이 나의 작은 왕국에 들어서는 아침도
꽤 있었다. 부검 어시스트인 나에게 부검 작업은 부검실 바
닥을 정리하는 것부터 시작되는데 특히 우울한 날이면 나는
상자에 모아 둔 심박 조율기의 잔잔한 멜로디에 위로를 받는
다. 그것들은 고인에게서 떼어 낸 것으로 어디에 갖다 버릴
엄두도 나지 않은 데다 보험 회사에서도 돌려 달라는 요청을
하지 않아서 나는 상자에 넣어 부검실 옷장 안에 두었다. 가
끔 그 기계들은 나에게 노래를 들려준다. 〈로봇을 구하라^{Save}
^{the Robots}〉부터 〈당신 곁에 있을게요^{I'll Stand by You}〉까지. 노래
를 들을 때마다 기분이 좋아진다. 사실 이런 사소한 것들이

인생의 낙이 아닌가?

때로 아무리 일이 고단하다 해도, 영구차에서 부검대로 시신을 옮기면서 이를 갈더라도 작업이 마무리되는 시간이면 나는 항상 세상에 이바지했다는 사실에 만족을 느낀다. 그리고 나로서는 중요하다고 여겨지는 일 덕분에 집으로 돌아와 고양이의 멋진 삶을 위해 집사 노릇을 할 수 있어 행복하다.

2장

죽음과의
첫 만남

이 우주는 까마귀처럼 새까만 머리에 초록색 눈을 가진 젊은 여성을 내 엄마로 선택했다. 그녀의 이름은 케르스틴이었고 소아과 병동에서 간호사로 일했다. 그러니 귀여운 아기를 갖고 싶었던 건 자연스러운 일이었을 것이다. 한편 나로 말하자면 다른 아이와 달리 좀 더 요란하게 태어나기로 결정했다. 처음부터 평범한 건 내 취향이 아니었다. 처음에는 살랑살랑 느긋하게 헤엄을 쳤지만, 이 세상에 나갈 때는 발이 먼저 나가는 게 좋겠다 싶었다. 엄마는 마르쿠스라는 이름을 지어 놓고 나를 기다리고 있었지만 나는 오줌이 마려운 성질 급한 여자 아기로 태어났다. 너무나 급했던 나머지 세상에 완전히 나오기도 전에 내 발을 당기는 의사의 가운에 오줌을 싸고 말았다. 그런데도 의사는 진심을 담은 목소리로 말했다고 한다. "흠흠, 축하합니다!" 엄마는 딸의 등장 모습과 태어나자마자 두 시간 동안 울기만 하는 행동 때문에 살짝 당혹감을 느꼈다고 한다. 그렇게 해서 엄마와 나는 서로를 알아가게 되었다.

흥미롭게도 엄마에 대한 가장 오래된 기억은 죽음과의 첫 만남과 관련이 있다. 그때 나는 여섯 살이었다. 엄마는 유치원으로 와서 나를 자전거에 태웠다. 엄마 자전거 뒤에 달린 아동용 시트에 탄 채 즐겁게 집으로 가는 길에 엄마는 내게는 외외증조할아버지가 되는 엄마의 외할아버지가 돌아가셨다는 이야기를 전했다. 그때 내가 무슨 감정을 느꼈는지는 생각이 나지 않는다. 심지어 할아버지의 모습이 어땠는지도 지금은 제대로 기억나지 않는다. 하지만 엄마가 그를 몹시 사랑했다는 것을 알고 있었다. 내가 외외증조할머니의 사랑을 듬뿍 받는 귀한 증손녀인 것처럼 엄마는 외외증조할아버지의 귀한 손녀였다. 나는 할아버지가 돌아가셨고 다시는 그를 볼 수 없다는 것도 이해했다. 모든 사람이 슬픔 속에서도 정신없이 바쁘게 움직이는 것을 볼 수 있었다. 하지만 나는 장례를 치를 때 왕따가 된 기분을 느꼈다. 성인이 된 후 엄마에게 왜 나를 장례식에 데려가지 않았는지 물어보았을 때 엄마는 이렇게 대답했다. "당시엔 그랬단다. 아이들을 장례식에 참석하지 못하게 했지." 장례식에 다녀온 후 엄마는 이런저런 이야기를 들려주었다. 엄마는 할아버지가 관에 누워 있을 때 마지막으로 한 번 더 볼 수 있었다고 했다. 처음에는 장례식 관계자를 비롯한 모든 사람이 관 주위에 모여 있었으나 나중에는 가족의 요청 아래 우리 가족만 남아 시간을 가졌다. 사랑하는 할아버지의 시신을 본 엄마는 완전히 충격에 빠졌다고 말해 주었다. 누렇고 수척한 데다 너무나 쭈글쭈글해진 모습이었다. 오늘날 그 이야기를 들었더라면 그건 시신의 염을 제대로 하지 않았기 때문이라고 엄마에게 말했을 것이다. 아무튼 엄마는 자리를 뜨려고 등을 돌리기 전에 할아버지가 미소 짓는 모습을 보았다고 강변했다. 엄마에게는 절대로 잊을 수 없는 기억일 것이다. 내가 장례식에 참석했더라면 나에게도 마찬가지였을 것이다. 엄마의 젊은 시절 모습과 소중한 외외증조할아버지의 마지막 모습을 기억할 수 있었을 테니 말이다. 많은 사람이 장례식에 왔는데 그중 할아버지와 절친한 사이였던 친구가 너무나 구슬프게 울어서 엄마도 가슴이 무너졌다고 했다. 그가 떠나기 전에 관 앞에서 몸을 깊숙이 숙여 인사하는 모습은 엄마에게 지울 수 없는 강한 인상을 남겼다.

돌아가신 할아버지의 누워 있는 모습과 자신에게만 보여 준 것 같은 마지막 미소에 대한 엄마의 이야기를 듣고 나는 죽음에 대한 궁금증을 갖게 되었다. 그것에 대해 좀 더 알고 싶었다.

당시 내게 가장 소중한 사람이었던 외외증조할머니 게르트루트는 남편이 죽은 뒤 소파 위 선반에 남편의 작은 흑백 사진을 올려 두었다. 플라스틱으로 된 물망초가 장식된 액자 속의 사진은 절대 만지면 안 되었다. 매일 할머니는 정원에서 신선한 꽃을 꺾어 그 지역의 작은 공동묘지에 놓인 할아버지의 무덤 앞에 놓아두고, 무덤 주위를 갈퀴로 정리한 뒤 주변의 작은 덤불 나무에 물을 주었다. 할머니는 종종 그곳에 나를 데리고 갔다. 나는 할머니를 너무나 사랑했기 때문에 그녀와 함께라면 어디든 좋았지만 특히 내가 좋아하던 곳은 공동묘지였다. 그곳은 나에게 슬픈 공간이 아니라 조용하고, 알록달록 꽃들이 피어나고, 환한 햇살이 내리비치는 공간이었으며 게르트루트 할머니와 함께 있어 편안함을 느꼈던 곳이었다. 나는 할머니에게 왜 다른 무덤에는 조약돌이 많이 깔려 있는데 할아버지의 무덤은 그렇지 않은지 물어보았다. 할머니는 할아버지가 원하지 않아서라고 대답했다. 할아버지는 생전에 돌 아래에 누워 있어야 한다는 생각만으로도 몸서리를 쳤다고 한다. 고인의 소망을 존중해야 한다는 것을 나는 게르트루트 할머니에게서 배웠다.

묘지에는 작은 장례식장이 있었지만 할머니와 함께 지나갈 때 보면 항상 잠겨 있었다. 내 눈에 그곳은 거대한 교회처럼 보였고 나는 마법에 빠진 듯 그곳에 끌렸다. 매번 열쇠 구멍으로 안을 들여다봤지만, 흥미로운 것이 눈에 들어오지는 않았다.

사실 내가 정확하게 무엇을 보고 싶은지도 몰랐다. 어쩌면 미소 띤 얼굴로 죽은 사람이 아니었을까. 나는 매번 알록달록한 예쁜 창문으로 안을 들여다볼 수 있도록 할머니에게 나를 올려 달라고 부탁했지만, 그때마다 보이는 건 커다란 나무 테이블이 놓인 빈 강당뿐이었다. 나는 얼마 지나지 않아 묘지 전체를 파악하게 되었고 어느 이웃이 어디에 묻혔는지, 어떤 무덤이 새로 생겼는지, 어떤 무덤이 오래됐는지 알 수 있었다. 내 자질구레한 호기심에 할머니가 끈기 있게 답을 해 준 덕분이었다. 할머니는 내 궁금증을 조금도 웃어넘기지 않았다. 묘지의 끄트머리에는 하얀 나무 십자가 두 개가 서 있었다. 생생한 꽃이 놓이거나 방문객이 찾아온 것을 본 적은 없었지만 멀리서도 그 하얀빛은 유난히 반짝거렸다. 나는 그곳을 지나갈 때마다 흘깃거렸다. 할머니는 두 명의 소련 낙오병이 그곳에 묻혀 있다고 말해 주었다. 이들의 묘지는 다른 묘지와는 너무나 달라서 나를 매료시켰다. 그처럼 하얀 십자가를 달고 있는 묘지는, 그토록 쓸쓸해 보이는 묘지는 그 어디에서도 볼 수 없었다.

죽음이 삶의 한 부분이라는 것을 나는 일찍부터 알게 되었다. 나는 어릴 적부터 사람들이 죽음을 애도하고, 죽은 사람을 기리고, 묘지를 찾아간다는 사실을 배웠다. 묘지를 돌보는 일이 추모객에게 부담이 되는 일이 아니라 자연스럽게 고인을 기리며 위안을 얻는 행위라는 것도 알게 되었다. 방금 꺾은 꽃을 놓아두고 묘지를 청소하는 것은 사랑하는 사람에게 말을 거는 것이다.

할머니가 들려준 이야기 중에는 놀라울 정도로 무시무시한 이야기도 있었다. 그중 가장 내가 좋아한 이야기는 아무도 모르게 자기 집에서 넘어져서 죽은 한 이웃의 이야기였다. 그가 키우던 귀여운 하얀 스피츠 품종의 개는 얼마 지나지 않아 굶주리게 되자 주인의 눈을 파먹었고 곧 사체에서 옮은 독이 온몸에 퍼져 죽었다고 한다. 세상에! 물론 오늘날 우리는 시체의 독이란 실제로 존재하지 않는다는 것을 잘 알고 있다. 하지만 이 이야기는 그 자체로 굉장하지 않은가! 나는 그 후 이웃집을 지날 때마다 작은 개가 주인의 눈두덩이에서 눈을 파먹는 광경을 마음속에 떠올리곤 했다.

그리하여 일찍부터 죽음이 삶의 일부라는 걸 알았지만, 죽음과 시체 독에 대해 더욱 자세히 알고 싶은 마음도 더 커졌다. 물론 내가 죽어서 깨닫는 것은 제외하고 말이다. 그래서 참을성 있게 기다렸다. 적당한 기회가 있을 거라 믿으며….

3장

게르트루트 할머니

이제 내 외외증조할머니인 게르트루트에 대해 조금은 알게 되었을 것이다. 그녀야말로 내게 가장 큰 영향을 주었으며 내가 살아 있는 한(모르긴 해도 어쩌면 그 후에도) 끝까지 할머니를 사랑할 것이므로 나는 그녀의 이야기로 한 장을 채우고 싶다. 그녀와 나는 떼려야 뗄 수 없는 사이였고 어디를 가던 나는 할머니의 치맛자락을 잡고 매달렸다.

강인한 외모를 가졌고 물결치듯 구불거리는 머리칼을 하나로 묶어서 올림머리를 한 할머니를 나는 너무나 사랑했다. 할머니는 내 어린 시절 세상에서 가장 소중한 사람이었고, 세계 최고의 요리사이자 제빵사였다. 그녀의 품은 포근하고도 따뜻했다. 그 품을 제외하고는 할머니의 부엌에 있는 낡은 소파 침대보다 더 좋은 곳은 이 세상에 없었다. 할머니는 항상 나를 위해 부엌 선반에 작은 말츠비어^{Malzbier}(설탕과 탄산이 든 무알코올 맥주—옮긴이) 병을 숨겨 두었다. 물론 가끔 나와 말츠비어를 마시다가 한집에 살았던 게르트루트 할머니의 딸인 외할머니에게 종종 들키기도 했다. 배앓이라도 할 때면 게르트루트 할머니는 내 배 위에다 버터를 발라 문질렀는데 그러면 모든 것이 금방 괜찮아졌다. 할머니의 손이 스치면 아픔은 씻은 듯이 사라졌다. 그녀는 또한 약초학에 대해 잘 알고 있었고 가족을 위한 각종 약제를 만들기 위해 정원에 온갖 종류의 식물들을 길렀다.

게르트루트 할머니와 있을 때면 늘 즐겁고 편안했기 때문에 아침에 소리 내 웃음을 터트리곤 했는데 그럴 때면 그녀는 놀라서 눈을 크게 뜨며 내 입을 막았다. "아침에 지저귀는 새는 저녁에 고양이에게 잡혀간단다!" 이런 경고는 여러 번 현실로 증명되었다. 요즘에도 간혹 즐거운 일이 생겨서 아침에 웃다가도 그녀의 말을 떠올리며 마음을 진정시킨다. 하지만 가끔은 할머니의 말에 불안에 떨기도 했다. 어느 날 수돗물을 받아 마시고 있는데 그녀가 컵을 빼앗으면서 그 물을 마시면 뱃속에서 이가 자랄 것이라고 했다. 말도 안 되는 소리지만 그보다 더 무서웠던 것은 체리 씨를 뱉지 않고 계속 삼키면 엉덩이에서 체리 나무가 자랄 것이라는 말이었다.

게르트루트 할머니가 머리 다듬는 모습을 지켜보는 것이 나는 좋았다. 그녀는 진짜 머리칼로 된 머리핀을 머리에 꽂았는데 그것을 만지거나 쳐다보는 일이 무척 재미있었다. 지금 생각해 보면 북슬북슬한 머리털이 좀 징그럽게 느껴지지만, 그때는 할머니가 하는 것이라면 무엇이든 좋았다. 그녀와 콜로라도 감자잎벌레를 잡으러 다니던 오후도 잊을 수 없다. 우리는 갈색 점토 항아리를 들고 벌레를 찾으러 나섰는데 나중에는 항아리 안이 갈색과 베이지색 줄무늬의 꿈틀거리는 곤충들로 가득 찼다.

밤에는 할머니가 나를 재워 주었다. 그녀는 나를 눕히기 전에 반드시 주철로 된 온수병이나 난로에서 꺼낸 벽돌로 먼저 침대를 덥혔다. 아늑하고 따뜻한 오리털 이불이 덮인 침대 안으로 들어가자마자 나는 그녀에게 이야기를 해 달라고 조르곤 했다. 추수기의 감자밭을 헤집던 유럽비단털쥐부터 전쟁 중에 드레스덴이 불길에 휩싸였을 때 창문으로 바라보았던 일렁이는 불길, 내가 아주 어렸을 때의 이야기까지 할머니의 이야기는 세상에서 가장 아름답고 흥미진진했기 때문이다.

어느 날 그녀는 TV가 놓인 방의 짙은 녹색 팔걸이가 달린 낡은 의자에 앉아서 와인 잔 속의 한 군인에 관한 이야기를 들려주었다. 당시 나는 밀짚이나 사과 씨, 튀긴 쌀, 별 모양의 파스타 등 세상의 온갖 것을 실에 꿰는 놀이에 열중해 있었는데 그녀가 갑자기 일어서더니 내 손을 잡았다. "얘야, 보여 줄게 있단다." 게르트루트 할머니는 유리 진열장 앞으로 나를 데려가서 그 속에서 손잡이 부분이 초록색으로 된 와인 잔을 꺼냈다. "이걸 잘 들여다보고 뭐가 보이는지 말해 보렴!"

그녀가 집게손가락으로 와인 잔의 테두리를 문지르는 동안 나는 할머니가 시키는 대로 잔을 들여다보았다. 와인 잔에서 윙윙 울리는 소리가 났고 나는 거기서 펼쳐질 비밀이 궁금해서 견딜 수 없었다. 갑자기 얼굴 하나가 나타났다. 처음에는 옅은 안개 속에서처럼 희미하게 보였지만 점점 갈수록 또렷해졌다. 젊은 남자의 얼굴이었다. 그는 피 묻은 머리띠를 하고 있었다. 그의 얼굴이 점점 선명하게 보였다.

"할머니, 머리에 붕대를 감은 남자가 있어요. 피를 흘리고 있는데 슬퍼 보여요."

그녀는 잠시 침묵하더니 말을 꺼냈다. "군인이지. 나는 그 사람을 알아."

그게 다였다. 작은 와인 잔 마법이 끝나자 그녀는 내게 더이상 묻지 않았고 우리는 그 후로도 그에 대해 한마디도 나누지 않았다. 나는 진주알 대신에 오래된 단추로 새 목걸이를 만들었고 우리는 와인 잔 속에서 얼굴을 보는 게 아무렇지도 않은 일인 척했다.

사람은 죽을 때 꼭 다른 두 사람을 데리고 간다고 마을 사람들은 수군거렸다. 으스스한 이야기다. 외외증조할아버지도 죽으면서 한 사람을 데려갔다고 들었는데 아니나 다를까 할아버지가 돌아가신 후 석 달이 지나자 외외증조할머니가 세상을 등질 준비를 했다. 물론 당시 여섯 살에 지나지 않았던 나는 엄마가 그 말을 속삭이지 않았더라면 아무것도 몰랐을 것이다. 엄마도 게르트루트 할머니에게 커다란 애착을 느끼고 있었으므로 할머니를 잃을까 봐 두려워했다. 처음에는 코피가 나기 시작했다. 할머니의 코에서 선홍색의 피가 뚝뚝 떨어지는 것을 보고 나는 충격을 받았다. 뭔가 잘못된 것 같았다. "다 괜찮아." 그녀는 나를 다독였지만 코피는 멈추지 않았고 어느 날 그녀는 자신이 곧 외외증조할아버지 곁에 가게 될 것이라는 말을 내게 했다. 그날부터 그녀는 시름시름 앓으며 초췌해졌고 할아버지와 평생을 같이 쓰던 침대에 누워 죽을 날만 기다렸다. 가족들은 그녀가 조용히 지낼 수 있도록 내버려 두었고 마을 의사가 한 번씩 진찰하는 것 이외에 그 누구도 할머니가 평화롭게 죽음을 맞이하는 일을 방해하지 않으려 했다. 하지만 다른 가족들과 달리 나는 그녀가 어째서 나랑 더 이상 놀아 주지 않고 달걀 케이크Eierschecke도 구워 주지 않는지, 또 오븐에 구운 치킨 요리를 해 주지 않는지 이해가 되지 않았다. 그 후로 그녀의 살아생전 모습을 본 것은 단 한 번뿐이었다. 엄마인 게르트루트 할머니를 돌보던 외할머니가 한번은 나를 부르더니 물었다. "게르트루트 할머니를 보러 가지 않을래?"

나는 무슨 일인지 알 수 없었고 그 만남의 중요성도 깨닫지 못한 채 한동안 절대로 들어갈 수 없었던 할머니의 방으로 들어섰다. 무거운 문을 조심스럽게 열고 들어가자 내가 사랑했던 그리운 게르트루트 할머니가 있었다. 그 따뜻한 품에 안겨 얼마나 많은 시간을 보냈던가. 레이스가 달린 흰색 리넨 잠옷을 입은 그녀가 침대에서 작별 인사의 시간을 맞이하고 있었다. 얼마나 말랐는지! 할머니의 귀에는 내가 그토록 사랑했던 눈물방울 모양의 은색 귀걸이가 반짝이고 있었다. 나는 그녀의 모습에 충격을 받았다. 더는 내가 알던 할머니의 모습으로 보이지 않았다. 마치 유령과도 같았다. 나를 안으려고 힘겹게 팔을 들어 올리는 그녀의 미소에는 커다란 다정함과 기쁨이 담겨 있었다. 하지만 나는 할머니가 두려워서 그 자리에 얼어붙은 듯 서 있었다.

"이리 오렴, 귀여운 나의 아기야."

움직일 수가 없었다. 이유는 묻지 말기 바란다. 오직 내가 기억하는 거라곤 고개를 흔들며 내가 방을 나갔다는 사실뿐이다. 아직도 나는 작별의 눈물이 가득 찬 눈으로 나를 좇는 할머니의 시선이 생생하다. 그녀는 세상에서 가장 현명한 사람이었으므로 그 순간이 우리의 마지막이라는 것을 분명 알았을 것이다. 내 행동이 할머니에게 얼마나 커다란 아픔을 가져다주었을까. 내가 좀 더 사려 깊은 아이였다면 할머니의 가슴이 수천 갈래로 찢기는 것을 알아차릴 수 있었을 텐데. 할머니의 마음을 그렇게 부숴 놓고도 나는 전혀 깨닫지 못했다. 이 세상의 모든 것이 소리를 낸다. 종이에 펜으로 글씨를 쓸 때조차 소리가 나지만 심장 하나는 영원히 잠잠해졌다. 그날 이후로 종종 그 마지막 순간이 떠오른다. 이따금 그날의 기억이 더운 여름날의 소나기처럼 나를 때린다. 40년이 지난 지금도 그날의 기억은 나를 부끄러움과 당혹감에 빠지게 한다. 시간을 되돌릴 수 있다면 얼마나 좋을까….

며칠 후 학교에서 집으로 돌아왔을 때였다. 엄마가 부엌 창문 앞에 서 있었는데 표정만으로도 게르트루트 할머니가 돌아가셨다는 것을 알 수 있었다. 외할머니는 내게 게르트루트 할머니가 어떻게 떠났는지를 얘기해 주었다. 전통대로 외할머니는 임종 때까지 밤낮으로 외외증조할머니 곁을 떠나지 않았다. 그러다 딱 한 번 신문을 집으러 대문 밖으로 나갔는데 외할머니가 돌아왔을 때에는 이미 게르트루트 할머니가 영원히 눈을 감은 뒤였다. 삶과 죽음이 탈바꿈하는 시간에 고독의 순간을 택한 것이다. 어떤 사람은 홀로 그 길을 건너길 원하기도 한다.

깊은 슬픔의 나날들이 이어졌다. 이번에도 난 어떠한 일에도 낄 수 없었다. 게르트루트 할머니를 다시 보는 것도 허락되지 않았고 학교에 가야 했으므로 장례식에도 갈 수 없었다. 하지만 그때 나는 그 두 가지를 모두 간절히 원했다. 어렸으므로 그 이유를 분명히 알지는 못했다. 당시에 엄청난 죄의식을 느낀 것은 아니었지만 그녀가 누워 있는 모습을 너무나 보고 싶었다. 나의 할머니가 아닌가, 얼마나 소중한 내 할머니인데! 어째서 어른들은 할머니를 못 보게 하는 걸까? 나는 가족을 심하게 원망했다. 현재 임종 시 애도 상담가로 또 부검 어시스트로서 염을 하는 직업인이 된 나는 가끔 그 자리에 아이들을 데려가도 되냐는 질문을 받는다. 그럴 때면 내 경험을 떠올리고 아이들이 원한다면 데려와도 좋다고 말하기도 한다. 슬픔에 빠져 가족들이 우는 것을 보면서 아이들은 그것이 정상적이고 당연한 일이라는 것을 받아들인다. 아이도 공동체의 일원으로 참여하는 것이다. 또한 작별의 과정에 아이들이 참여하는 것도 좋다. 그저 관객으로만 남는다면 아이들은 무력감을 느낄 수 있다.

게르트루트 할머니는 세상을 떠났다. 하지만 할머니의 사랑까지 떠난 것은 아니다. 땅에서 나를 사랑한 것처럼 천국에서 나를 사랑의 눈으로 보고 있을 것이다. 할머니와의 마지막 만남에 내가 저지른 짓을 깨닫기까지는 몇 년이 걸렸다. 돌이킬 수 없는 죄와 마주하는 것이 나에겐 지옥이었다.

만약 누군가가 그녀에 대해 묻는다면, 나는 이렇게 말할 것이다. "할머니는 이 세상 누구보다 나를 사랑했지만 나는 할머니의 가슴을 아프게 했어요."

게르트루트 할머니가 세상을 떠난 후 그 집을 방문할 때면 나는 할머니의 방을 향해 계단을 뛰어 올라가곤 했다. 거기서 가끔 잠을 자기도 했다. 그 이후로 변한 것은 아무것도 없다. 하지만 이제 그 방은 닫혀 있다. 과거에는 많은 시간을 보냈던 곳이지만 지금은 죄의식을 불러일으키는 방이 되고 말았다. 혹시 할머니가 하얀 잠옷을 입고 나를 기다리지는 않을까? 생각만 해도 견딜 수 없다.

아파트에 혼자 있을 때조차 나는 할머니가 나와 함께 있다는 느낌을 종종 받곤 했다. 내 눈에 비친 그림자처럼, 내 기억 속에 깃든 유령처럼. 물론 살짝 괴이하고 으스스하게 여겨질 때도 있지만 대체로 편안함을 느꼈다. 내가 느끼는 것이 게르트루트 할머니라면 하나도 겁날 것이 없었다. 때때로 느껴지는 부드러운 손길, 주변과 어울리지 않고 어디서 오는지도 알 수 없는 묘한 냄새, 종종 아주 부드럽게 창문을 두드리는 소리. 그러다 어느 늦은 저녁에 나는 할머니가 내게 닿았던 흔적을 발견했다. 그날 나는 할머니의 부엌에서 잠이 들었다. 예전의 소파 침대가 놓여 있던 곳에 새 침대를 놓았는데 그 위에 누워 스탠드 조명을 켜 두고 책을 읽던 참이었다. 그날은 너무 따뜻해서 이불도 덮지 않았다. 그런데 혼자가 아니라는 그 익숙한 느낌이 다시 찾아왔다. 나는 왠지 기쁜 마음에 책을 옆으로 치우고 가만히 기다렸다. 혹시 할머니를 볼 수 있지 않을까? "할머니세요?" 나는 빈방에 대고 물어보았다. 그 순간 갑자기 발끝에 걸려 있던 이불이 스르르 움직이더니 내 몸을 타고 올라와 목 주변까지 덮는 것이 아닌가! 그러자 살짝 겁이 났다. 누군가가 살며시 이불을 토닥이는 것이 느껴졌으며 그 자리에 얕은 손자국이 남는 것도 선명하게 볼 수 있었기 때문이다. 숨을 쉴 엄두조차 나지 않았다. 잠시 후에 불이 꺼졌다. 혹시 내가 미친 건가? 나는 잠깐 생각해 본 뒤 할머니가 다녀갔다는 사실을 가슴 깊이 깨닫게 되었다. 나를 재우러 온 것이었다. 마치 예전처럼. 믿거나 말거나 이건 실제로 일어난 일이다.

그 후 수많은 밤에 어린 시절의 잘못을 사과하기 위해 할머니의 신호를 기다렸다. 마음속으로 할머니를 부르며 나를 찾아와 달라고 말했고, 마치 곁에 있기라도 한 듯이 내 영혼을 짓누르는 괴로움을 털어 놓았다. 할머니를 거부한 것이 얼마나 죄송했는지 말하고 용서받고 싶었다. 하지만 할머니는 다시 찾아오지 않았고 나는 죄의식을 계속 짊어진 채 살아야 했다. 지금 와서 생각해 보면 할머니는 당신이 여전히 나를 사랑한다는 것을, 또 나를 지켜보리라는 것을 알려 주려 한 것 같다.

이 장을 프로세코^{Prosecco}(이탈리아산 화이트 와인의 한 종류로 드라이하고 살짝 단맛이 나는 스파클링 와인이다—옮긴이) 한 잔으로 마무리하며 나는 이 아름다운 불멸의 영혼을 위해 건배하려 한다. 게르트루트 할머니, 할머니는 영원히 제 마음속 천사예요.

4장

세상에서 제일
흥미로운 일

외외증조부모님이 돌아가신 후 행복하고 지극히 평범한 어린 시절을 보냈다. 나는 작고 금발의 눈에 띄지 않는 소녀였고, 집 안에 있는 것을 더 좋아하는 성향이 있었는데 그것은 오늘날까지도 변하지 않았다. 바깥세상으로 나가면 어찌해야 할지를 몰랐다. 밖에 나가면 자주 넘어졌다. 그게 너무 화가 나고 아파서 나는 무릎을 붙들고 한 시간씩 울부짖곤 했다. 어린 시절 사진을 보면 무릎에 반창고가 붙어 있지 않은 사진이 없을 정도다. 바깥세상에는 내 시선을 끌 만한 것이 거의 없었다. 하늘에서는 미세한 석탄가루가 떨어져 내렸다. 당시 우리는 광산 근처에서 살았는데 코앞에 바로 연탄 공장이 있었다. 밤이 되면 굴뚝에서 연기가 방출되었으므로 엄마는 마당에 빨래를 널기 전에 항상 바람이 어느 쪽으로 부는지부터 확인했다. 나는 유모차를 타고 지나가다 보았던 석탄 가루로 뒤덮인 검은 숲길과 거기서 내려다보이는, 불그스름한 거품이 둥둥 떠내려가던 검은 까치라는 별칭의 강물도 기억한다. 어느 순간 나는 펄프 공장의 폐수가 섞여 있지 않은 강물은 매우 다른 모습이라는 사실을 깨닫게 되었다. 나는 학교를 좋아했고 합창단에서 노래를 불렀으며 작문이나 문학을 좋아했던 반면 운동과 화학을 싫어했다. 생물학에는 전혀 흥미가 없었다. 생물 시간에 죽은 물고기를 해부해야 했을 때는 구역질을 느꼈다. 그때만 해도 나는 비즈 공예가가 되고 싶었다. 그동안 부모님은 이혼했고 아버지는 내 유치원 선생님이었던 사람과 재혼했다. 엄마와 외조부모님이 번갈아 가면서 나를 키웠다. 나는 10대 때를 제외하고는 가족을 그 누구보다 사랑하는 아이였다. 10대 시절에는 지독히 못돼 먹고 제멋대로 굴었지만 그건 이 책의 주제와는 상관없으니 이쯤에서 말을 줄이겠다.

　엄마는 할레Halle 대학교에서 아동 간호학을 전공했다. 할레 주변에 큰 화학 공장이 있었기 때문에 엄마는 적어도 한

달에 한 번은 협심증으로 고통을 받았다. 또한 엄마가 병원에서 돌보았던 아이 중 많은 이들이 백혈병을 앓다가 죽기도 했다. 하지만 엄마는 간호사로서 실습 생활을 하는 것을 좋아했다. 우리는 종종 할레 대학으로 가서 며칠간 지내며 대학 교정을 거닐곤 했다. 산책은 내 취향이 아니었지만 엄마가 시킨 일이어서 어쩔 수 없었다. 산책도 신선한 공기도 싫었지만, 이상하게도 나는 교정에 있던 붉은 벽돌 건물이 무척 마음에 들었고 마치 자석에 이끌리듯 그곳으로 다가갔다. 우윳빛 불투명한 유리창이 있는 건물이었다.

"엄마! 저기는 어디예요?"

나는 그 안에 들어가고 싶어 안달이 났다. 어쩌면 창문을 통해 안을 들여다볼 수 있을지도 몰랐다.

"거기는 병리과란다."

물론 근사하고 신비로운 유리창 안을 들여다보는 것은 불가능했고 문 역시 잠겨 있었다. 엄마는 그곳에는 죽은 사람이 보관되어 있다고 말해 주었다. 세상에! 건물 하나에 죽은 사람이 가득 차 있다니!

"들어가 본 적 있어요?"

엄마는 다음과 같은 이야기를 들려주었다. 엄마는 간호학과 1학년 때 죽은 아기를 병리과로 데려가라는 임무를 맡았다고 한다. 아기에게 옷을 입히고 머리에 모자를 씌운 다음 차가운 겨울바람을 막기 위해 아기의 몸을 담요로 감쌌다. 엄마는 의무감에 가득 차서 안뜰을 가로질러 덩치가 크고 뚱뚱한 남자가 문을 지키고 있는 병리과로 갔다. "그걸 거기에 놔둬." 남자는 엄마에게 문을 열어 준 뒤 말했다. 당시 열여섯 살이었던 엄마는 그 남자가 자신이 그토록 조심스럽게 입혀 놓았던 옷을 한 번에 벗긴 다음 발가벗은 아기를 한 손으로 들고 가는 모습을 어찌할 바를 모른 채 지켜보아야 했다. "얘는 이제 아무것도 느낄 수 없다고!" 충격을 받은 엄마의 표정을 보고 남자가 말했다.

엄마에게 그것은 무척 심란한 경험으로 남았다. 그 이야기를 들은 뒤 나는 만약 죽은 아이를 돌봐야 한다면 엄마처럼 소중하게 다루어야겠다고 결심했다.

또 다른 도시를 방문한 여행길에서 엄마는 의도치 않게 죽음에 대한 내 관심에 더욱 불을 지폈다. 우리가 드레스덴에 도착했을 때는 날씨가 몹시 추웠다. 드레스덴의 성모 교회 Frauenkirche가 매우 인상적이었는데, 엄마는 교회가 제2차 세계대전 때 대규모 공습으로 파괴되었고 당시에 수만 명의 사람이 죽었다고 얘기했다. 그렇구나, 누군가 죽었겠구나. 나는 그 말에 완전히 이끌렸다. 폐허 앞에서 미래의 프로일라인 토트Fräulein Tod(우리말로 '죽음 여사'라는 뜻—옮긴이)는 생각에 잠겼다. 저 돌무더기 밑에 해골들이 있겠구나. 나는 그들을 찾기 시작했다. 흥분에 차서 폐허 주변을 네 바퀴나 돌고 나니 엄마는 돌아가자고 재촉했지만 성모 교회에서 죽은 여자들을 찾아야 한다는 내 고집에 결국 손들고 말았다. 나는 30분이 지난 후에야 포기했다. 안타깝게도 해골은 눈에 띄지 않았다. 수년 전에 이미 무너진 교회의 잔해를 모두 치웠을 것이라는 엄마의 말에 실망감이 들었다. 내가 오랫동안 수색을 한 탓에 엄마는 심각한 중이염에 걸리고 말았는데 아직도 가끔 그에 대한 원망을 내비치곤 한다.

이렇게 서서히, 그러나 확고하게 나는 죽음에 대한 동경을 키워 갔다. 그래도 꽤 평범한 아이처럼 행동했다. 적어도 나는 그렇게 생각한다. 나는 학교에서 제일 잘생기고 최고의 수영 선수이기도 했던 같은 반의 프뢰비를 좋아했고, 그 애가 운동부가 있는 학교로 전학 갈 때까지 한마디도 못하면서 그 애의 책상 서랍에 몰래 사탕을 놓아두고 오는 등 짝사랑을 계속했다. 그 애는 어떻게 되었을까? 아직도 그렇게 귀엽고 멋진 모습일까?

　그애와 달리 나는 대체로 몸을 움직이는 것을 좋아하지 않았으므로 스포츠와는 거리가 멀었다. 피구 경기를 하게 되면 경기가 시작되자마자 아웃되기 위해 일부러 공을 맞았고 그 후로는 벤치에 앉아 있었다. 그리고 장대높이뛰기를 할 경우는 자꾸 크로스바를 떨어뜨려서 결국 바를 제자리에 돌려놓는 일을 담당하게 되었다. 최악은 운동과 야외 수업이 결합된 형태였다. 빈둥거림의 대가인 나로서는 그야말로 지옥이었다. 그래도 지금은 일주일에 두 번 조깅을 하고 가끔 요가도 하지만 그때는 운동의 운 자도 듣기 싫어하는 아이였다.

　어느 날 오후, 주렴을 만들기 위해 수백 개의 알록달록한 구슬을 꿰고 있을 때 외할머니와 외할아버지는 부드러운 목소리로 이 세상에 비즈 공예가가 되기 위한 교과 과정은 없다고 말해 주었다.

　가족의 성원 아래 나는 10학년 이후 괜찮은 직업을 갖기 위한 교육을 받기로 결심하고 직업 전문학교Berufsfachschule에 입학하여 전문학교Fachschule(직업 전문학교를 졸업하고 자격을 취득한 사람이 산업 현장에서 경험을 쌓은 후 고등 직업 기술을 획득하기 위해 다니는 기술학교—옮긴이)에 갈 수 있는 자격증을 취득했다. 전문학교에 진학해서는 장애인 돌봄 교육을 받았다. 교육받는 3년 동안 멋진 사람들과 함께 근사한 시간을 보냈다. 또 교육 과정의 한 부분으로 양로원과 유치원, 장애인 시설에서 인턴으로 일했다. 다운 증후군으로 더 잘 알려진 21번 세염색체증Trisomy 21에 대한 논문을 쓰기 위해 나는 게놈 돌연변이를 가진 한 멋진 여성과 12개월 동안 함께했다. 모든 것이 순조로웠고 내 전공에 만족해서 너무나 생기발랄했던 (적절한 표현일지는 모르겠지만) 시설의 수용자들만 아니었다면, 어쩌면 나는 요양 전문가라는 환상적인 직업을 선택했을지도 모른다. 요양 시설에서 인턴 생활을 하는 동안 나는 한 번도 사망자를 보지 못했고 당연히 시체도 보지 못했다. 하지만 그렇게 살 수는 없었다. 어떻게든 깨끗이 닦은 내 발을 죽음이란 열린 문틈에 끼워 넣고 싶었다.

그러던 어느 날, 마법처럼 한 권의 책이 내 손에 들어왔다. 느닷없는 조우였다. 볼프강 뒤르발트Wolfgang Dürwald가 쓴 1981년작 법의학 교과서는 139개의 놀라운 사진을 담고 있었다. 바로 시체 사진이었다! 난 사진을 수십 번도 넘게 보면서 책을 읽었다. 그 후 모든 것이 분명해졌다. 나는 진심으로 부검 일을 하고 싶었고 인체를 샅샅이 알고 싶었으며, 가능하면 법의학 분야에서 일하고 싶었다. 하지만 법의학자가 되거나 병리학자가 되기 위해서는 의학 학위가 필요했다. 문제는 의학 학위를 따고 싶지는 않다는 것이었다. 그러다 해부학 수업을 위한 운명적인 여행에서 답을 찾을 수 있었다. 선생님과 함께 그 반투명의 유리창이 설치된 할레 대학 병원의 병리과를 방문하게 된 것이었다. 만세! 드디어 이곳에 왔구나! 속으로 환호성을 질렀다. 부검 어시스트로 보이는 친절한 한 신사가 우리를 안내해 주었다. 나는 흥분되었다. 하지만 대부분의 다른 학생들은 나와 정반대였다. 친구들은 방부액에 담긴 신체 부위를 보고는 끔찍한 비명을 지르며 뒤로 물러났다. 세상에, 아름답지 않은가! 나는 말할 틈을 살피다 부검 어시스트에 질문을 던졌다.

"저 보관 용기에다 머리를 넣는 일을 하려면 어떻게 해야 하나요?" 사실 요즘에는 보관 용기에 머리를 넣어 보관하는 일은 더는 하지 않는다.

"베를린의 의료 해부 및 부검 어시스트 직업학교에서 교육 받으면 가능하답니다."

견학이 끝나고 작별 인사를 할 때 그 사람이 주소가 적힌 쪽지를 건넸다. 이 우연의 일치에 매우 들뜬 나는 그날 저녁 가족들에게 내가 상상하는 미래의 직업에 관해서 이야기했다. 엄마는 괜찮은 생각이라고 말했지만 외할아버지는 침묵했고 외할머니는 실망한 듯 한마디 했다. "넌 정말 기적의 꽃 Wunderblume(분꽃을 뜻하기도 하고, 운이 좋거나 특이한 취향을 가진 사람을 일컫는 관용어로 사용하기도 한다—옮긴이)이로구나."

그리하여 나는 오로지 죽은 이들을 해부해 보겠다는 일념 하나로 좋은 성적을 받아서 2년이나 빨리 신비의 세계인 부검 어시스트 교육 기관에 입학 원서를 제출했다. 입학 허가서를 내 손에 쥐게 되자 한 치의 의심도 생기지 않았다. 드디어 내 길을 찾았고 이제 그곳에 발을 걸치게 되었다.

당시 나는 엄마가 한 요양원에서 간호사로 일하기 위해 팔츠로 이사하는 바람에 외조부모님과 함께 살고 있었다. 전문학교를 졸업하기 전 엄마를 보러 갔을 때, 엄마는 나를 위해 깜짝 놀랄 만한 일을 준비해 놓고 있었다. 엄마가 일하는 병동에서 몇 시간 전에 한 여자가 죽었는데 평소 같으면 사후검사가 끝나면 곧바로 냉장고로 옮겼을 텐데 엄마는 내가 생전 처음으로 진짜 시신을 볼 수 있도록 고인을 임시로 작은 방에 보관해 둔 것이다.

그때까지 나는 부검 어시스트 직업학교에서 처음으로 시

신을 마주하면 어떨지 한 번도 상상해 본 적이 없었다. 물론 죽은 사람들을 대하는 데 문제가 있을 것이라고는 생각하지 않았다. 그런데 고맙게도 엄마가 그전에 미리 나에게 시신을 소개해 주겠다고 마음먹은 것이다.

그곳은 창문 하나 없는 방이었고 천장 램프가 희미한 노란색 빛을 내뿜고 있었다. 나는 시신을 바라보았다. 정말로 멋진 시신이었다. 양로원에서 보살핌을 잘 받은 것을 알 수 있었다. 눈과 입은 닫혀 있었고 몸은 깨끗한 시트로 덮여 있었다. 내가 마침내 노인의 시신과 단둘이 있게 되었을 때, 낯선 동시에 익숙한 느낌이 몰려 왔다. 불쾌한 냄새가 나거나 전율이 일어나진 않았다. 그저 신기함과 기쁨, 감사한 느낌이 들 뿐이었다.

1997년 가을에 드디어 때가 왔다. 나는 주로 나이가 어린 서른여 명의 다른 사람들과 함께 부검 어시스트 교육을 받기 시작했고, 병원에 있는 방을 향해 발을 옮겼다. 그곳은 꼭대기 층에 있었고 창문을 통해 묘지가 훤히 내려다보였다. 더할 나위 없이 좋은 공간이었다. 병리과는 마을 건너편에 있었지만, 그곳에 가기 위해서는 어떤 길도 마다하지 않았을 것이다. 넓은 건물의 어두컴컴한 현관에 처음 들어섰을 때 나를 반겼던 그 근사한 향기를 아직도 기억한다. 반면에 거대한 병리과는 환한 햇빛이 내리비치고 있었다. 나에게 행복을 주는 공간이었다. 우리 팀은 다양한 사람들이 섞여 있었지만 모두 열렬하게 시신 해부를 좋아하는 '기적의 꽃'이라는 공통점이 있었다. 경력을 한 단계 높이고 싶어 하는 경험 많은 부검 어시스트와 의대생 그리고 노동 사무소에서 구직 훈련을 위해 파견된 사람들 등으로 구성된 팀이었다.

첫날부터 우리는 부검 실습생으로 참석해야 했다. 물론 나는 맨 앞자리에 앉았다. 부검 대상은 자그마한 몸집의 여성 노인이었다. 노인의 죽음은 상대적으로 덜 비극적으로 여겨지는 측면이 있으므로 부검 실습용으로는 상당히 적절하게 여겨졌다. 그런데도 우리 그룹의 참가자들은 며칠 만에 열 명이나 줄어들었다. 부검실에는 스무여 명이나 되는 사람들이 있었지만 나는 단 한 가지도 놓치기 싫어 앞으로 튀어 나가고 싶은 마음을 눌러야 했다.

부검 어시스트는 실습생들이 간단한 부검 작업에 참여할 수 있게 허락하기도 했다. 나는 캐뉼러cannula(체내로 약물을 주입하거나 체액을 뽑아내기 위해 꽂는 관)로 안구의 수양액을 빼내는 일을 맡았다. 세상에, 눈에다 바로 꽂아야 한다고? 대체 어떻게? 팀 전체가 나를 둘러싸고 서서 내가 바늘로 눈을 찌르는 것을 주시하고 있는 상황이었으므로 시신을 만지는 것에 대한 두려움이나 망설임을 키울 틈이 없었다. 게다가 나는 망신을 당하고 싶지 않았다. 그래서 일단 눈을 찔렀다. 하지만 수양액은 나오지 않았다. 분명 어느 정도의 훈련이 필요한 일임이 틀림없었다. 내가 그 자리에 참석해야 했던 이유이기도 했다.

부검 어시스트 직업학교의 하루는 다음과 같은 일정으로 흘러갔다. 아침에 우리는 해부학과 생리학, 법학과 법의학, 미생물학, 사진학 수업을 받았다. 점심 식사 후에는 부검실로 가서 시신을 다루는 과학적 방법에 대해 배운 후 늦은 오후가 되면 실험실로 옮겨 가서 부검 어시스트에 관련된 온갖 것을 실습했다. 거기에는 레진resin 주조물 만들기부터 건식 및 습식 시체 보관법, 유골 표본 만들기와 부식 방지법에 이르기까지 시체를 꾸미거나 보존하는 방법이 망라되어 있다. 또한 골격 구조에 대한 학습도 포함되었다. 이를 위해 우리는 뜨거운 물에 빠뜨려 죽인(이는 뼈에서 고기가 떨어져 나가는 것 이상을 의미하지 않는다. 고깃국을 생각해 보라) 쥐를 대상으로 공부했다. 불쌍한 녀석들, 실제로 나는 그 녀석들의 가죽을 벗기는 일까지 해야 했다! 그다음에는 뼈를 발라내어 탈색한 뒤 쥐의 모양으로 골격을 재조립한다. 거추장스럽기 그지없는 일이었다. 가끔 절단된 신체 부위를 다루는 실습도 해야 했다. 그 일은 뜨거운 물로 가득 찬 큰 욕조에 떠 있는 퉁퉁 부은 몇 개의 다리를 건져 내는 것부터 시작되었다. 우리 실습생들은 각자 이 물에 손을 뻗어 다리 하나씩을 집어야 했다. 상당한 고역이었다. 결국 나는 깡마른 다리 하나를 집는 데 성공했다! 병원의 수술대 위에서 절단되거나 제거되어 조직 검사를 받은 신체 부위나 장기 기관은 당연히 적절한 순서를 거쳐 폐기된다. 이들 폐기물은 '감염성'이 있다고 판단되므로 그에 맞는 특별한 용기에 넣어서 처리된다. 여기 뮌헨의 병원에서는 검은색의 60리터짜리 통에 넣는데 이 통에 뚜껑을 한번 덮으면 절대 다시 열지 않는다. 이 위험물을 다루려면 항상 허가받은 사람의 감독을 받아야 한다. 그런데 이를 감독하는 일이 보통 짜증 나는 일이 아니다. 내가 그 일을 맡은 사람 중 하나이기 때문에 잘 알고 있다. 세상에서 가장 무서운 내용물을 가진 용기들은 특수 공장에서 연소되고 그 결과 재생 가능한 산업용 재료가 생산된다. 이 재료들은 가령 자동차 타이어나 노면을 만드는 데 사용된다.

군터 폰 하겐스Gunther von Hagens(플라스티네이션plastination이라는 인체 표본을 보존하는 방법을 창안한 사람—옮긴이)라는 의사에 대해 들어 보았는가? 우리도 플라스티네이션(방부 용액 속에 사체를 특정 형태로 고정한 뒤 해부 및 절개해 수분과 지방을 제거하고 실리콘과 같은 합성수지를 주입해 마치 살아 있는 듯한 상태로 사체를 반영구적으로 보존하는 방법—옮긴이)을 배웠다. 나는 아직도 사무실에 즐거운 학창 시절을 추억하는 상징으로 플라스티네이션 된 돼지 심장을 놓아두고 있다. 병원 실습생이던 시절은 내 전성기와도 같았다. 당시 나는 참으로 제멋대로였다. 한번은 돼지 심장과 양의 심장을 가지러 선배 부검 어시스트들과 함께 실습생들은 브란덴부르크에 있는 도살장을 방문했다. 이들 동물의 심장은 인간의 심장과 매우 유사해서 종종 실습 목적으로 사용된다. 나는 이토록 멋진 직업을 위한 배움의 과정에서 필요한 것이라면 무엇이든 할 준비가 되어 있었다. 오늘날이라면 도살장에 발도 들여놓지 않을 것이다. 일단 나는 보호복과 거대한 하얀 고무장화를 신었다. 그러고 나서 선배인 세 남자를 뒤쫓아 달렸다. 달려가 멈춰 선 곳은 막 도살되어서 반 토막 난 돼지들이 매달려 있는 일종의 거대한 회전목마 아래였다. 우리는 이 괴이한 돼지 사체로 이루어진 커튼을 뚫고 지나가야 했다. 그것은 어린 시절 내가 만들었던 주렴과는 비교도 되지 않았다. 그때부터 나는 눈을 어느 쪽에도 두지 않고 온갖 감각과 생각을 차단했다. 거기서 기억나는 것이라고는 우리가 들고나왔던 신선한 심장이 가득 담긴 양동이뿐이다. 그때처럼 신선한 공기가 고마웠던 적이 없었다.

여러 가지 공부 중에서도 특히 데스마스크 만들기가 재미있었다. 데스마스크는 유족을 위한 전통적인 기념품으로 오늘날에는 다소 유행에서 벗어나 있다. 하지만 과거에는 조각상을 실물에 가깝게 보이기 위해 데스마스크를 사용하는 때도 있었다. 여러분은 어쩌면 묘비석에 얼굴이 새겨진 오래된 묘지를 본 적이 있을지도 모른다. 고대 이집트에서도 고인의 얼굴이 새겨진 이 가면들은 매우 소중하게 여겨졌으며 온갖 예술적 기교를 다해 제작되었다. 최근에 나는 한 안경원의 진열장에 최신형 안경을 끼고 있는 데스마스크가 줄지어 있는 것을 보았다. 대체 안경원의 인테리어 업자는 어디서 그 마스크들을 구했으며 안경을 광고하기 위해 사용하는 그 물건이 무엇인지 알고나 있었을까?

데스마스크를 만드는 것은 시간이 좀 걸리는 일이다. 먼저 죽은 사람의 얼굴에서 음각 주형Negative form을 뜨는데 여기에서 원하는 수만큼 이후에 데스마스크를 만들어 낼 수 있다. 이 작업은 사후 경직이 진행될 때 가장 잘 이루어진다. 머리카락이나 점, 얼굴 윤곽과 기미 등도 표현할 수 있다. 조형물은 석고뿐 아니라 청동이나 금으로도 만들 수 있다. 마스크를 통해 미세한 얼굴의 선과 모공까지 볼 수 있다. 이 마스크는 항상 살아 있는 모습처럼 보이는데 이를 통해 죽은 자의 영혼이 사후에도 자신의 육체를 알아보고 그 속에 깃들 수 있게 한 것이다. 학위를 위한 과제로 만들어야 했지만 나는 고인과 함께하는 그 특별한 시간을 좋아해서 데스마스크를 두 개나 만들었다.

인턴일 때나 학생일 때나 나는 매일 저녁이 되면 완전히 지쳤지만 만족을 느끼며 내 방으로 돌아왔다. 가끔 밤에 묘지를 돌아다니는 귀신이 있나 둘러보았지만 본 적은 없었다. 불빛 속에서 묘지 근처에 무더기로 쌓여 있는 폐기물이 보였다. 주로 오래된 비석이었다. 나는 내가 찾는 것이 무엇인지도 모른 채 가까이 가서 들여다보았다. 자그마한 비석 하나가 눈에 들어왔다. 그것은 모양이 온전한 비석으로 내 방 장식으로 잘 어울리겠다고 생각했다. 글자가 제대로 보이지 않았지만 "나의 햇빛"이라고 적힌 글귀가 눈에 들어왔다. 나는 금색 매니큐어로 비석을 손질해서 복원했고 이 새로운 장식품이 정말로 마음에 들었다. 나를 찾아온 방문객들은 종종 이 비석을 보고 놀라곤 했다. 하지만 누구나 자기 방을 취향대로 장식할 수 있는 것 아닌가? 게다가 요즘에는 비석이 재활용되거나 도로 건설 자재로 사용되는 경우가 많다.

나는 주중에는 매일 저녁, 주말에는 일요일에 공부했다. 모든 것을 '의학적으로' 배웠고 복잡한 라틴어로 이루어진 의학 용어를 찾아서 외워야 했다. 가장 먼저 외워야 할 것은 뇌신경과 신경이 통과하는 구멍들이었다. 그것은 순전히 주입식 학습이었으며 앞으로 배워야 할 학습량의 기준이 되었다. 짧은 시간 안에 엄청난 분량의 내용을 외워야 했다.

일주일에 한 번 우리는 반나절을 일종의 사진관에서 보냈다. 의학 분야에서는 많은 것들을 사진 기록으로 남기기 때문에 편집 기술을 비롯한 사진 수업은 배움의 일부였다. 우리는 사진을 찍고 필름을 현상하고 인화지에 이미지를 재현하는 일을 했다. 그야말로 신나는 일이었다. 특히 빨간 불이 들어오는 암실이 좋았다. 그런데 한번은 네온 그린 색의 버

펠로 샌들을 신고 암실에 들어갔다가 선생님께 혼난 적도 있었다. 암실에서 반짝이는 신발은 무척 근사해 보였지만 선생님은 사진을 현상하는 데 방해가 된다고 판단한 것이다. 그래도 사진 시험은 무사히 통과했다.

내가 가장 편안함을 느낀 수업은 해부학 수업이었다. 수업은 작은 그룹 단위로 이루어졌고 언제나 적어도 의사 한 명과 부검 어시스트 한 명의 감독하에 이루어졌다. 우리는 모든 일반적인 기술을 배웠다. 각 장기를 개별적으로 제거하는 장기 절제술과 흉부, 복부, 골반 장기를 함께 제거하는 일괄 절제술, 오스트리아 병리학자의 이름을 딴 이른바 로키탄스키Rokitansky 기법 등이 그것이다. 로키탄스키 기법을 사용한 해부에서는 모든 장기를 하나의 커다란 덩어리로써 제거한다. 거의 사람의 절반에 가까운 이 장기 덩어리를 손에 들고 있노라면 정신이 오락가락할 정도가 된다. 나는 이 기법을 매우 좋아하지만 의사들은 별로 선호하지 않아서 이런 식의 절제를 할 수 있는 경우는 거의 없다. 아마도 병리학자에게 더 부담되는 방법이기 때문이어서 그럴 것이다. 한편 두개골은 톱으로 잘라 열어서 뇌와 두개골의 밑부분을 검사한다. 또한 원칙적으로 세 개의 체강body cavity, 즉 흉부와 복부 및 두개골의 공동 부위를 열어서 각 장기를 주의 깊게 분석한다. 이러한 기본을 익히고 나면 좀 더 집중력과 기술력을 향상시키기 위해 공들여 연습해야 한다. 예를 들어 좌골신경 절제술을 하게 된다면, 좌골신경은 대체로 바깥쪽을 향해 튀어나와 있는 두꺼운 신경이라 비교적 찾기도 절제하기도 쉽다. 척수를 제거하는 것은 그보다 어렵다. 이를 위해 골수가 노출되어 제거될 수 있도록 관을 삽입하여 척추에 고정한다. 척수의 아래쪽 끝은 라틴어로 말꼬리*cauda equina*라고 불린다. 멋지지 않은가? 이 '말꼬리'는 근사한 모양을 하고 있으며 감촉도 훌륭하다. 척수는 앞쪽, 즉 복부 쪽으로 당기면 쉽게 뽑힌다. 부검 어시스트인 우리로서는 척수를 시신의 뒤쪽에서 뽑는 것이 더 불편하다. 그러자면 또다시 피부를 크게 절개해야 하고 이는 시신을 더 많이 건드려야 하는 일이다. 절개와 봉합이 더 많다는 것은 우리에겐 더 많은 일을 의미한다. 나는 보통 봉합 작업을 즐기는 편이지만 뒤에서 척수를 꺼내는 작업은 무척 고단하므로 앞쪽에서 꺼내는 것을 선호한다. 때로는 척추 전체를 제거해야 할 때도 있다. 그런 방법은 무척 힘이 드는데 시신도 받쳐 주는 구조물이 없어지므로 이후에 시신은 훨씬 더 흐물흐물해진다.

나는 눈을 제거하는 일도 어렵지 않다. 일반적인 부검 절차에 속하지는 않지만, 안구 제거 작업이 적성에 맞기도 했다. 마침 마지막 실습 시험의 과제가 안구 제거였다. 정해진 시간 안에 안구를 제거하고 해부학적 구조를 설명한 다음 다시 예쁘게 정리해서 꿰매는 일까지 마쳐야 했다. 전혀 문제없는 일이었다.

부검할 시신에 인체를 오른쪽과 왼쪽으로 나누어 절단하는 시상 절단sagittal section이나 '중국식 땋기Chinesenzopf'와 같은 특이한 방식을 적용할 수는 없으므로 우리는 주로 기증받은 시신으로 연습한다. 시상 절단은 머리 부위를 절단하는 데 사용되는 방법이다. 이는 엄밀히 말하면 특별히 까다롭지는 않은 방법으로 띠톱으로 머리 중앙을 따라 길게 자르기만 하면 된다. 학교에서 공예 수업을 받아 본 사람이라면 누구나 할 수 있다. 하지만 얼굴을 바라보며 절단하는 것은 좀 으스스한 일일 수 있다. 그러나 미래에 부검 어시스트가 되고자 한다면 그 모든 일을 할 수 있어야 한다.

'중국식 땋기'는 뇌와 척수를 한 덩어리로 잘라 내는 것이다. 이 능력은 계속 절개 대상에 극도로 주의를 기울일 수 있는 사람에게만 진정으로 발현된다. 농담이 아니다! 이는 정말 효과가 있었고 결과도 훌륭했다. 그러나 실제 일하는 동안 이 기술을 사용해 본 적은 없다.

부검 어시스트 훈련 과정에는 인체의 모든 장기를 해부하고 절단하는 기술도 포함되었다. 부검 어시스트는 부검의와 함께 작업한다. 하지만 시신에 대한 소견은 전적으로 의사가 관여한다. 부검을 해야 할 경우 병리학자는 부검 어시스트가 해야 할 일을 결정한다. 하지만 훈련받은 부검 어시스트는 사람들이 일반적으로 생각하는 것보다 더 많은 일을 할 수 있다고 과감하게 말하고 싶다.

주사 기법에 의한 시체 보존도 교육 과정의 일부였다. 죽은 이의 몸을 보존하는 방법이다. 일부 국가에서는 시신을 유족들에게 돌려주기 전에 보존 처리 과정을 거쳐야 하는 규정이 있기도 하다. 또한 이 기법은 집 안에 유해를 더 오래 보존하기 위해서도 사용된다. 간단히 말하자면 동맥 혈관을 통해 특정 액체를 체내에 주입하는 기법이다. 며칠에 걸쳐 이 액체가 혈관 벽을 통해 주변 조직으로 퍼지면 시신은 완벽히 보존된다. 교육받을 당시에는 주사를 놓기 위해 상당히 무거운 주사기가 사용되었는데 그러다 보니 남자 동료의 역할이 중요했다. 내가 할 수 있는 일은 단지 근육 내 주사를 여기저기 찔끔 놓는 것뿐이었다. 그때 배운 바로는 이러한 보존 방식을 행하는 데 약 한 시간 정도 걸리며 보존 효과는 약 2주 정도 지속되므로 시신을 운반해서 매장하기에 충분했다. 이 외에도 시신을 보존 액체에 넣는 방법도 있다. 하지만 이 방법은 시신 내 조직에 보존액이 완벽하게 침투하는 데 시간이 훨씬 오래 걸린다. 또한 용액이 더해진 시신은 몇 킬로그램의 무게가 더 나가기 때문에 시신을 보존 용기에서 꺼내는 일이 무척 힘들어진다.

　나는 오랫동안 모스크바의 레닌 영묘에 매료되어 있었으므로 시신 보존법을 배울 수 있다는 사실이 매우 기뻤다. 직접 그곳에 가 본 적은 한 번도 없지만 외조부모님들로부터 1924년에 사망한 블라디미르 일리치 레닌의 시신 처리에 대해 들은 바가 있었다. 그거야말로 내 전공이 아닌가! 학교에서 레닌에 대해 배운 적이 있지만 사실 내 관심을 끈 것은 방부 처리된 그의 육신뿐이었다. 오늘날까지 그의 시신이 보존되고 있는 방식은 내가 학교에서 배운 것과는 완전히 다르다. 신체적 변수에도 불구하고 해마다 레닌의 육신을 영구적으로 보존하기 위해 많은 일들이 행해진다. 이 혁명가가 여전히 훌륭한 외양을 유지하고 있는 것은 해부학자와 화학자,

부검 어시스트들이 최고의 성과를 이룬 덕분이다.

독일의 경우 시신의 보존을 책임지는 사람은 나를 비롯한 전문가 동료들이다. 이는 많은 기술이 필요한 일이다. 훈련 과정에서는 부검과 시신 관리를 중심으로 배우게 된다. 시신을 받아들이는 것부터 시작하여 이송하는 일, 수천 개의 사망 사건을 분류하고 시신을 감쌀 리넨 천을 모으고, 다양한 양식서를 작성하며 망자의 친척들을 돌보고 마지막으로 병리과를 깨끗하게 유지하는 것과 같은 작업이 우리 직업에서 다루어야 할 일상적인 일이다.

나는 한 병원의 병리과에 발령받아 몇 달을 그곳에서 일했다. 이전의 도살장 이야기에서 언급한 바 있는 세 명의 부검 어시스트들을 기억하는가? 내가 첫눈에 반했던 디르키, 수석 부검 어시스트인 '붉은 여우'와 셋 중 가장 나이가 많긴 하지만 결코 늙은이는 아니었던 '노인'이라는 별명을 가진 부검 어시스트가 이들이었다. 이들의 별명은 우리 외할머니가 지어 준 것이었다. 세 사람은 내가 알아야 할 모든 것을 가르쳐 주었다. 그들은 내가 제대로 일할 수 있는 환경을 만들어 주고 내 심신을 돌봐 주었다. 다른 팀원 중에는 병동에서 고인을 수습해 병리과로 데려가 안전하게 보관하는 일을 하는 사람도 있었다. 나는 그 사람을 별로 좋아하지 않았다. 그가 매일 아침 땀에 젖은 양말을 벗어서 라디에이터에 걸어 놓은 것 때문만은 아니었다.

인턴 기간이 끝나기 직전 어느 화창한 날에 직업학교 교장이 전화를 걸어 소식을 전했다. "학생은 뮌헨에 가게 될 것 같네." 병가로 자리를 비운 사람이 있으니 그 자리에 지원하라는 것이었다. 너무 떨렸다. 동료들은 시체 안치실까지 나를 따라와서 교장과 통화하는 모습을 지켜봤다. 이들은 벽에 매달린 전화기 옆에 내가 앉을 수 있도록 의자를 놔 주고 그 위에 꽃다발까지 얹어 두었다. 통화가 끝난 후 나는 즉시 지원서를 냈고 4주 안에 뮌헨으로 이사할 준비를 해야 했다. 동료들이 이것저것 도와주었는데 오직 '노인'만이 이 소식을 떨떠름하게 받아들였다. "그곳 사람들은 바이에른 사투리가 심해서 무슨 말을 하는지 넌 하나도 못 알아들을 거야. 게다가 거긴 엄청나게 큰 로터리가 있어. 네가 감당할 수 있을까?" 디르키는 미래의 내 동료가 될 사람의 예전 지원서를 찾아내서 미리 그에 대한 정보를 제공해 주었다. 대머리에다 색안경, 얼굴 피어싱…. 사진 속의 그는 무척 화난 얼굴이었다. 설마 체포된 후 찍은 용의자 식별용 사진은 아니겠지?(그나저나 우리는 지금까지 좋은 친구로 지내고 있다!) 아무튼 나는 온갖 용기를 끌어모아 그 자리에 지원했다. 힘들고도 만족스러운 1년간의 인턴 기간과 더 고달프고 괴로웠던 마지막 이론 및 실습 시험 이후 드디어 제대로 된 직업을 얻게 된 것이다. 나는 그럴 자격이 있었다.

마지막 시험이 끝난 직후에 우리 반 동료들과 모여 찍은 사진을 아직도 가지고 있다. 이 사진을 보면 누가 합격하고 불합격했는지 쉽게 알 수 있다. 맨 앞줄에서 기쁨에 찬 표정을 짓고 있는 사람이 누군지 알아맞혀 보시라.

5장

가위질, 칼질
그리고 탐험

1998년 늦가을에 나는 병리과의 부검 어시스트로 자리를 잡았다. 앞으로 일하기로 한 곳은 이자르 강변의 오른쪽에 있는, 뮌헨 공과 대학에 속한 병원이었다. 놀랍게도 나는 곧바로 영구 계약 체결과 함께 구내의 정신과 병동 바로 옆에 있는 숙소를 배정받았다. 그곳에서 적어도 석 달간은 편히 지낼 수 있었다. 그 후에 나는 테라스가 있는 귀여운 원룸 아파트를 구해서 독립했는데 테라스에는 다람쥐와 고양이뿐 아니라 불행히도 스토커까지 둥지를 틀곤 했다.

불과 1년 후, 당시 상사였던 훌륭한 교수님이 나를 전문 관리자로 승진시켜 주었다. 그때부터 나는 자신을 수석 부검 어시스트라고 부를 수 있게 되었다. 하지만 그 직함이 너무 과하게 여겨졌기 때문에 사람들 앞에 내세우지는 않았다. 베를린에서 계속 지내는 것도 괜찮았겠지만 커다란 로터리가 있는 바이에른주의 주도에 정착하는 것도 좋았다. 내가 이 도시에 그렇게 빨리 정착할 수 있었던 것은 첫 방문 때부터 이 도시와 사랑에 빠져 나를 따라 이사 온, 내 오랜 친구 수제 때문만은 아니었다.

새 직장에서 나는 처음부터 부검대에서 일을 시작했다. 당시 이곳에서는 연간 350여 건의 부검이 실행되었는데, 이는 하루에 한두 건의 부검이 이루어진다는 의미다. 지원서 사진 속에서 무서운 표정을 하고 있던(이제는 머리를 길렀고 종종 내게 활짝 웃는 모습을 보여 주는) 귀여운 동료와 함께 나는 월요일부터 금요일까지 부검 일을 했다. 일을 마치고 나면 청소 직원들이 부검실을 깨끗이 청소할 뿐만 아니라 산더미처럼 쌓인 빨래까지 해결해 준다는 점에서 예전에 없던 호사를 누릴 수 있었다. 그동안 용역업체 청소부들이 비용 절감 대책의 희생양이 된 지 오래였기 때문이다. 수년 동안 부검 어시스트들은 직접 구내를 청소했고 수의나 고인의 이불, 베개 등을 챙겨서 직접 세탁소에 가져다주는 일을 해야 했다.

부검 어시스트로서 나는 10년 동안 부검 작업 외에는 거의 아무것도 하지 않았다. 대부분 의사는 성격이 좋고 재미있었으며 의대 실습생들은 대개 내 또래여서 이들과 상당히 즐거운 인연(여기엔 키스도 포함된다)을 이어갈 수 있었다. 하지만 내가 제대로 본전을 뽑은 곳은 직업적인 부분에서였다. 이일을 하는 동안 나는 온갖 종류의 장기 이상 형태를 목격할 수 있었다. 심지어 모든 장기가 정상적인 위치가 아닌 거울처럼 반대 방향에 있는 내장 역위증situs inversus이나 푸른색의 두뇌를 본 적도 있다. 이 특별한 부검에는 다른 두 명의 인턴들도 참여했는데 이들도 이처럼 아름다운 색의 두뇌를 전에는 한 번도 본 적이 없었다. 우리는 신이 나서 상사에게 전화를 걸어 이 현상을 보고했다. 잠시 후 등장한 상사는 세 쌍의 반짝거리는 눈망울을 앞에 두고 침착한 말투로 말했다. "그래서 뭐? 한 번도 이런 걸 본 적이 없었던 모양이지?" 당연하죠. 우린 이제 겨우 20대 중반밖에 안 됐다고요! 불행히도 뇌가 왜 파란색이 되는지는 잊어버렸지만 그날 내가 본 광경은 아직도 잊을 수 없다.

그런데 아무리 흥미롭고 의미 있는 작업이더라도 일과는 정해져 있다. 그래서 이쯤에서 당시 내가 일하던 병리과의 몇 가지 원칙에 관해 이야기하려 한다.

기본적으로 우리 병원에서는 나이가 많든 적든 죽는 순서대로 시신을 시신을 병리과로 데려온다. 부검 어시스트들은 운반된 시신을 등록하고 섭씨 3도의 널찍하고 냉장고에 보관한다. 모든 시신에는 사망 사유나 부검 여부에 대한 정보를 담은 양식서가 적어도 하나 이상 있어야 한다. 양식에 기재된 개인적인 세부 사항은 말 그대로 발가락 모양까지 일치해야 한다. 최종적으로 병리과가 사망자에 대한 필요한 정보를 모두 확보하고 나면 사망 유형에 따라 시신 처리 방법을 결정한다.

독일에서는 장례 의무가 모든 사망자에게 적용되는데, 바이에른주에서는 사망 후 48시간 이내에는 장례를 치를 수 없고 또 늦어도 8일 이내에는 장례를 치러야 한다. 이 기간에 장의사와 연락해야 한다. 만일 가족이나 친인척이 어떤 이유로든 이 의무를 이행하지 않으면 공공 기관에서 생존해 있는 가족을 찾아 장례 요구를 한다. 하지만 여전히 장례를 치르지 않는 경우 뮌헨시가 직권으로 장례를 명할 수 있다. 장례 비용은 가족이나 친족이 부담한다. 가족도 친척도 없다면 뮌헨시가 비용을 부담한다. 아무튼 독일에서는 모든 사람이 제대로 된 장례 혜택을 받는다.

우리 기관에는 여러 곳의 장의사들이 드나든다. 시신을 장례식장으로 운반해 가는 일은 나와 협의한 후에 진행된다. 고인을 운반해 가도 될지를 판단하는 것이 내 몫이기 때문이다. 만약 고인이 자연사해서 부검할 필요가 없다면 곧바로 운송할 수 있다. 또한 시신에 의한 감염 위험이 있을 경우 적절한 예방 조처를 해야 할지도 판단한다. 가끔 시신이 평균 이상으로 체구가 크거나 무거운 경우도 있다. 관은 대체로 표준 크기며 일부 묘지에서는 치수가 작은 관만을 허용하기도 한다. 하지만 누구나 시신이 관에 제대로 안치되기를 바라며 개구리처럼 욱여넣어지기를 바라는 사람은 없으므로 장의사는 이를 대비해야 한다. 만약에 죽음의 방식이 자연스럽지 않거나 명확하지 않은 경우 우리는 장례식장으로 운송해 가는 것을 거부할 수 있다. 이것은 사망 진단서에 기록되는 다른 두 가지 유형의 사망에 해당한다. 이런 사망에는 항상 경찰의 보고서가 동봉되어야 하고 이후에는 검찰청에 제출해야 한다. 그다음 시신을 어떻게 처리할지에 대한 결정을 내린다. 부검을 위해 법의학과로 시신을 보내거나 장례식장으로 내보내거나 둘 중 하나다. 장의사는 시신이 풀려나기를 기다렸다가 시신 방출 증명서를 우리에게 보여 주고 데려갈 수 있다. 그렇지 않으면 부검이 끝난 후 법의학과에서 시신을 수습한다.

법의학적 부검 외에도 임상 분야에서 확인해야 할 사안도 있다. 장의사는 이 과정 또한 기다려야 한다. 내가 수천 번 넘게 참여한 임상 부검은 한편으로는 병원에서 질병 관리를 위해 활용할 수 있다. 즉 의사의 소견을 확인하고 다시 자세히 검시하는 데 필요한 것이다. 부검을 통해서 기존의 영상 검사에서 발견한 것을 확인하고 평가할 수 있다. 가령 방사선과 의사가 고인의 폐 왼쪽 아랫부분에서 종양을 발견했다고 하자. 이 같은 문제점을 발견하면 우리는 그 부위를 검사하고 임상과 동료들과 소통하여 진단을 내린다. 임상 분야에서는 영상의학과의 발견을 감사하게 받아들이며, 방사선 전문의의 소견이나 CT, X선 영상을 지속해서 신뢰할 수 있게 된다.

다른 부서의 검사 결과도 마찬가지다. 위내시경, 직장 내시경, 초음파 등의 도움을 받아서 우리는 신체를 조금 더 깊이 들여다보고 그전까지 알아채지 못했던 병리학적 사실들을 더욱 잘 발견할 수 있다. 부검 대상이 되는 시신은 먼저 외부를 꼼꼼하게 검사받은 후 내부를 검사받는다. 우리는 이것을 외부 및 내부 검시라고 부른다. 이 과정에서 꼼꼼히 기록하고, 지시 사항을 전달하고, 사진을 찍는다.

또한 영상에서 1차 종양 외에도 암세포의 전이 흔적이 보이면 종종 부검을 시행한다. 그 말은 고인의 몸에 작은 수류탄이 곳곳에서 터진 것과 같다. 이를 통해 병리학자들은 부검으로 상태를 명확하게 파악하여 미래 환자들의 목숨을 구하는 데 도움을 줄 수 있다.

부검의 목적이 무엇이든 부검팀은 모두 신중해야 할 의무가 있으며 각자의 일에 매우 진지하게 임하고 있다. 우리 앞에는 고인의 죽음을 애도하는, 괴로운 상황에 놓인 가족과 친척, 친구들이 있다. 그러니 우리가 신중히 일하는 것은 말할 필요도 없다. 그런데 죽음의 실제 원인을 규명할 때도 이같은 신중함이 필요하다. 임상 부검이 필요한 두 번째 이유이기도 하다. 대부분의 경우, 주치의나 검시관은 정확히 무엇이 한 사람을 죽음에 이르게 했는지 말할 수 있지만 그렇게 할 수 없는 경우도 간혹 있다. 죽음의 인과적 사슬이 아귀가 딱 맞지 않아서 의문을 불러일으키는 것이다. 가령 환자는 완치의 길을 향해 가고 있었고 회진 때 주치의는 곧 집으로 갈 수 있다고 얘기했다. 그런데 환자가 갑자기 사망한 것이다. 이럴 때는 갑작스러운 죽음의 원인을 정확히 규명하는 것이 중요하다. 혹은 사망 원인을 알 수 없을 정도로 환자가 매우 빨리 사망하는 경우도 있다. 임상 부검이 필요한 세 번째 이유는 가르침을 위해서다. 의학을 공부할 때 한 번 이상 해부 실습에 참여하는 것이 중요하다. 물론 모든 의학생들이 이 과정을 잘 받아들이는 것은 아니지만 해부를 통해 인간의 신체 기관에 대한 감각을 발전시키고 그때까지 의학책에서만 보아 왔던 인체의 실제 모습을 경험하는 것이 중요하다.

물론 병리과라고 해서 무작정 시신을 열고 자를 수는 없다. 독일에서 부검법Sektionsgesetz은 장례법의 한 부분이며 주마다 다르다. 바이에른주에서는 모순율(논리학의 법칙 중 하나로 어느 사물에 대한 명제와 동시에 그것을 부정하는 것은 불가능하다는 원칙—옮긴이)이 적용된다. 이에 따라 24시간 이내에 친인척이 이의를 제기하지 않으면 임상 부검을 진행할 수 있다. 또 매우 시급한 사안이거나 과학적으로 상당히 이롭다고 판단될 때 부검을 진행할 수 있다. 만약 제때 반대 의사를 표명하지 않아서 사랑하는 가족의 몸이 갈기갈기 찢긴다면 어떤 기분이 들겠는가? 우리 병원에서 현실적 해법을 찾아낸 것은 바로 이런 이유 때문이다. 해법은 바로 동의 원칙이다. 사망 진단서를 통해서 검시관은 부검에 대한 자신의 견해를 표명할 수 있다. 부검은 시신 해부의 다른 이름이다. 만약 의사가 '부검 안 함' 란에 표시하면 시신은 즉시 장례 절차에 들어간다. 반면에 '부검' 란에 표시를 하면 병리과 직원들은 고인의 유족으로부터 부검 동의를 구해야 한다. 몇 년 전까지만 해도 유족의 구두 동의만으로 충분했다. 유족은 고인의 가족에 속하는 사람이어야 한다. 형제자매 혹은 조카, 조부모나 삼촌, 숙모까지 그 범주에 포함된다. 불상사를 미연에 방지하기 위해 이웃이나 친구, 전 배우자나 우체부의 동의(유족과 연락이 닿지 않을 경우, 부검 동의서를 전달하는 우체부가 대신 동의한다—옮긴이)는 포함하지 않는다. 심지어 간병인도 사망 후에도 계속 사망자를 돌본다는 계약서가 없다면 이 문제에 대한 발언권이 없다. 하지만 우리는 이제 구두 동의에 더는 의존하지 않으려 한다. 그것만으로는 문제를 일으킬 수 있는 소지가 너무나 크기 때문이다. 오늘날에는 시간과 노력이 더 많이 들지만 부검에 대한 유족의 승인을 서면으로 받는다. 이를 위해 유족들은 병원에 와서 이에 대한 설명을 들어야 한다. 이는 아마 여러분도 상상하다시피 의사로서는 쉬운 대화가 아닐 것이다. 사랑하는 사람을 잃은 유족 앞에서 시신의 몸을 가르는 것을 허락해 달라고 해야 하니 말이다.

부검이라고 하면 대부분은 TV나 다른 영상 매체에서 본 부검 모습을 떠올릴 것이다. 그러나 일반적으로는 그런 식으로 절개하지 않으며 봉합 상태도 화면에서 보던 것보다는 훨씬 낫다. 실제로 부검이 끝난 시신은 메이크업 아티스트가 할 수 있는 것보다 1,000배는 더 잘 꿰매져 있다. TV 드라마나 영화에서 부검 어시스트의 모습을 본 적이 있는가? 나는 한 번도 본 적이 없다. 그러니 나는 영화나 TV에 나오는 부검 장면을 보지 않으려 한다. 볼 때마다 기분이 나빠서 견딜 수 없기 때문이다.

이 같은 부검에 관한 정보를 전달하기 위해서는 공감과 시간이 필요하고, 기술적인 측면에서도 어느 정도 심리적 배려가 필요한데 이는 임상의에게서 좀처럼 기대하기 어려운 일이다. 그러니 부검 어시스트가 부검 과정에 대한 정보를 전달하는 것 또한 유족에게 많은 도움이 된다. 부검 이후에 유족들이 시신을 다시 보더라도 괜찮을 만큼 시신이 말끔히 복원되리라는 것을 이들도 알아야 한다. 우리 부검 어시스트들은 바로 이런 일의 진정한 대가들이다! 나 또한 직접 시신을 다루는 사람으로서 이들을 최상의 모습으로 유족들에게 보이는 일을 매우 중요하게 생각한다.

유족들의 또 다른 관심사는 상당히 현실적이다. 검시 결과에 따라 장례식 날짜가 연기될까? 그렇지 않다. 게다가 유족뿐 아니라 부검을 신청한 의사도 궁금한 사항에 대해서 구체적으로 질문해야 한다. 가령 유족이 머리 부분을 부검하지 않기를 원한다면 부분적 부검을 요청해야 한다. 물론 전체적인 부검이 부분적 부검보다는 대개 훨씬 더 정확할 수는 있지만 말이다. 그 외에도 유족들이 부검 동의를 하고 난 후 몇 시간 후에 결정을 취소하고 싶다고 해도 문제가 되지 않는다. 우리가 부검을 시작하지 않았다면 말이다. 그러니 병리과의 연락처나 전화번호를 저장해 두는 것이 바람직하다. 이는 모든 문제를 보다 인간적으로 처리할 수 있게 하고 유족들이 무력감을 느끼지 않도록 도움을 준다. 이어 부검 소견을 우리에게 요청할 수 있고, 우리는 필요하다면 일반인들도 이해할 수 있는 방식으로 쉽게 설명해 줄 것이다.

부검 서류가 우리 손에 모두 갖추어지면 부검을 방해할 수 있는 것은 아무것도 없다.

법의학적 부검은 대체로 검찰청과 경찰이 지시하기 때문에 유족의 동의가 전혀 필요하지 않다. 고인이 코로나바이러스 감염증(코로나19)과 같은 고지의무가 있는 질환으로 사망했을 경우는 보건부에서 부검을 지시하므로 유족의 동의 없이도 어쩔 수 없이 부검해야만 한다. 유족의 의사에 반해 부검하다 보면 가끔 우리에게 득달같이 항의 전화를 하거나 법적 대응을 하겠다고 엄포를 놓는 유족도 있다. 그런데 다른 분야에서 일하는 사람은 어떨지 모르지만, 전염성이 분명하므로 위험에 처할 수 있는 부검을 누군들 그렇게 하고 싶겠는가. 그렇긴 해도 우리는 직업상의 이러한 위험을 감수해야만 한다.

기나긴 작업으로 이어지는 이 모든 부검실의 일과에도 불구하고 나에겐 여전히 어려운 것이 있으니, 바로 한 인간으로서 유족의 슬픔과 마주해야 하는 일이다.

6장

사랑하는 사람들을
떠나보내다

2004년 가을, 이 일을 시작한 지 6년이 넘었을 무렵 나는 스스로 많은 실습과 경험을 거친 숙련된 직업인임을 자부했으며 일을 통해 많은 즐거움을 얻고 있었다. 새 친구들을 사귀었고 팔츠에 있는 외조부모님이나 엄마를 만나러 정기적으로 차를 몰고 고향으로 향했다. 주말에는 항상 외출해서 밤새도록 파티를 즐겼다. 밤새도록 춤을 춘 밤이 얼마였던가? 키스한 남자들은 얼마나 될까? 끝내주게 멋진 나날들이었다.

쨍한 날이 지나면 비가 온다는 것은 세상사의 당연한 이치다. 비는 사랑하는 외할머니에게서 온 한 통의 전화로부터 시작되었다. 나는 어린 시절과 10대 시절, 그리고 청춘의 많은 시간을 외조부모님과 함께 보냈다. 할머니는 자신이 췌장암을 앓고 있다고 말했다. 이 진단이 무엇을 의미하는지 곧바로 알 수 있었다. 할머니는 죽을 것이다. 그것도 얼마 지나지 않아. 할머니는 그 진단의 의미를 잘 모를 수도 있고 아직 희망을 품고 있을 수도 있으므로 나는 침착함을 유지하려 애를 썼다. 희망은 때로 우리의 어깨를 짓누르는 저주와 같으며 그처럼 끔찍한 진단 앞에서 감히 희망을 품으려 하는 자는 그 누구든 절망할 것이다. 그래서 나는 희망조차 품지 않았다. 하지만 사랑하는 할머니, 내 소중한 외할머니에게는 당연히 희망이 허락되어야 했다. 수술한 뒤 치료를 받으면 다시 괜찮아지겠지.

할머니와 통화한 이후로 내 아름다운 세상은 무너지기 시작했다. 시간이 얼마나 남았을까. 기껏해야 6개월 정도라고 추측했다. 그 거지 같은 암으로 죽은 사람들을 부검한 적도 여러 번이어서 나는 그 병이 정확히 어떻게 끝나는지 알고 있었다. 게다가 시간은 얼마나 빨리 흐르는지. 할머니의 수술 날짜가 코앞에 다가왔다. 온 가족이 그녀를 걱정했다. 나는 수술 중에 죽은 췌장암 환자를 부검대에서 여러 번 마주했다. 결국 할머니는 살았지만 불행히도 종양은 제거할 수 없었다. 의사들은 그녀의 몸을 열고 암에 잠식된 상황을 살펴본 후 다시 봉합하고 나서 환자의 안녕을 빌었다. 어떤 종류의 암은 매우 크기가 작고 증상도 드러나지 않지만, 매우 공격적이다. 이들은 몸 전체에 재빨리 전이되며 사랑하는 사람의 육신을 망가뜨린다.

다음번 할머니 집으로 찾아갔을 때 할머니는 이미 살이 많이 빠져 있었고 아름다운 주름이 가득하던 부드러운 얼굴에 병색이 완연했다. 몸도 많이 나빠진 상태였다. 할머니는 병든 모습을 내게 보이지 않으려 노력했고 늘 그랬던 것처럼 나를 다정하게 대했다. 나는 한 번도 할머니가 고통을 호소하는 것을 들은 적도, 병에 대해 불평하는 것도 들어 본 적이 없었다. 그녀는 단지 참고 견뎠다. 그때도 그랬다. 나 또한 겉으로는 침착하려고 노력했지만 평소보다 할머니를 더 오래, 더 자주, 더 꼭 껴안았다.

몇 달이 지나도 화학 요법은 할머니를 지치게 할 뿐이지 도움이 되지 않았다. 그녀는 결국 치료를 멈추기로 했다. 드디어 자신에게 닥칠 일을 이해한 것 같았다.

나는 뮌헨에 있었고 외조부모님을 방문하는 것은 몇 주에 한 번뿐이었으므로 외할아버지보다 훨씬 처지가 나았다. 외할아버지는 오랜 세월 동안 그랬듯이 외할머니의 곁을 떠나지 않았다. 과거에 할아버지가 대장암과 신장암에 걸리고 말았을 때 할머니는 할아버지 곁에 24시간 붙어서 돌봤다. 이제는 할아버지가 할머니를 돌볼 차례였다. 두 사람과의 물리적 거리는 내겐 어느 정도 도움이 되었지만 어두운 그림자는 삶 곳곳에 도사리고 있었다. 예전처럼 별일 없는 듯 살아갔지만 명랑했던 마음에 금이 간 상태였다. 할머니 집에 방문했을 때 모두 겉으로는 아무렇지 않은 듯 행동했지만 나는 마음속으로 할머니와 작별을 고하고 있었다. 나는 이런 종류의 작별에 대해 잘 알고 있었다. 예전에 외할아버지가 심하게 아프셨을 때 나는 이제 더는 그를 다시는 볼 수 없으리라는 생각에서 빠져나올 수 없었다. 너무나 고통스러운 감정이었다. 죽어가는 사람에게 두려움과 더 큰 슬픔을 안겨 주지 않기 위해 억지로 울음을 참아야 하는 것도 힘들었다. 지옥이 따로 없었다.

어느 순간부터 할머니는 아무것도 먹지 않으려 했다. 할아버지가 전화해서 그 얘기를 할 때 마음속에서 경고음이 미친 듯이 울렸어야 했다. 죽어가는 사람이 아무것도 먹지 않으려한다는 것이 무엇을 의미하는지는 정상적인 사람이라면 당연히 알 수 있기 때문이었다. 하지만 나는 심장 둘레에 재빨리 높다란 벽을 쌓고 블라인드를 내린 채, 평소와 다름없는 주말을 보냈다. 걱정의 소리를 차단하고 집 안의 스위치를 내린 뒤 파티에 간 것이다. 대체 왜 바로 짐을 싸서 할머니 집으로 가지 않았을까?

마침내 할머니는 세상을 떠났다. 그때 나도 할머니의 곁을 지켰어야 했다. 하지만 당시에 나는 클럽에서 놀고 싶어서 몸이 달아 있었다. 지난번 통화할 때 할머니는 모든 게 괜찮다고 말하지 않았는가. 자기를 보러 올 필요가 전혀 없으며 내 생일을 축하한다고 했지. 멍청하고 눈먼 나는 그저 할머니의 말을 믿고 싶었을 뿐이었다. 그 후에는 마치 벌이라도 받은 것처럼 곧바로 후두염에 걸렸고 일주일 동안 목이 쉬어 아무 말도 할 수 없었다. 외조부모님에게 전화를 거는 것조차 불가능했다. 요즘에도 자주 생각하곤 한다. 더는 전화조차 하지 않는 손녀에게 할머니는 어떤 마음이 들었을까. 어떻게 나는 할머니에게 그런 상처를 줄 수 있었을까.

후두염에 걸린 지 며칠 지나지 않은 2005년 3월 9일 저녁, 여전히 목이 쉬어 있는 내게 할아버지가 전화했다.

"할머니가 돌아가셨어."

너무나 두려워했던 소식이었다.

현실을 차단하기 위해 나는 무슨 일이든 해야 했다. 가장 먼저 한 일은 구토를 한 것이었다. 언제나 그랬듯이 죽음은 너무나 놀라운 방식으로 너무 빨리 찾아왔다. 어떻게 그럴 수가 있는가? 아직 '흑인 여자'도 만나지 못했단 말이다! 흑인 여자가 누군지 궁금할 것이다. 그녀는 내가 어린 시절에 종종 듣던 이야기 속의 인물이다. 흑인 여자는 가까운 친척이 죽기 직전에 나타난다. 우리 집안의 모든 여자는 그녀의 존재를 알고 있다. 그렇다면 할머니가 죽기 전에 왜 흑인 여자는 내 앞에 나타나지 않았을까? 그러다 갑자기 어떤 기억이 떠올랐다. 그 전날 밤에 나는 꿈처럼 느껴지지 않은 꿈을 꾸었다. 얼굴을 알아볼 수 없는 사람들과 추모식을 하는 꿈이었다. 방 한가운데 작은 흰색의 아동용 관이 놓여 있었다. 나는 그곳으로 점점 다가갔다. 방에 있는 단 한 사람만이 나를 알아보았다. 그녀는 무릎에 두 손을 포개고 앉아 나를 쳐다보고 있었다. 그 여인의 시선이 느껴져 나는 여인의 눈을 바라보았다. 그제야 그 사람이 누군지 깨달았다. 게르트루트 할머니였다! 그녀가 내 흑인 여성이었다. 게르트루트 할머니의 딸인 외할머니는 아동용 관에 누워 있었다.

회상을 마친 후 나는 고통스러운 마음으로 엄마에게 전화를 걸었다. 엄마는 막 교대 근무를 마치고 집에 돌아온 참이었지만 나는 단도직입적으로 엄마에게 할머니의 사망 소식을 털어놓았다. 전혀 전문가답지 않은 태도였다. 왜 그랬을까? 하지만 일은 이미 벌어진 후였다. 그날 밤 나는 엄마와 함께 차를 몰아 외할아버지 집으로 갔다. 쉬지 않고 울면서도 마음속으로는 장례식 걱정을 하고 있었다.

우리가 도착했을 때 할머니는 이미 실려 간 뒤였고 할아버지만 집에 남아 있었다. 용감하고 담대한 할아버지. 불과 몇 시간 전까지 죽어 가는 아내를 품에 안고 홀로 견디셨던 분. 그 후 며칠간은 지독했다. 슬픔과 정리해야 할 일들 사이에서 무너진 할아버지의 모습이 내 마음을 더욱 아프게 했다. 어떻게 두 사람을 저런 상태로 내버려 두었을까? 하지만 제대로 슬퍼할 겨를도 없이 할머니의 장례를 치르는 것이 시급했다. 할아버지와 할머니는 자신들의 장례를 미리 계획해 두었다. 할머니는 수의를 준비해 놓았고 관이 닫히고 나면 화장을 하기로 장례식 계획이 준비되어 있었다.

밤이 되자 나는 할머니의 영혼이 혹시 나를 찾아올까 싶어 초조한 마음으로 기다렸다. 고인의 넋은 죽고 나서도 최대 4

주 동안 산 자 곁에서 맴돌며 가족을 돌본다고 한다. 우리가 괜찮은지 확인하려는 것이다. 그러니 나는 사람들이 병리과에서 귀신이나 망자의 영혼을 본 적이 있는지 궁금해하는 질문에 의아한 감정이 들 때가 많다. 솔직히 망자가 나 같은 병리과 직원이나 자신의 죽은 몸에 무슨 관심이 있겠는가? 오히려 슬픔에 빠진 유족들의 곁에 다가가는 게 맞지 않을까? 당신이라면 죽은 후에 어디로 가겠는가?

할머니가 죽은 다음 날 밤, 무슨 일인가가 일어났다. 울다가 유품을 정리하기를 반복해 진이 다 빠진 상태로 가벼운 잠이 들었다. 그런데 누군가 부드럽게 내 이름을 부르는 소리를 듣고 정신이 번쩍 들었다.

"유디트."

뭐라고?

"유디트?"

할머니의 목소리다. 확실했다! 할머니가 나를 부르고 있었다. 할머니를 그리워하긴 했지만 눈이 질끈 감겼다. 만약 눈을 떴을 때 할머니의 영혼을 본다면? 몸이 저절로 떨렸다. 나는 몸이 경직되는 것을 느꼈다. 가만히 누워 있는 동안 아드레날린이 솟구쳤다. 그때 누군가 부드럽게 내 뺨을 감싸는 느낌을 통해 할머니의 존재를 느꼈다. 다른 세계에서 나를 어루만지는 손길이었다. 눈물이 감은 눈 사이로 흘러내렸다. 그렇게 울다가 다시 잠이 들었다.

다음 날 아침 나는 엄마에게 그 일에 대해 말했다.

"그래, 너희 할머니가 거기 계시더라." 마치 세상에서 가장 자연스러운 일인 양 엄마가 말했다. "잠옷을 입고 소파에 앉아 계신 걸 나도 보았단다."

그 후 3년 동안 나는 사랑하는 할머니를 잃은 슬픔뿐만 아니라 죄책감과도 씨름해야 했다. 마치 벼락을 맞은 나무가 된 기분이었다. 나는 마지막으로 할머니를 품에 안았던 순간으로 끊임없이 되돌아갔다. 내 마음은 그 모든 감정과 그리움을 담아내기에는 너무나 좁고 작았다. 아침에 일어나지 못하는 날도 많았다. 자주 병가를 내고 그저 잠만 잤다. 잠들지 않은 시간에는 울기만 했다. 나는 점점 고통 속에 잠겨 들었다. 할머니를 그리 보내다니, 비참해지는 것도 당연지사였다. 아무도 나를 도울 수 없었고, 도움을 받으려 하지도 않았다. 3년 동안 나는 너무나 불행했다.

하지만 할머니는 내가 죄인의 옷을 걸치고 말 그대로 인생을 내던져 버리기를 원치 않았을 것이다. 자신이 손을 쓸 때가 된 것이다. 나는 할머니가 찾아오기를 밤낮으로 기다렸다. 너무나 그리워했지만, 그녀는 오랫동안 나를 찾아오지 않았다. 그러던 어느 화창한 오후에 오랫동안 그랬던 것처럼 잠 속으로 도망치려 하는 순간 나를 당기는 엄청난 힘이 느껴졌다. 마치 영혼이 육신과 분리되는 듯했다. 나는 오래된 교회를 배경으로 텅 빈 광장에 서 있었다. 모든 것이 빛으로 가득했고 따뜻했다. 머릿속은 마치 수정처럼 맑았다. 나는 누군가를 기다리고 있었다. 갑자기 어디선가 누군가가 나에게 다가왔다. 처음에는 흐릿하게 보였지만 다음 순간에는 붉은 스웨터를 곧바로 알아볼 수 있었다. 할머니다! 자신이 제일 좋아하는 스웨터를 입은 할머니는 멋이 넘쳤다. 그녀는 환한 미소를 머금고 나를 향해 달려왔다. 나는 그녀의 품에 덥석 안겼고 무한한 사랑을 느꼈다. 그리고 눈물을 흘리면서 웃었다. 하지만 할머니에게는 시간이 얼마 없었다.

"우리 아기. 나는 괜찮단다. 하지만 넌 꼭 행복해야 해. 약속하렴." 그녀가 말했다.

약속은 했지만, 할머니를 보내 주기 싫었다. 하지만 나를 할머니에게서 떼어 내는 힘은 더 강했다.

평생 감사하고 싶은 이 잊을 수 없는 경험 후에 나는 훨씬 나아졌다. 마음을 가다듬고 살아갈 수 있었다. 할머니가 평화로이 쉴 수 있게 하기 위해서라도 그래야만 했다. 하지만 자신을 용서할 수 없었다. 죄의식과 기억 그리고 고통스러운 그리움이 내 일부가 되었다. 돌이킬 수 없는 과거를 안고 앞으로 나아갈 수밖에 없었다.

다음은 아버지 차례였다. 우리는 가까웠던 적이 없었고 그에 대한 기억도 거의 없다. 아버지에 대한 내 첫 번째 기억은 병원의 간이침대와 관련이 있다. 나는 네 살 때 폐렴으로 입원한 적이 있었다. 입원한 다른 아이들도 옆 침대에 누워 있었는데 나는 찾아오는 이가 없는 몇 안 되는 어린 환자였다. 아버지가 방문객을 원하지 않았고 엄마와 외조부모님이 면회하러 오는 것도 금지했다고 들었다. 나중에 그들은 그 일에 대해 두고두고 마음 아파했다.

아버지는 매우 엄격한 사람이었다. 한번은 우리가 키우던 아름다운 고양이 벨라가 계획에 없이 새끼 고양이를 낳은 적이 있었는데 아버지는 새끼 고양이들을 산 채로 변기에 넣고 물을 내려 버렸다.

그는 자주 집을 비웠고 내가 여섯 살 되던 해에 부모님이 이혼했다. 아버지는 위자료는 지불하지 않으면서도 나에 대한 면접교섭권을 주장했다. 어린 시절, 아버지가 나를 데리러 오기 몇 시간 전부터 나는 구슬피 울곤 했다. 아버지와 같이 가고 싶지 않았기 때문이었다. 그와 함께 있는 것이 왜 그토록 불편했는지 지금은 기억이 나지 않는다. 이후 수년간 아버지와 연락하지 않고 지냈고 사람들에서 아버지가 술을 자주 찾는다는 얘기를 가끔 듣곤 했었다. 나는 가끔 고모와 연락하곤 했는데 고모와 통화하다 그가 자기 가족들에게 내가 치과 의사가 되었다는 말을 하고 다닌다는 것을 알게 되었다. 그저 평범한 치과 의사도 아니고 뮌헨에서 유명한 치과 의사가 되었다고 말이다. 성공적인 개업의가 되어서 엄청난 부자가 되었다는 것이다. 나는 사실이 아니라고 말했으나 친가에서는 그다지 순순히 받아들이지 않았는데 나중에 아버지의 장례식 비용에 대해 도움을 요청했을 때 특히 더 그러했다.

아무튼 아버지는 술을 너무 많이 마셨고 여러 번 넘어지면서 만성 경막하혈종이라는 뇌출혈을 앓고 있었다. 2010년 1월 11일, 아버지는 아파트에서 홀로 사망했고 죽은 지 일주일 후에야 발견되었다. 최대치로 켜 둔 히터에 비스듬히 기대

있는 채로 발견되었으니 그 모습이 어땠을지 보지 않아도 훤히 상상할 수 있을 것이다. 뮌헨과 같은 대도시라면 아파트에서 혼자 누군가 숨진 채 발견될 경우 자연사일 가능성이 작다고 보고 곧바로 경찰이 개입한다. 하지만 내 고향에서는 그렇지 않았다. 그 지역의 장의사가 곧바로 아버지를 운반해 갔다.

병리과의 전화벨이 울렸을 때 나는 부검 중이던 시체에 팔꿈치까지 몸을 파묻고 있던 참이었다. 고모부에게서 걸려 온 전화였다.

"잘 지냈니, 유디트야. 난 네 고모부란다. 네 아버지가 돌아가셨으니 네가 아무래도 장례식을 준비해야겠다. 나중에 다시 전화하마. 안녕."

혹시 당신이 사망 소식을 전해야 한다면, 상대에게 어느 정도의 시간을 주기 바랍니다. 매우 슬픈 소식을 전해야겠다며 넌지시 미리 운을 띄워 주세요. 그 후, 몇 초 동안 기다려 주세요. 만약 전화가 아니라 직접 소식을 전하려고 한다면 상대가 있는 곳에 가도 되는지 물어봐 주세요. 이런 사전 통보와 당신의 표정, 그리고 목소리

사랑하는 사람들을 떠나보내다

톤을 통해서 상대는 어떤 불길함을 감지하며 마음속으로 나름의 준비를 할 수 있습니다. 그런 다음 메시지를 전달해 주세요. 그리고 그 후에도 부디 어느 정도의 시간을 내어 주세요.

이 소식을 받은 후 짐작대로 나는 살짝 넋이 나가 버렸다. 물론 아버지와 나는 한 번도 사이좋은 부녀였던 적이 없었고 서로 연락하지도 않았지만 그래도 그 순간은 마음이 너무나 아팠다. 우리는 결국 같은 핏줄이 아닌가. 나중에 들은 바에 의하면 아버지는 사람들에게 내가 매주 당신에게 전화했으며 치과가 너무 바빠서 찾아오지 못할 뿐 사이가 아주 좋다고 말했다고 한다. 아버지다운 방식이었다. 술이 아버지의 세상을 바꾸어 버린 것이다.

나는 부검을 멈추고 말했다. "아버지가 돌아가셨어요." 부검의는 나에게 잠시 쉬라고 한 다음, 부디 부검을 마저 끝내 달라고 부탁했다.

나는 오래전부터 언젠가는 아버지의 장례식을 챙겨야 한다는 것을 잘 알고 있었다. 어쨌든 내가 딸이니까 말이다. 가족의 장례를 치를 의무는 누구에게나 있다. 그래도 고모의 도움을 받을 수 있다면 좋았을 것이다. 아버지가 살던 아파트의 집주인이 내게 곧바로 연락해서 집을 정리해 달라고 정중히 요청해 왔다. "일단 아버지의 장례식부터 치러야 해서요. 안녕히 계세요."

하나씩 처리하자. 장의사들과의 인맥이 매우 좋았던 까닭에 장례식을 준비하는 것은 쉬운 일이었다. 나는 혼자서 모든 것을 고집스럽게 처리했고 동정심이라고는 없는 아버지 쪽 친인척들과 연락을 끊었다.

가끔 나는 남편이 내 갑작스러운 죽음을 접하면 어떤 반응을 보일지 상상하곤 한다. 이런 일은 언제든 일어날 수 있지 않은가. 나는 남편에게 내 장례식에 대해서 몇 번이고 얘기한 적이 있다. 어떤 장의사를 선택해야 할지, 무슨 드레스를 입을지 등등. 특히 브래지어를 입힐 생각은 하지 말라고 당부했다. 브래지어를 한 시신이라니 생각만 해도 웃기기 때문이다. 오래전부터 나는 유골 일부를 다이아몬드로 바꾸는 형태의 장례를 원해 왔다. 나는 집 안의 유리 케이스에 담겨 파란빛으로 반짝이는 내 모습을 상상하곤 했다. 장례식장에서 실제로 다이아몬드의 크기가 어떤지를 직접 보기 전까지는 말이다. 그것은 아주 쪼그마했다. 그러고 나니 흥미가 떨어졌다. 사람이 잃어버릴 수도 있고 고양이가 가지고 놀다 잃어버릴 수도 있다. 그전에 고려하지 못한 것도 있는데 다이아몬드가 되려면 활활 타오르는 불길 속에 있어야만 한다는 사실이다. 다이아몬드는 잿더미를 압착한 것이다. 850도가 넘는 화로 속에서 약 70분 동안이나 누워 있을 생각을 하니 절로 몸서리가 쳐져서 다이아몬드로 변하겠다는 생각을 포기하게 되었다. 그러다 요즘에는 평범한 봉안당에 안치되는 것으로 마음이 기울고 있다. 봉안당은 아주 깔끔해 보여서 관리에 대해 걱정할 필요도 없다. 수목장 또한 괜찮은 생각 같다. 물론 내가 묻힌 나무 위에다 강아지가 오줌 싸는 걸 좋아하지는 않겠지만. 이 사람 저 사람이 지나며 내 무덤을 밟는 것도 싫긴 하다. 날 좀 가만히 내버려 두라고. 하지만 엄마는 수목장을 원하고 나 또한 죽어서 엄마 곁에 누워 있고 싶으니 아무래도 그쪽으로 해야 할 것 같다.

외할아버지의 이웃은 고모부보다는 더 배려심이 많았다. 그 사람은 내게 전화를 걸어 할아버지가 오늘 오후에 돌아가셨다는 소식을 전해 주었는데 표현은 직설적이었지만 말투는 부드러웠다. 그는 매일같이 할아버지의 안부를 확인해 왔는데 어느 날 할아버지가 거실에서 죽어 있는 것을 발견했다. 테이블 위에는 커피 반 잔과 케이크 접시가 놓여 있었다. 할아버지는 소파에서 미끄러져 내려와 마침내 영원한 안식에 들어갔다.

나는 그 선한 이웃에게 고마움을 전하며 엄마와 함께 내일까지는 꼭 도착하겠다고 약속했다. 외할머니의 소식을 전할 때보다는 훨씬 더 조심스럽게 엄마에게도 슬픈 소식을 전했다. 마음속으로 우리는 이미 외할아버지의 장례식을 위해 고향으로 돌아갈 준비가 되어 있었고, 상대적으로 차분함을 유지할 수 있었다.

때는 2012년 10월 말이었다.

외할아버지는 내 인생에서 아버지의 역할을 해 준 사람이다. 아버지가 해 주어야 할 일들을 외할아버지가 모두 해 주었다. 나는 할아버지를 그 누구보다 사랑했다. 그는 내게 한 번도 손을 올린 적이 없었으며 우리는 싸운 적도 없었다. 나 또한 할아버지에게 화낸 기억이 없다. 다만 내가 눈썹에 피어싱을 하고 나타났을 때 할아버지는 딱 한 번 화를 내셨다. 무척 맘에 안 들었을 것이다. 할아버지는 키가 크고 날씬하며 정말 잘생긴 사람이었다. 살아오면서 심장마비와 뇌졸중을 앓았고, 신장암과 대장암에 차례로 걸렸다. 하지만 할아버지는 절대로 혼자 남겨지지 않았고 그 모든 잔인한 병마에서 살아남았다. 당신이 나처럼 어느 정도 병리학에 지식이 있다면 문제는 암세포가 재발할 것인가의 여부가 아니라 언제 재발하는가에 있다는 걸 알 것이다.

할머니가 죽은 후, 할아버지는 혼자서도 잘 해냈지만 너무나 깊은 슬픔에 빠져 있었다. 그로선 그럴 만했다. 엄마와 나는 뮌헨으로 이주한 지 오래였다. 엄마는 나와 가까운 곳에 살기 위해서 팔츠 강변의 아름다운 포도밭에서의 삶을 포기하고 뮌헨으로 이사했다. 그러다 보니 우리가 할아버지를 방문하는 일이 점점 드물어졌다. 할아버지 곁에 있고 싶었지만, 엄마와 나의 인생은 따로 있었다.

할아버지는 암으로 큰 수술을 받고 난 후 후유증에 시달렸다. 신장, 비장, 창자의 반을 잘라냈기 때문에 복부 유착(복강의 조직과 장기가 서로 달라붙는 증상—옮긴이)의 고통이 따랐다. 복부 수술 후에는 바뀐 신체 장기 부분에 유착이 발생하는데, 이 병증은 극도로 심각한 상태로 나아갈 수 있다. 이 부분을 절제하는 것은 상당히 골치 아픈 일이었다. 장기가 제자리에 있지 않기 때문에 엉뚱한 곳을 잘라낼 수 있는 위험이 있지만 유착 부분을 어떻게든 해결해야만 했다. 장이 지나치게 길게 처지는 바람에 할아버지가 꽤 고통스러워했던 기억이 난다. 강인하고 용감한 할아버지가 고통으로 비명 지르는 것을 몇 번이고 목격했을 정도였다. 그러다 마침내 새로운 암이 발견되었다. 전립선암이었다. 그래도 그는 여전히 몸을 움직일 수는 있었으며 어느 정도는 의사에게 진료를 받았다. 간병인도 때때로 방문해 할아버지를 돌봤다. 그러나 더는 수술을 받을 필요가 없었다. 엄마는 가능한 한 자주 할아버지를 보러 갔고 나 또한 주말에 시간을 자주 냈다. 그는 갈수록 여위고 초췌해져 갔다. 하지만 언제나 나의 할아버지로 남아 있었다. 작별 인사를 할 때면 우리는 서로 부둥켜안고 울었다. 항상 그때가 마지막이라는 생각이 들었다. 떨어지지 않은 발걸음을 떼어야 하는 일은 괴로웠다.

매일 할아버지와 전화 통화를 했고, 암이 무자비하게 진행되고 전이돼 마침내 방광에까지 침투했지만, 그는 아무런 증세도 느끼지 못했다. 그사이에 대장암이 재발했다.

우리는 온갖 종류의 이야기를 함께 나누었다. 할아버지가 돌아가시기 전날 마지막으로 통화를 했을 때, 할아버지는 커피를 마시러 베란다로 다시 나갈 거라 했다. 바깥은 색이 곱게 든 나무들로 너무나 아름다워서 낙엽 지는 모습을 다시 한번 보고 싶다고 했다.

할아버지가 죽고 나서 나는 그의 영혼을 간절히 기다렸다. 그의 죽음을 애도했고 그를 몹시 그리워했다. 하지만 한편으로는 할아버지를 보낼 준비가 되어 있었다. 그의 영혼이 나를 찾아오지 않은 건 어쩌면 그 때문인지도 모른다. 할아버지가 죽기 전에 지금의 남편을 만나 축복해 준 것도 나로서는 너무 기쁜 일이었다. 할아버지는 내가 남편과 함께 있는 모습을 보고 안심했고 엄마와 내가 사이좋게 서로를 돌보는 것에도 만족했다. 그러니 모든 걸 내려놓고 떠날 수 있었을 것이다.

그런데 갑자기 그 일이 생겼다. 한밤중에 답답한 느낌이 들어 잠에서 깼다. 눈을 뜨니 침대 옆에 있는 할아버지가 보였다. 보기 좋은 모습이 아니었다. 보통 영혼이 유족에게 나타날 때는 익숙하고 편안한 차림을 한 경우가 많다. 하지만 할아버지는 하얀색 옷을 입고 있었다. 죽음의 색인가? 나는 아무 소리도 들을 수 없었다. 그는 그저 생각에 잠긴, 너무나 슬픈 표정으로 나를 내려다보고 있었다. 나는 그의 슬픔을 받아들였다. 그 감정은 나를 휩쓸었고 며칠 동안 내 곁에 머물렀다. 왜 할아버지는 보통 사후의 영혼이 그러하듯 나를 쓰다듬거나 키스하거나, 다정한 격려의 말을 해 주지 않았을까? 나는 오랜 고민 끝에 할아버지가 나를 많이 그리워했다는 결론에 도달했다. 내가 그를 아주 많이 그리워하지 않았다는 것도. 하지만 나는 슬퍼할 만큼 슬퍼했다. 할아버지가 중병에 시달린 몇 년 동안 그를 몹시 걱정했고 내가 할 수 있는 한 자주 찾아가서 그를 돌봤다. 하지만 죽는 순간에 할아버지는 혼자였다. 영원한 평화를 찾을 수 있도록 위안을 줄 사람이 아무도 곁에 없었다. 내가 좀 더 생각이 깊었더라면 할아버지와 지내기 위해 휴가를 신청할 수도 있었을 것이다. 하지만 나는 가끔 그를 찾아가고 전화를 하는 것만으로 도리를 다했다고 여기며 편한 대로 살았다. 깊숙이 숨어 있는 감정, 슬픔을 마주하고 싶지 않았기 때문이었다. 어떻게 하면 실수를 만회할 수 있을까?

　엄마의 일이라면 나는 물불을 가리지 않았다. 엄마가 전화를 받지 않으면 계속 연락을 시도했다. 아니면 이웃에 전화해서 엄마를 확인해 달라 부탁하기도 했다. 그래서 엄마가 전화를 받을 때까지 혹시나 뇌졸중으로 쓰러진 건 아닐까, 벌써 숨이 끊어진 건 아닐까 상상하곤 했다. 일종의 피해

망상에 가까운 걱정이지만 엄마를 절대 혼자 내버려 둘 수는 없었다. 사랑하는 사람이 늙고 질병에 걸리고 괴로워하며 죽어가는 것을 지켜보는 것은 말할 수 없이 힘들다. 하지만 그 사람의 마지막 여행이 내 손에 달려 있다면 그것을 묵묵히 견뎌야만 한다. 사랑하는 사람을 홀로 내버려 두어서는 안 된다. 죽어가는 이는 혼란스러울 것이고 겁에 질려 있을 수도 있다. 그 사람에게 내가 세상의 전부라면 어떻게 할 것인가?

할아버지가 돌아가신 후, 내가 놓친 것들을 보상할 기회가 찾아왔다. 그 기회를 통해 사랑하는 이들을 더 많이 배려하고 소중한 인연을 이어 가는 것을 세상에 증명할 수 있었다. 기르던 토끼가 늙고 병들었을 때도 마지막까지 돌보았다. 시간제 근무도 그만두고 외출도 포기한 채 이들과 보내는 마지막 몇 주와 며칠, 몇 분을 위해 나 자신을 바쳤다. 다른 사람들이 나에 대해 뭐라 생각하건 신경 쓰지 않았다. 토끼들은 내 눈물로 털을 적신 채 평화롭게 깊은 잠 속으로 빠져들었다.

사랑하는 사람들이 세상을 떠났을 때 느꼈던 감정을 다시는 느끼고 싶지 않다. 때로는 우리는 어느 정도 성장할 때까지 길고 험난한 길을 거쳐야만 한다. 죽음과의 어두운 만남은 인생에 교훈을 가져다주었다. 슬픔은 나를 더욱 보드랍고 맑은 인간으로 만들어 주었으며 마음을 열고 살아가게 했다. 슬픔에 빠진 이들과 상심한 이들에게 가까이 다가가는 것이 내게도 힘이 된다는 것을 이제 알게 되었다. 또 무엇보다 죽음과 애도에는 특별한 접근이 필요하다는 것도 잘 이해하게 되었다.

7장

당신이
부검의인가요?

부검실이라는 말을 들으면 대부분의 사람은 아마 시체의 배를 갈라 여는 장면을 떠올릴 것이다. 하지만 부검실에서는 이보다 더 많은 일이 일어난다. 이곳에서 일하는 다양한 전문가에게 부검은 매우 작은 부분에 지나지 않거나 아예 관여하지 않는 분야이기도 하다. 사실 부검 어시스트들이 고인과 관련된 대부분의 일을 수행하는 반면 부검의는 부검하는 작업에만 관여할 뿐이다. 또한 모든 병리과에 부검 어시스트가 배치되는 것도 아니다. 하지만 대부분의 대형 병원에는 고인이나 유족들을 상대하는 직원들이 있다. 우리 병원에도 내 마음대로 정돈하고 꾸밀 수 있는 '작별의 방'이 있는데 무척 다행이라고 생각한다. 그렇다고 슬픔에 잠긴 유족들을 위로해야 하는 것이 우리의 의무는 아니다. 이런 일을 모든 부검 어시스트가 좋아하고 잘하는 것도 아니다. 하지만 위로할 기회가 생기거나 능력이 된다면 유족들에게 큰 힘이 될 것이다.

　우선, 갑자기 사랑하는 사람을 잃은 유족들에게 무엇이 필요한지를 이해하는 것이 무엇보다 중요하다. 너무나 생생하고 믿을 수 없이 커다란 슬픔이 이들을 압도하고 있을 것이다. 동시에 수천 개의 물음표가 머릿속에서 떠오른다. 떠난 이는 어디에 있는가? 무슨 일이 일어난 것인가? 다시 그 사람을 볼 수 있을까? 이럴 때 해당 관계자와 연락할 수 있다면 다행이다. 고인이 병원에서 사망했다면 시신은 병동이나 병리과 냉장실에 있을 것이다. 병동이라면 의사나 병간호 인력을 제일 먼저 만나야 한다. 냉장실이 있는 병리과라면 부검 어시스트나 수석 의사를 만나는 것이 순서다. 어쨌든 우리 병리과의 수석 의사는 항상 유족을 맞이할 준비가 완벽하게 되어 있다.

　고인에게 정확히 무슨 일이 일어났는지는 사망 진단서의 네 번째 페이지에 적힌 정보를 보면 알 수 있다. 우리 병원에서는 사망 진단서가 시신과 함께 병리과로 넘어온다. 이 서류를 받아서 나는 기록을 한다. 시신을 염습하고 전화로 유족에게 이후의 절차를 일러 줄 때 나는 사망 진단서 사본을 다시 한번 꼼꼼히 읽어 본다. 이를 통해 기본적인 고인의 질병이나 사인을 잘 알고 있어야만 유족의 입장을 헤아릴 수 있다. 무엇보다도 정확한 사망 시간이 유족에게는 매우 중요한 문제다. 물론 고인의 모습을 다시 볼 수 있느냐는 질문도 자주 받는다. 당연히, 대부분은 가능하다. 고인이 어디에 있느냐에 따라 병원 내의 병동에서든 병리과에서든 혹은 장례식장에서든 볼 수 있다. 이전에도 말했듯이 부검 어시스트에게는 염습부터 애도식 진행까지 일반적인 시신 안치 업무가 직무의 한 부분은 아니지만, 전반적으로 나는 업무에서 일시적인 공백이 생기면 그 일을 맡아서 하고 있다.

자연사가 아니거나 원인 불명의 죽음을 맞이한 사람들에 대한 특별 규정이 있다. 이런 경우 경찰과 검찰청에 보고가 올라가고, 시신을 압수하기로 한 동안은 시신에 손을 대거나 염습을 할 수 없다. 예를 들어 호수에서 익사했거나 사고를 당한 시신은 수습 후에 곧바로 법의학과로 운반하거나 장의사의 냉장고 혹은 공동묘지로 데려간다. 내 경험에 따르면 유족들은 현장에 있는 책임자와 연락을 취하여 고인을 만나고 싶다는 뜻을 전달할 수 있다. 아무리 어려운 순간이라도 소통은 이루어져야 한다.

대체로 유족들은 고인이 소지한 개인 소지품이나 귀중품에 대해서도 질문한다. 시신이 병원에 안치된 경우 지갑과 같은 귀중품은 환자를 책임지는 당시의 부서에 보관된다. 고인이 병동에 입원해 있었을 경우 모든 소유물은 병실에 보관되어 있다. 고인의 유품은 보통 몇 주 이내에 유족들이 찾아가지 않으면 병원의 분실물 센터로 인계된다.

특별하게 취급되는 품목은 보석류다. 시신이 보석을 착용하고 있거나 보석이 시신 근처에 놓여 있으면 우리는 세심하게 이를 기록해 두어야 한다. 경찰서나 우리 쪽, 혹은 장례식장 모두 기록할 책임이 있다. 만약 유족들과 이미 연락이 닿았다면 보석류를 어떻게 처리할 것인지 의논해야 한다. 나는 전날 시신의 손가락에 끼워져 있던 반지나 롤렉스 시계가 다음 날 갑자기 감쪽같이 사라져 버렸다는 사연을 자주 접한다. 굉장히 불편한 상황이다. 우리 중에서 시신에서 뭔가를 훔치는 사람은 없다. 아무것도 그냥 집어 가지 않는다. 요즘에도 병동의 시신 옆에 "인형은 제발 가져가지 말아 주세요"

와 같은 메모지가 놓인 것을 간혹 보는데 이는 마음 아픈 일이다. 대체 나를 어떤 사람으로 생각하는지. 아기자기한 장난감이든 꽃이나 목걸이 혹은 천사 인형이든 간에 장례식장에 시신을 넘길 때 나는 다른 모든 것들도 같이 넘겨준다. 물론 맛있는 초콜릿은 조금 아쉽지만 말이다.

다음 질문은 어떻게 장례식을 꾸릴 것인가 하는 것이다. 유산 상속과도 관련되어 있으므로 유족은 장례를 치를 의무가 있다. 평소에 고인과의 관계가 어떠했는지는 상관이 없다. 가장 먼저 해야 할 일은 장례식장을 섭외하는 것이다. 사망일로부터 장례식을 치러야 하는 마감일까지의 기한은 연방 주마다 각기 다르다. 우리 병리과의 장점은 유족이 대기할 필요가 없다는 것이다. 다시 말해 절차가 끝나면 바로 시신 안치 과정으로 넘어간다. 유족에게 불필요한 스트레스를 주지 않으려 노력하고, 시신이 대체로 즉각적인 절차를 거치기 때문에 병리과에는 항상 충분한 공간이 있다. 유족들에게 시간의 압박에 시달릴 필요가 없다고 설명할 때 이들의 심장에 얹힌 돌이 툭 떨어지는 소리가 들린다.

이제 시신 염습이라는 과정으로 넘어간다. 모든 시신을 위한 과정은 아니다. 유족이 무엇을 원하느냐에 따라 이 과정은 다양하게 진행된다. "지금 당장 그분을 보고 싶어요"에서부터 "고인의 평소 모습 그대로를 다시 보고 싶어요"까지 유족은 스스로 결정을 내려야 한다. 여기에는 유족의 마음속 두려움이 큰 역할을 한다. 죽은 이의 시신이 훼손되어 있을까 봐, 얼굴이 고통으로 찡그려져 있는 모습을 보게 될까 봐 망설이는 마음 말이다. 하지만 사랑하는 사람이 지극히 평화롭고 구원받은 듯한 모습을 하고 있다면 그 얼마나 은혜로운 일이겠는가. 전혀 기대하지 않았으나 너무나 안심되는 모습이 아니겠는가. 끔찍한 모습일 거라고 상상했지만 아름다운 모습으로 눈앞에 나타난다면(손질되고 꾸며진 시신을 보면) 어쩌면 죽음에 대해 품고 있던 두려움이 조금은 누그러질 수도 있을 것이다. 아니면 무서운 모습을 있는 그대로 보고 현실을 받아들일 수도 있다. 사랑하는 사람은 이제 죽었고, 실제로도 그렇게 보인다. 시신은 차갑고 뻣뻣하며 움직이지도 않는다. 잠을 자는 것도 아니며 다시는 깨어나지 않을 것이다. 상실감, 공허감, 깊은 가슴앓이와 그리움에 숨이 멎을 지경이다. 살아서 숨을 쉬는 것이 무슨 의미가 있을까? 가장 소중한 존재를 신이 데려간 마당에 더 살아갈 의미가 있을까? 그런데 죽음은 돌이킬 수 없으나 나름의 친절함과 은혜로움도 품고 있다. 왜냐하면 죽음은 모든 것을 초월하기 때문이다. 고인은 이제 더 이상 고통을 겪지 않으며 심지어 죽음을 맞이할 필요도 없다. 더는 두려움에 떨지 않아도 되며, 죽는다는 것이 무엇인지 또 천국에서 매일 아침 연어를 먹을 수 있을지 궁금해할 필요도 없다. 우리가 기억해야 할 것은 우리가 고인으로부터 사랑을 받았으며, 고인이 천국에 가더라도 계속 사랑받을 것이라는 사실이다. 죽음 앞에서 때로 우리는 용서하고 잘못을 흘려보내야 한다. 사실 우리가 고인에게 정말로 하고 싶었던 말은 무엇일까? 고인을 진정으로 사랑했으며 이번 생이 지나더라도 계속해서 사랑할 것이라는 말, 그리워하고 있으며 앞으로도 영원히 그럴 것이라는 말이 아닌가. 그러니 염습한 고인을 다시 마주하는 것은 남은 이들이 평화를 찾는 데 매우 중요하다. 어지러운 생각들이 가라앉으면, 유능한 전문가에게 뒷일을 맡기고 힘을 낸 다음 그 자리를 떠나도 된다.

그러므로 나는 고인을 다시 보고 싶어 하는 유족의 바람을 어떻게든 들어주는 것이 좋다고 생각한다. 하지만 유족의 의사에 반하는 여러 요소도 있다. 가령 그런 모습을 보이고 싶지 않다는 고인의 유언이 있을 수 있다. '그런' 모습이 어찌 보면 고인에게는 큰 의미가 있을 수 있다. 나 자신도 시신을 씻기고 수의를 입히고 치장하는 일을 수천 번 해 왔고 이런 염습을 원하는 사람의 의견을 존중하지만, 최근까지도 나는 죽어서 염을 당하고 싶지 않다고 생각했다. 염습의 과정을 잘 알기 때문이 아닐까? 사랑하는 사람들이 날 무서워하거나 내 시신을 지켜보는 것을 부담스러워하지 않길 바라는 마음은 아닐까? 하지만 누군가가 내게 말해 주었다. 시신 염습을 거절하는 것은 가족에게서 작별 인사를 할 기회를 빼앗는 것일 수 있다고. 가족이 절박하게 나를 보고 싶어 할 수도 있지 않겠는가? 혹은 단순히 그저 장례의 한 과정으로서 염이 필요할 수도 있다. 그 말에 나는 설득당했다. 나중에 필요하다면 나는 기꺼이 시신의 염습에 동의할 것이다.

그런데 유족들이 염습에 심정적으로 거부감을 갖고 있는데 어쩔 수 없이 해야 할 것 같아서, 혹은 다른 사람에게 억지로 설득당해서 허락한 경우라면 문제가 복잡해진다. 염습 여부는 전적으로 유족들에게 달려 있다. 모든 사람에게 만족스러운 것은 아니기 때문이다.

사실 내가 말하고 싶은 것은 시신을 보면 고인이 죽음을 맞이할 당시의 상황이 전해질 수 있다는 것이다. 열차 사고를 당했거나 부패한 시신, 익사나 화재로 인한 시신을 떠올려 보라. 이런 경우 가장 좋은 것은 미리 조언을 듣는 것이다. 직접 작별 인사를 할지 말지를 결정하기 전에 책임자들과 대화를 나누어라. 유족 대부분은 시신 안치에 관한 요청을 할 때, 고인에게 무슨 일이 일어났는지를 알고 있다. 그러니 고인의 모습에 대해 어느 정도 짐작할 것이다. 어쩌면 상상 속 고인의 모습은 잘 염습된 모습에 비해서 훨씬 끔찍할 것이다. 하지만 훼손당하거나 부러진 데가 있더라도 어느 정도는 숨길 수 있다. 나는 시신 상태를 미리 확인해 보고 그중에서 손과 같이 멀쩡해 보이는 부분에 주목한다. 그런 다음 고인의 깨끗한 손을 유족들에게 보여 준다. 유족을 믿어라. 이들과 상황을 공유하고, 가장 품위 있는 방법으로 작별 인사를 하는 방법에 대해 제안해라. 나는 어떤 상황에서도 나와 동료들이 유족들과 함께할 것이며 그들을 위로할 것을 약속한다. 지독히 힘든 상황 속에 유족들이 놓여 있을 때 우리가 옆에 있다. "이 고난을 혼자 겪지 않아도 된답니다." 유족에게 이처럼 자신에 찬 믿음과 위안을 준다.

필요에 따라서는 유족이 나중에라도 사용할 수 있도록 나는 미리 고인의 사진을 찍어 주겠다고 제안하기도 한다.

19세기 말에는 이른바 사후 사진술이 유행이었다. 고인에 대한 정서적 유대감을 유지하기 위해 사실적인 사진술의 도움을 받으려 한 것이다. 이를 위해서는 일종의 속임수가 사용되었다. 시신을 밝고 행복한 모습으로 치장하고 꾸민 다음 서 있거나 앉은 모습으로 연출했다. 말하자면 마지막 가족사진을 찍는 것처럼 가족들 사이에 고인을 놓고 사진을 찍기도 했다. 종종 감은 눈꺼풀에 눈을 그려 넣어서 고인이 무엇인가를 쳐다보고 있는 듯한 인상을 주기도 했다. 사후 사진에 대해 배운 바가 있으므로 나는 이런 종류의 사진을 보게 되면 자세히 살피는데 그중에 누가 시신인지를 금방 알아차릴 수 있다. 시신을 잠든 듯한 모습으로 찍은 사진도 꽤 인기가 있었고 가장 좋아하는 장난감을 가지고 노는 아이를 찍은 사진도 있었다. 죽은 아이와 함께 찍은 사진이 유일한 가족사진이었기 때문에 부모가 같이 사진을 찍은 경우도 있었다. 그중 가장 고전적인 사진은 열린 관 속에 고인이 누워 있는 사진이다. 그러니 유족을 위해 고인의 사진을 찍어 주는 것은 문제될 게 없다. 내 선의가 고인에게 도움이 된다는 것만 기억하자. 고인의 곁에서 어떤 도움이 될 수 있을지만 염두에 두면 된다. 유족이 무엇을 선택하건 상관이 없다. 도움을 줄 수 있다면 좋은 일이 아니겠는가?

눈치챘겠지만 나는 개인적으로 고인과 작별 인사를 하는 것이 좋다고 굳게 믿고 있다. 물론 고인이 "이런 상태로" 누운 모습을 보는 것을 견딜 수 없다고 여기는 유족도 있기 마련이다. 아무리 시신이 '정상적'으로, 즉 외관상으로 온전하고 씻기고 다듬어진 모습이라 할지라도 말이다. 나 역시 외부인이기 때문에 시신의 모습이 보일 만하다고 오판할 수도 있다. 하지만 시신을 보고 충격받는 유족도 있다. 대체 어찌해야 할까? 예를 들어 보겠다. 소중한 고인의 염습을 맡긴 가족이 있었다. 고인은 침대에서 엎드려서 숨진 채 발견되었다. 이후에 시신이 전염성이 있는 것으로 판단되어 위생 규정 때문에 장의사 측에서 염습을 하지 못하도록 했다. 그래서 우리가 그 일을 하게 된 것이다. 물론 언제나 위험이 뒤따르지만 나는 감염에 대한 걱정을 거의 하지 않는다. 내가 얼마나 많은 환자를 부검했는지 아는가? 인체면역결핍바이러스 HIV, 간염 등을 비롯한 전염병 환자들도 있었고 폐에 의심스러운 구멍이 나 있어서 결핵이 아닐까 걱정되는 환자도 더러 있었다. 광우병으로 더 잘 알려진 크로이츠펠트·야코프병 Creutzfeldt-Jakob Disease 환자도 있었다. 물론 이들이 부검팀에 환영받는 것은 아니지만 어쩔 수 없다. 어떤 전염병은 숙주가 사망한 후에도 완전히 전염성이 없어지지 않기 때문에 항상 경계하는 것이 바람직하다. 그리하여 나는 고인의 부검이 끝난 후에 시신을 인계받았다. 내 손길을 거친 시신은 얼굴이 보라색으로 변한 머리 부분만 빼고 완벽하게 다듬어졌다. 얼굴의 보라색은 사후에 고인의 신체에서 발견되는 시반이나 상대정맥 증후군 superior vena cava syndrome 에서 비롯되는 경우가 대부분이다. 이 같은 증상을 우리는 고인의 몸에서 자주 발견한다. 심장으로 돌아가던 정맥의 피가 막히면 목과 머리가 보라색으로 변하는 것이다. 나는 이런 모습을 흔하게 보았고 유족들에게도 보여 왔으므로 별로 신경 쓰지 않았다.

고인에게 흰 셔츠를 입히고 얼굴에 살짝 분칠을 하고, 베개와 레이스 이불을 정돈하고 촛불을 켜고 의자를 정리해 놓았다. 늘 하던 대로 모든 것을 준비한 것이다. 그래도 마음에 걸리지 않게 유족들에게 고인의 얼굴색에 대해 얘기하기로 결심했다. 가족들이 들어왔고 작별 인사를 할 기회를 준 것에 대한 감사 인사가 이어졌다. 나는 고인의 특이한 안색에 대해 설명했고, 유족은 내가 서류를 통해 익히 알고 있는, 이제는 하등 중요하지 않는 고인의 병력에 대해 이야기했다. 고인에 대한 이야기를 하면서 유족들은 마음의 준비를 하므로 나는 이들에게 가능한 많은 시간을 주려 노력했다. 마침내 고인의 부인과 며느리가 안치실에 들어섰다. 그런데 느닷없이 3초 만에 부인이 마음을 바꾸는 게 아닌가. 도저히 못 보겠다며 거의 도망치듯 작별의 방을 떠난 것이다. 맙소사! 이걸 어쩌지? 골치가 아팠다. 이 극도로 불편한 상황을 어떻게 해결할 것인가? 다행히 아들이 바깥에 서 있다가 달려 나가는 어머니를 붙잡았다. 다행이었다. 내가 개입하지 않아도 될 것 같았다. 며느리는 안치실에 그대로 남아서 고인과 시간을 보냈다. 나도 그 옆에 있었다. 며느리는 괜찮았다. 침착하고 두려움 없는 태도로 그녀는 가지고 온 사진을 고인의 손에 쥐여 주고 그를 바라보며 눈물을 흘리다 다정한 몇 마디를 건넸다. 내가 늘 보아 왔던 유족과 그리 다르지 않은 모습이었다. 고인의 모습이 끔찍하다고 여기지도 않았다. 그러니 충격받은 불쌍한 고인의 부인을 그대로 보내서는 안 되었다. 나는 유족이 고인의 시신을 받아들이지 못하는 상황이 무척 불편하다. 아무리 시신이 아름답게 꾸민다고 해도 그런 일은 발생한다. 그런 일이 있을 때마다 내가 뭔가 잘못하지 않았나 자책하게 되는데 이번에는 특히 더했다. 개인적으로 나와 상관없는 일이었지만 고인의 부인에게 작별의 시간을 약속했기 때문에 가만히 있을 순 없었다. 며느리와 나는 바깥에 나와 잠시 앉아서 이야기를 나누었다. 의논 끝에 며느리가 시어머니에게 고인과 마주한 자기 경험을 얘기해 주기로 했다. 다시 만난 부인은 침착함을 되찾았고 비록 끔찍한 모습이긴 했으나 남편을 마지막으로 다시 보게 된 것에 대해 내게 감사의 인사를 전했다.

"제가 어떻게 부인의 요청을 모른 척 할 수 있겠어요? 남편분과의 마지막 작별 시간을 어떻게든 마련해야지요."

하지만 내가 옳은 일을 한 것인지에 대한 확신은 여전히 서지 않았다. 전문 장의사(시신 미용사. 특히 미국에서는 시신을 공개적으로 보여 주기 위해 곱게 치장하는 관습이 널리 퍼져 있다)라면 특별한 방식으로 시신을 다루므로 불길해 보이는 색을 사라지게 할 수 있겠지만, 나로서는 시신을 어느 정도 있는 그대로 보여 줄 수밖에 없었다. 그래도 나는 고인의 부인이 시신을 보기를 바랐다. 부인도 이에 동의했다. 남편이 죽었다는 사실을 이해하기 위해서는 그 시신을 보아야만 했다.

"저건 더 이상 그 사람이 아니야!" 나는 그 말을 너무 자주 들었다. 귀에 거슬리는 동시에 위안이 되기도 하는 말이다. 우리는 오랫동안 얘기를 나누었다. 나는 부인이 자신이 쓴 시를 읽어 주는 것을 들었고, 그녀의 손을 잡아 주었으며 차에서 개를 데리고 나오는 것도 허락했다. 그녀에게는 시신을 보는 것보다는 내가 그녀의 이야기를 들어 주고 기다려 준 것이 더 큰 힘이 된 것 같았다. 그녀는 여러 차례 감사 인사를 했으며 모든 일이 끝나고 나면 꼭 나를 다시 찾아오겠다고 약속하며 깊은 포옹을 했다. 그렇게 해서 우리 모두 기분 좋게 고인과 작별할 수 있었다.

고인과 작별 인사를 하는 것은 유족에게 매우 감동적인 일이지만, 내게도 도움이 된다. 물론 유족이 얼마나 오랫동안 슬픔에서 헤어 나오지 못할지, 얼마나 빠르고 쉽게 회복이 될지는 잘 모른다. 하지만 내가 누군가를 도와줄 수 있다는 것, 진심으로 사람들과 공감하면서 내 일을 잘 해냈다는 것만으로도 행복을 느낀다.

가끔은 나도 도저히 눈 뜨고 볼 수 없는 시신을 앞에 두고서 어찌해야 할지 몰라 망연한 기분이 들 때도 있다. 하지만 유족으로부터 작별의 기회를 박탈해야겠다는 생각은 한 번도 해 본 적이 없다. 애정의 눈으로 고인을 지켜보고자 하는 사랑하는 유족이 있기 때문이다. 이들은 눈이 아니라 심장으로 본다. 잊을 수 없는 경우도 있었다. 한 산부인과에서 수일 내로 어느 부부가 아기를 잃을 것 같으니 아기의 부모를 돌봐 달라는 부탁을 받은 적이 있다. 같은 직장에서 오랫동안 일하다 보면 이런 일이 종종 있다. 서로를 잘 알기 때문에 믿고 맡기는 것이다. 그렇지만 나를 믿고 자기 친척을 소개해 준 의사에게 감동했다. 무엇보다 아기에 대한 세심한 작별 의식이 매우 중요했다. 며칠 후 아기가 사망하자 나는 부모를 초대해서 작별의 방을 보여 주고 그곳에서 작은 애도식을 치르기로 했다. 가장 가까운 친척들만 참석하는 애도식이었다. 내가 염습을 진행하는 동안 참석자들은 문제가 되지 않는 선에서 각자 하고 싶은 일을 했다. 곡을 연주하거나 향을 피우거나 노래를 부르거나 과일 뷔페를 차려 놓기도 했다(불행히도 맛있는 파인애플은 먹을 새도 없이 재빨리 사라져 버렸다). 그 자리에 참석한 사람들은 위안을 얻을 수 있는 것이라면 뭐든지 할 수 있었다.

그렇게 애도식 준비를 마치고 나는 아기를 냉장고 속에서 꺼낸 뒤 애도식까지 얼마나 시간이 걸릴지 계산해 보았다. 하지만 불행히도 아기의 상태가 내가 약속한 모습과는 상당히 차이가 난다는 사실을 깨달았다. 한동안 모체의 따뜻한 양수 속에 죽은 채로 있었던 아기의 몸은 상당히 손상되어 있었다. 젠장, 이를 어쩌지! 조문객들이 놀라면 어쩌지? 걱정이 들었지만 이내 아기를 이상하게 바라보는 건 나 혼자일 뿐, 사랑하는 부모는 그렇지 않을 거라고 생각했다.

그래서 여기저기 너덜너덜해진 피부 조각을 떼어 내고 아기를 눕힌 다음 미리 의논한 대로 방을 꾸미고 나니 흡족한 마음이 들었다. 손님들이 오기 전까지는 한 시간이 남아 있었다. 재빨리 이메일을 확인해 보니 아기의 부모에게서 메일이 와 있었다. 애도식에서 몇 마디를 해 달라는 부탁이었다. 이런! 추도사를 급하게 준비해야겠구나!

죽은 아이에 대한 애도의 말을 전하는 것은 언제나 어려운 일이라 상당한 부담이 들었지만 결국 몇 마디 적당한 말을 찾아서 마음을 가다듬었다. 그리고 천으로 아이를 완전히 덮은 다음 부모가 어느 정도를 볼 것인지 결정하도록 했다. 일단은 그들과 먼저 이야기를 나누어야 했다.

애도식은 순조롭게 진행되었고 조문객을 배려하는 차원

에서 아기를 천으로 덮어놓자는 내 의견을 부모도 따라 주었다. 마지막으로 우리 세 명만 남게 되자 나는 아기를 볼 것인지의 결정을 부모에게 맡겨 두었다. 부부는 아기를 보기로 했다. 그들은 조심스러웠지만 용기 있게 결정을 내렸다.

"두 분의 아이예요. 흉하게 보일 리가 없지요." 나는 부부의 뒤를 따라갔다.

어떤 부모는 심지어 유산된 아기의 사체를 보고 싶다는 요청을 하기도 했다. 사체는 온전하지 않았지만 어떤 부위인지는 나름 알아볼 수 있었다. 유산된 아기는 작별의 방에 누워 있었는데 그 부모는 나보다는 목사를 방으로 초대하고 싶어 했다. 물론 기분이 좋지 않았다. 그런데 목사는 아기를 보자마자 사색이 되어 허겁지겁 밖으로 도망쳐 버렸다. 이 경우에 비하면 그나마 작은 애도식에 참석한 아기는 온전한 상태였다. 부모는 덮개를 벗기고 아이를 들어 올린 다음 쓰다듬었다.

이 일은 유족들의 소망에 부합하는 것이라면 이들에게 무엇인가를 미리 제안하는 것이 옳을 수도 있다는 것을 보여 주었다. 게다가 유족들이 상상하는 고인의 모습은 실제보다 훨

썬 더 나쁠 수 있다. 유족들은 종종 병리과에서 고인을 볼 수 있다는 사실에 놀라곤 한다. 이에 더해 깔끔하게 잘 꾸며진 방과 전문가의 조언과 지원도 받을 수 있다. 어떤 유족은 마치 우리를 TV에서 본 것 같다고 말하기도 한다. 병리과 의사가 냉장고에서 시신을 꺼내 고인의 얼굴을 덮은 시트를 내리고 묻는다. "이분이 맞습니까?" TV 드라마는 여기서 멈춘다.

내게는 나름의 장점과 경험과 공감으로 고통에 빠진 조문객들을 도울 수 있다는 확신이 있다.

유족들이 병리과에서 고인과 작별을 고하겠다고 결정하면 다음과 같이 상황이 진행된다. 우선 병동에서 기본적인 조치를 받은 고인의 시신을 품위 있는 상태로 우리에게 인도한다. 최근에 나는 고인을 위한 기본적인 서비스를 제공하기 위해 관계자를 만나 논의하기도 했다. 일단 시신을 청결하게 하는 것은 예전처럼 '시체 닦는 사람'의 일이 아니라 간호직에서 맡게 된다. 필요하다면 체액이나 배설물도 닦아 내고 탈장 부위나 정맥 도관이나 방광 도관 등도 제거한다. 나는 불필요한 오염을 피하고자 몸 안에 있는 것들을 그대로 두는 것을 찬성하는 편이다. 예를 들어 대퇴 정맥에 꽂았던 관을 빼내면 응고되지 않은 피가 엄청나게 쏟아진다. 엉망진창이 되는 것이다. 하지만 유족이 삽입했던 장치를 제거해 달라고 요청하면 당연히 그렇게 한다. 아무리 난장판이 되더라도 말이다. 다만 조사를 위해 압수된 시신의 경우에는 외부 검사를 위해 시신에 연결된 모든 장치를 그대로 두어야 한다.

시체의 눈과 입을 닫는 것도 우선적으로 해야 할 일에 포함되지만, 만약 틀니가 있다면 미리 입안에 끼워 넣는 것이 좋다. 시신의 손은 고인의 종교에 따라 다른 형태로 놓는다. 마지막으로 시체를 깨끗한 시트로 덮은 채 병리과로 옮긴다. 고인을 염습하려면 준비할 시간이 필요하기 때문에 예약을 해야 한다. 다른 일을 하다 멈출 수는 없으니까 말이다. 특히 부검 도중이라면 더욱 곤란하다. 병리과는 장례식장이 아니라 의학 기관이며 전문가의 염습은 무료로 제공되는 서비스일 뿐이다. 하루에 여러 건의 염습 요청이 있다면 계획에 맞추어 착착 진행되어야 한다. 날짜가 정해지면 우선 시신의 사진부터 본다. 시체의 몸에서 체액이 흐르지는 않는지, 시신의 눈과 입을 내가 닫아야 하는지, 인공 호흡관 등을 제거해야 하는지 등을 살펴본다. 대부분 병실에서 미리 처리해 두었기 때문에 내가 할 일은 그리 많지 않다. 하지만 하나는 분명히 해야 한다. 내 앞에 놓인 것이 진짜 시신이 틀림없어야 한다! 그러니 늘 주의해서 발가락에 붙은 라벨을 잘 읽어야만 한다.

때때로 입을 안쪽에서 꿰매는 작업을 해야 할지의 여부를 결정한다. 봉합 자국은 바깥에서는 보이지 않는다. 시신의 눈과 입이 열려 있는 것과 닫혀 있는 것은 엄청난 차이가 있다.

한번은 갑작스럽게 염습해야 하는 상황이 있었는데 이를 통해 색다른 교훈을 얻을 수 있었다. 유족이 내가 일하는 방 앞에 서서 고인의 모습을 당장 보고 싶어 했다. 스트레스를 받았지만 급하게 시신을 남 앞에 보일 만한 상태로 수습해야 했다. 그러다 보니 안타깝게도 유족은 사후 강직이 심하게 진행된 시신의 입이 크게 벌어진 채로 있는 것을 보게 되었다. 나는 유족에게 비난받을 각오를 했다. 그런데 손자가 이렇게 말하는 게 아닌가. "여기 보세요! 할아버지가 주무실 때처럼 그대로 입을 벌리고 있어요!"

나는 장의사 가게에서 예쁜 관 세트를 샀다. 수수하지만 고급스러운 레이스가 달린 흰색 양단과 여름용의 얇은 담요와 겨울용으로 사용되는 두꺼운 담요도 준비했다. 작별의 방은 꽃꽂이와 꽃다발, 촛불로 다채롭게 꾸몄다. 계절이나 유족의 희망 사항에 따라 종이나 목재로 된 꽃이나 별, 무지개나 나비, 무당벌레 등을 여기저기 놓아두기도 하는데 이것들은 치유와 부활의 상징이기도 하다. 이런 상징물들은 유족들에게 하나의 신호이기도 하다. 걱정하지 마세요. 나는 잘 지내고 있어요. 소중한 당신을 내가 앞으로 보살펴 줄게요.

나는 또한 상황에 맞는 옷차림으로 예를 갖춘다. 예로부터 검은 옷은 죽은 사람의 영혼이 산 사람에게 달라붙지 않게 한다고 여겨져 왔다. 이런 상징에 따라 고인을 죽음의 세계로 인도하고 고인과 유족에게 경의를 표하는 것이다. 부적절한 옷차림은 때때로 무관심이나 무례함 혹은 악의로 가득 찬 취미로 여겨지기도 한다. 급하게 수습해야 할 시신이 있다면 나는 흰색의 '중요한 작업복'을 입는데 대체로 밝은색의 반짝거리는 평상복 위에 훌렁 덮어쓰기만 하면 된다.

모든 것이 준비되면, 로비에 있는 유족에게 다가가 안치에 대한 대화를 나눈다. 유족은 대체로 나를 보자마자 질문을 퍼붓는다. "당신이 시신을 수습하는 분인가요?" "고인을 책임지는 간호사이신가요?" 이에 대해 나는 항상 이렇게 대답한다. "제 이름은 브라우나이스라고 하고 여러분을 돕기 위해 왔어요." 그런 다음 약 한 시간 정도 유족에게 도움을 줄 수 있다고 얘기한다. 처음에 나는 유족이 고인과 작별을 나누는 동안 같은 공간에 있는 것이 적절한 행동인지 확신하지 못했다. 사랑하는 존재에게 나 자신이 작별을 고해야 하는 상황에 부닥치기 전까지는 말이다. 집을 떠나 독립한 이후로 나는 토끼를 종종 키웠다. 20년 동안에 걸쳐서 말이다. 토끼는 믿을 수 없을 정도로 훌륭한 동물이다. 영리하고 포근하며 어느 정도는 고양이와 같다. 나는 토끼들을 너무나 사랑했고 이들과 깊은 유대감을 느꼈다. 영적인 교류를 믿는 나는 동물들 속에서 오래된 영혼의 친구를 알아보며 이들과 특별한 친밀감을 느낀다. 어느 날 영혼의 단짝인 토끼 게르하르트가 세상을 떠날 때가 되었다. 나는 마지막 숨이 다할 때까지 그 녀석을 꼭 껴안고 있었다. 수의사는 주사를 놓은 후, 조용히 방 한구석으로 물러났다. 나 또한 그녀가 한 방에 있다는 것을 알았지만 수의사는 나에게 방해되지 않으려 가만히 우리를 지켜보았고 그것이 나에게는 큰 위안이 되었다. 언제든 그녀에게 다가가 도움을 요청할 수 있지 않은가. 내가 흐느끼는 것을 수의사가 지켜보고 있다는 것도 상관없었다. 내 작은 빨간 눈의 친구는 눈물을 쏟을 만한 충분한 가치가 있었다.

수의사의 사려 깊고 신중한 보살핌에 대한 기억은 애도 상
담가의 역할을 해야 하는 내게 매우 중요한 경험이 되었다.

대화가 끝나면 나는 조문객들과 함께 시신이 놓인 작별의
방으로 향한다. 시신은 잘 단장되어 있고 장식은 조화로우
며 촛불이 켜져 있고 의자도 놓여 있다. 이제 유족들이 고인
과 작별하는 것을 지켜보며 기다리는 일만 남았다. 유족 중
에 시신 앞에 다가서기를 꺼리는 사람이 있다면 나는 부끄러
움을 무릅쓰고 시신에 다가가 가볍게 시신을 덮은 이불이나
시신의 손을 토닥여 준 다음 물러선다. 고인을 만져도 된다
는 신호이기도 하다. 하지만 그렇게 하라고 요구하지는 않는
다. 그 순간에 누가 무엇을 필요로 하는지 눈치로 알 수 있다.
유족은 그저 고인의 손을 잡고 있거나 고인을 끌어당겨 안아
도 되고, 가만히 침묵을 지키거나 기도하거나 철학적인 얘기
를 나누거나 날씨 얘기를 해도 된다. 유족이 원하는 것이라
면 무엇이든 괜찮다.

때때로 나는 사후의 생을 믿느냐는 질문을 받는다. "죽고
나서도 우리의 삶이 계속될지, 고인이 나중에 우리를 찾아올

지 그것을 어떻게 알 수 있을까요?"

친애하는 독자 여러분에게 감히 말하건대 나는 당연히 사후의 삶을 믿는다. 살면서 이미 네 번이나 죽은 자의 방문을 경험했는데, 그중에는 내가 사랑하지 않는 사람도 있었다. 내 세계에는 요정과 유령은 물론 천사도 있다. 나는 유족들이 고인과 작별하는 자리에서 사후에도 삶이 이어진다고 명확하게 말하지는 않는다. 하지만 그 사람이 하는 말과 행동을 통해 누가 무엇을 믿는지를 추측할 수 있다. 사후의 삶에 대해 누군가 묻는다면, 나는 기운과 위안을 주기에 적합한 대답을 해 줄 수 있다. 상대가 무엇을 믿는지는 중요하지 않다. 대부분은 다음과 같이 말해 준다. "우리 사후에 더는 아무것도 존재하지 않는다면 너무나 슬프겠지요." 그것만으로도 충분하다. 반면에 천사를 보았다거나 죽은 사람의 영혼이 자신을 찾아온 적이 있다는 말을 누군가 공공연히 한다면 나는 완전히 흥분해서 그 이야기에 열중한다. 그들에게 당장 도움이 된다면 나는 무엇이라도 할 수 있다.

일을 시작한 지 처음 몇 년 동안, 나는 직업적으로 냉담한 태도를 보였다. 시신을 안치하는 과정에서 너무 감정적으로 반응하지 않도록 배웠기 때문이다. "심리학자는 슬픈 이야기를 들어도 울지 않습니다." 그러나 울고 싶을 때가 너무나 많았다. 이제 나는 애도 상담가들이 단 하나의 목표를 가져야 한다고 생각한다. 유족들이 애도실에 들어올 때보다 기분이 한결 나아져서 떠나는 것이다.

내 경험상 유족에게 도움과 위안이 되는 문장은 다음과 같다.

- 어떻게 도와드릴까요?(가족이 많이 상심했을 때)
- 당신이 얼마나 힘들지 잘 이해합니다(유족이 울고 있을 때).
- 슬퍼해도 괜찮아요. 마음이 누그러질 거예요.
- 제가 여기 있어요.
- 그분에 대해 말씀해 주세요. 그분은 어떤 분이었나요?
- 네, 제가 듣고 있어요.
- 정말 슬픈 일이네요.
- 제가 도와드릴게요.
- 제가 가까이 있어요. 준비되면 저를 찾아 주세요.
- 믿을 수 없는 일이지요.

당신이 신비주의를 믿는다면 자수정이나 문스톤, 석영이나 조회장석labradorite과 같은 치료용 돌을 추천한다. 신비한 힘을 지닌 이들 돌은 오랜 애도 기간 동안 심장이나 이마에 자주 올려놓으면 부정적인 감정을 떨치고 에너지와 정신적 조화를 되찾는 데 도움이 된다고 한다.

때때로 나는 유족에게, 고인에게 수의를 직접 입혀 주는 일을 해 보라 권한다. 이 일은 사랑하는 사람을 마지막으로 돌보는 듯한 느낌을 주는 것과 함께 고인이 사후 세계로 가는 길에 멋지게 보이도록 만들어 준다.

나는 언제나 유족이 고인에게 베푸는 마지막 돌봄의 의식을 보면서 인간의 내면적 힘과 품위에 감동한다.

분명히 말하고 싶은 것은 어떤 형태의 지원이든 유족에겐 큰 힘이 된다는 것이다. 잘 들어 주고 기다려 주면 된다. 유족이 당신에게서 기적을 바라는 것은 아니다. 단지 당신이 거기에 있고, 언제든 필요할 때 손길을 내밀 수 있다는 것만으로도 큰 의미가 있다.

염습에 아이들이 참관해도 좋을지에 대한 여부는 민감한 사안이다. 아이들이 참석하는 것이 좋을까, 아니면 그 반대일까? 가장 먼저 고려해야 할 부분은 아이가 원하느냐의 문제다. 만약에 같이 오고 싶어 하지 않는다면 억지로 데려오는 건 잘못된 일이다. 하지만 사랑하는 가족을 한 번 더 보고 싶어 한다면 이들에게 그 기회를 주는 것이 옳다. 하지만 이 경우에 사전에 논의하여 구체적인 고려 사항과 염습 과정을 정하는 것이 좋다. 아이에게 무슨 일이 이루어지는지를 미리 알려주고 더는 그 자리에 머무르지 않으려 할 때는 아이를 챙겨 줄 사람이 필요하다. 사람들이 울 수 있다는 것도 얘기해 두는 것이 좋다. 어쩌면 애도의 자리에 아이는 직접 그린 그림이나 손 편지 등을 가져가고 싶어 할 수도 있다. 어린이를 참석시키는 결정이 합리적인지는 물론 법정 후견인이 판단할 문제다. 하지만 아이들은 고인에게 작별 인사를 하면서 자신들이 공동체 일부가 되는 경험을 하게 된다. 또 어른들이 우는 것을 보면 슬퍼해도 괜찮다는 것을 배우게 된다. 감정을 표현함으로써 서로 대화의 물꼬를 틀 수 있게 된다. 아이에게 할아버지가 지금 어디 있는지 물어봐라. 아이들이 작별의 의식에 참여하도록 허락해라. 아마도 할아버지에게 추억이 담긴 물건을 선물하거나 할머니의 가슴에 정원에서 꺾은 꽃을 꽂아 두고 싶어 할지도 모른다.

하지만 죽음을 '잠드는 것'이라고 표현해서는 안 된다. 잠든 사람은 다시 일어난다. '여행'이라고 부를 수도 없다. 여행 갔던 사람은 돌아오기 때문이다. 세 살 미만의 아이들은 아직 죽음이라는 결과를 이해하지 못한다. '영원히'라는 단어가 무엇을 의미하는지도 모른다. 너무 복잡한 문제다. 하지만 세 살에서 여섯 살 사이의 어린이는 보통 죽음이 또 다른 삶의 형태가 아닐까 어슴푸레 짐작한다. 아이들은 할아버지의 몸이 여전히 관에서 숨을 쉴 수 있는지, 비가 오면 관 속의 할아버지 발이 젖지 않을까 궁금해한다. 그러다 나이가 들어가면서 삶을 더 잘 이해하게 된다. 동행하는 어른은 아이들에게 같이 있어도 된다고 잘 전달할 필요가 있다. 애도의 시기에 종종 창의적인 표현을 하는 아이의 모습을 잘 지켜보기를 바란다. 아이가 자신이 느끼는 두려움 때문에 상실에 대해 말하고 싶어 하지 않는다면 그림이나 음악과 같은 형식을 통해 그것을 표현하도록 해라. 아이들은 슬픔을 털어놓을 수 있는 공간, 정상적인 삶으로 돌아올 수 있는 공간이 필요하다. 유치원에서 슬픔에 빠진 아이는 거의 없다. 아이들은 아무리 슬픔에 잠겨 있더라도 어른보다 더 빨리 회복하고 놀이에 금세 빠져든다. 한순간에 슬픔에 빠져 허우적대다가도 다음 순간에는 기분이 확 되살아나기도 한다. 이들은 자신에게 무엇이 필요한지를 직관적으로 안다.

　나는 너무나 용감한 어린이들을 많이 보아 왔다. 많은 아이가 시신을 두려워하지 않는다. 이들에겐 여전히 사랑하는 할머니, 할아버지다. 그런데 할아버지 몸이 왜 이렇게 차가워요? 우리가 가고 나면 할아버지를 어디로 데려가요? 오히려 슬퍼하는 부모를 위로하는 아이들도 종종 보게 된다. 엄마의 무릎에 앉아서 눈물을 닦아 주는 아이도 있다. 간단히 말해 아이들이 원하고 시신의 상태가 나쁘지 않다면 고인과의 작별의 시간에 이들이 참석하는 것이 좋다.

　마지막 입맞춤이 끝나고 이제 돌아갈 시간이다. 하지만 그 후에도 나는 유족과 대화를 이어갈 용의가 있다. 고인은 없지만 유족이 마지막으로 작별의 방을 떠나기 전에 내가 이들에게 뭔가 좋은 일을 할 수도 있지 않겠는가.

8장

팬데믹 시대의 삶

2019년 12월까지만 하더라도 나는 휴가를 애타게 기다리고 있었다. 크리스마스 마켓과 글뤼바인Glühwein(와인에 과일이나 각종 향신료를 넣어 데운 따뜻한 와인으로 중부 유럽에서 전통적으로 성탄절 기간에 많이 마신다—옮긴이)의 시즌을 당당하게 즐기기 위해 온갖 선물을 사서 포장해 놓았다. 불길한 코로나바이러스는 아직 너무나 먼 곳에 있었다. 하지만 한 달 후부터 상황이 달라지기 시작했다. 1월 말 무렵에는 만약을 위해 인공호흡기와 전신 방호복을 주문해야겠다는 생각이 문득 떠올랐다. 특별히 스스로 칭찬해 줄 만큼 멋진 생각이었다. 세상일은 모르는 것이라 생각했으니 말이다. 하지만 그날 저녁 나는 내가 똑똑한 사람이 아니라 오히려 행운아에 가깝다는 사실을 깨달았다.

"뭐야? 벌써 방호복을 주문했어?" 퇴근 후에 나와 같이 한잔하던 동료들은 깜짝 놀랐다. "지금은 품절되었다고!"

그다음 날부터 충격적으로 상황이 돌아가기 시작했다. 여기저기서 제발 시신을 처리해 달라는 아우성이 잇따라 들려왔다. 나는 12주 후에나 다시 전화하라고 애원했지만 전화기에서는 불이 나고 있었다. 곰곰이 생각해 보았지만 시신이 내가 생각한 조건에 부합하지 않는다면 무턱대고 받아들일 수 없었고 예방 차원에서 방호 장비 없이는 죽은 사람을 만지지 않겠다고 선언할 수밖에 없었다.

그러고 나서 바이러스가 실제로 독일에 도착했다. 나쁜 소식이 무서운 소식으로 바뀌었다. 불안감이 커졌다. 우리 병원과 병리과에서도 즉각 대응해야 했다. 그때부터 매일 회의가 열리고 학제 간 위기 관리팀이 꾸려졌다. 그 2주 동안 다가올 최악의 상황에 대비해 물심양면으로 준비하는 것 말고는 나에겐 어떤 선택지도 없었다. 다행히 상사가 내 의견을 듣고 존중해 준 것이 많은 도움이 되었다. 나 또한 그의 상황을 이해할 수 있었다. 젊은 나이에 병리과를 맡은 지 얼마 되지도 않아 이토록 불가해한 상황에 부딪힌 것이 그로서는 얼마나 큰 고충이겠는가. 우리는 모두 위기의 시작점에 있었지만 다 같이 혼란스러웠고, 걱정하고 계획을 세우고 논의하느라고 부산했다. 처음에 내가 걱정했던 부분은 코로나에 걸린 시신을 부검하게 되는 경우였다. 이미 모든 종류의 감염 시신들을 해부해 보았지만 그래도 '감염 시신 부검'에 대해서는 기대나 흥분보다는 걱정이 앞설 수밖에 없었다. 우리는 런던 왕립 병리학회가 발행한, 코로나19 사망자의 부검 시 권고 사항을 담은 14쪽 분량의 지침서를 받았다. 그중 몇 가지 사항은 다음과 같다. 코로나19에 감염된 시신에 대한 부검은 고위험 작업에 분류된다. 고위험에 대비한 방호복과 FFP3 마스크(유럽의 인증 기준으로 미세 입자를 99퍼센트 이상 여과해 주는 최고 등급의 마스크―옮긴이), 작업 구역에 대한 충분한 환기와 다른 사람들이 속한 공간과의 충분한 거리 등이 확보되어야 한다. 또 숙련된 직원만이 부검을 수행할 수 있는데 두뇌를 절개할 때는 미세한 뼛조각을 빨아들일 수 있는 진공 톱을 사용해야만 하며 날카로운 물체를 사용해 절단을 최소한 적게 해야 한다. 또한 절단 및 펑크로부터 보호되는 장갑을 착용해야 한다(나는 즉시 체인 장갑을 주문했다). 부검은 최소한으로만 수행되어야 하는데 이 말은 피와 간, 그리고 비장 정도만 검시하는 것을 의미한다.

나는 이런 제약을 감수하겠다고 마음먹었다. 하지만 그 후 병리과의 경영진은 부검 구역을 봉쇄하기로 했다. 내가 근무하던 곳은 나 말고는 아무도 들어갈 수 없는 코로나바이러스 차단 구역이 되었고, 추후 통지가 있을 때까지 어떠한 부검이나 안치도 할 수 없는 것으로 결정되었다. 충격적이었다. 단번에 내 삶에 가장 중요한 두 개의 공간이 없어져 버렸다. 무엇보다 고인과 조문객에 대한 돌봄 서비스를 제공할 수 없다는 점이 나를 괴롭혔다. 나는 유족 곁에 있고 싶었다.

그 후 감염된 시신의 처리 방법에 대한 논의가 이루어졌다. 외부 검안 후 완벽하게 누출 방지 처리가 된 시신용 가방에 고인을 넣어 소독한 다음 시신 이송 서비스를 담당한 직원들이 병리과에 시신을 가져오기로 합의했다. 하지만 이송을 맡은 관리자가 얼마 지나지 않아 전화해서 자기 직원들을 보호해야 하므로 시신을 이송할 수 없다고 말했다. 다른 때 같으면 마초 성향이 강한 그 남자를 보기 싫은 마음에 이송 거부를 오히려 기분이 좋게 받아들였겠지만 이번에는 달랐다. 나는 화가 치밀어 올라 상사에게 이를 알렸다. 그것으로 문제가 해결되었다. 그들은 지금껏 감염된 시신을 이송해 왔기 때문에 거절할 명분이 없었다. 이송 문제가 해결되자마자 나는 상사에게 스무 개의 시신용 가방을 주문하겠다고 보고했다.

"아니요. 200개를 주문하세요!" 그가 대답했다. 나는 숨을 멈추었다. 정말 200명의 코로나19 사망자를 예상한다고?

마침내 모든 준비를 끝냈다. 출입문에는 경고 표지가 걸렸고 고인을 인계할 때는 평상복 위에 방호복을 착용하고, 그 차림으로 작업 공간에서 생활해야 한다는 지시를 받았다. 장의사들도 시신 안치실로 들어갈 때 방호복을 입어야 했다.

코로나19에 감염된 고인을 병동에서 병리과로 이송하기 전에 나는 시신을 등록해야 했다. 시신을 인계받고 관리하는 모든 일을 나 혼자 해야만 했다. 여기서 관리한다는 것은 시신의 등록, 시신 가방 및 운반 카트의 철저한 소독 등을 포함한다. 또 감염된 시신을 위한 별도의 냉각 장치가 설치되었다. 이후 감염된 시신을 장의사에게 넘기기 전에, 시신 가방을 닫고 다시 소독한 후 관 뚜껑이 다시는 열리지 않도록 봉쇄해야 했다. 그러니 장례식을 위해 시신을 염습하는 절차는 더 이상 필요하지 않았다.

코로나19에 걸려 사망한 시신이 도착하지 않는 날들이 계속되었지만 초조함은 점점 더 커졌다. 폭풍 전의 고요함이 아닐까? 200개의 시체 가방이 정말로 곧 채워질까? 하지만 무슨 일이 일어나든 이 공간을 위해 최선을 다하고 싶었다. 이러한 부담감이 마음을 짓눌렀다. 지금까지는 내가 속한 병리과에서 고인과 슬픔에 빠진 유족만 걱정하면 되었다. 그런데 이제 병리과를 책임질 훌륭한 직원이 되어야 할 것 같은 생각이 들었다.

아기를 잃고 슬픔에 잠긴 아버지에게 모두를 보호해야 하므로 병리과에서 부검할 수 없다는 말을 전해야 할 때는 너무나 미안한 마음이 들었다. 하지만 아기 아버지는 우리의 상황을 이해했고 의료진이 처한 현실에 유감을 표하며 응원의 말을 건넸다. 인간이 슬픔 속에서도 얼마나 강한 모습을 보이는지 놀라울 따름이었다. 최악의 고통을 겪으면서도 여전히 감정을 느끼고 표현할 수 있다는 것이 말이다.

어느 날 아침, 정확하게는 2020년 3월 19일에 최초의 코로나19 감염 시신이 온다는 발표를 들었다. 나는 조심하기로 마음먹은 다음, 유해 물질 차단 방호복을 입고 보호 마스크와 고글을 준비하고 기다렸다. 신이 나지는 않았다. 그렇다고 무섭지도 않았다. 나는 보호받고 있었고 준비도 잘되어 있었다. 이제 때가 왔다는 생각밖에 들지 않았다. 상사에게 이 사실을 알리고 시신 이송업체 직원들과 이야기를 나누었는데, 다행히도 이들은 매우 친절했다. 우선 커피를 한잔 끓였다(연어와 프로세코가 있었다면 더할 나위 없었겠지만). 사랑하는 커피 한 잔이면 하지 못할 일이 없었다. 마침내 고인과 대면했을 때, 상당히 편한 느낌이 들었다. 우리 모두 세심한 훈련을 받았기 때문에 아무런 문제도 발생하지 않았다. 그 후 얼마 지나지 않아 고인의 부인이 나를 불렀다. 보호 조치 때문에 가족에게 작별 인사를 허락할 수 없게 되어 마음이 아팠다. 그들에게 차후의 절차에 대해 알리는 대신, 도움이 될 만한 일을 하고 싶었지만 이런 종류의 감염 사망에는 특별한 규칙이 적용되었다. 그럼에도 불구하고 우리는 편안히 대화를 나눌 수 있었다.

그때부터 정보가 쓰나미처럼 쏟아져 들어왔다. 자고 일어나면 새로운 지침과 행동 규칙, 숫자와 두려움, 음모론 등이 생겨났다 사라졌다. 장례식장에서 근무하는 한 동료는 애도실이 폐쇄되었다는 소식을 전하며 장례식이 가까운 친족들만 참석한 야외에서만 가능하다고 말해 주었다. 또 장례도 매장은 아예 불가능하고 오직 화장만 가능하다는 소식을 전했다. 머리가 빙빙 돌 지경이었다. 인턴 기간 동안 화장장을 방문한 이후로 오랜 세월 동안 나는 화장을 무서워했다. 겨울에 방문했던 터라 화장장이 따뜻하고 쾌적하다는 생각도 들었는데 검시 후 부검의를 도와주는 부검 어시스트의 표정이 살짝 슬퍼 보였던 기억이 난다. 이렇게 죽어서 잿더미가 되어 버리면 좀비 영화에서 엑스트라로 출연할 기회도 영영 사라지겠지? 하지만 이제 생각을 달리하기로 했다. 언젠가 재를 넣어 두는 아름다운 항아리를 본 적이 있는데 그게 마음에 꼭 들지도 모른다. 게다가 어쩌면 환생할지도 모르니 그때 새로운 몸을 받으면 된다.

상사와 나는 만약 우리 병원에서 수많은 사망자가 발생하여 장의사들이 더 이상 이들을 감당하지 못하거나 이들을 이송해 가길 거부한다면 고인을 어디에 모셔야 할지를 의논했다. 병리과의 냉장실을 비롯하여 주변의 모든 병실이 시신으로 가득 차는 공포의 시나리오도 상상했다. 내 사무실에도 시신이 밀어닥쳐서 고인들 사이에 섬처럼 앉아 있는 내 모습이 떠올랐다. 그러나 이상하게도 하나도 무섭지 않았다. 나라면 이런 상황을 받아들이고 헤쳐 나갈 수 있다는 확신이 들었다. 반면에 상사는 고인을 이송하는 데 군대가 동원되어야 할 때가 올지도 모른다고 걱정했다. 막중한 책임에 시달리는 젊은 상사가 걱정되었다. 최고의 소통가인 내가 물러서지 않고 그의 뒤에 서 있다는 걸 알아주면 좋으련만.

그러던 어느 날 바이에른주 보건 식품 안전청이 코로나19로 사망한 사람들의 처리 방법을 공표했다. "직업 안전 규정과 표준 위생 조치가 지켜지는 한, 이들 사망자는 위생적 관점에서 보더라도 일반적인 감염 위험 이상의 어떠한 추가적인 위험 요인도 되지 않는다." 로베르트 코흐Robert Koch(역사상 가장 중요하고 영향력 있는 세균학자 중 한 사람으로 그의 업적을 기려 연구소가 설립되었다—옮긴이) 연구소와의 협의가 있고 난 뒤, 코로나19로 사망한 이들의 시신은 전염성이 있는 것으로 분류되었지만 더 이상 '고감염성'으로 분류되지는 않았다. 따라서 사망 진단서에 '감염성'으로 표시해야 할 의무가 없었다. 하지만 바이러스가 공기 중에 전파될 수 있으므로 방부 처리와 같은 특별한 장례 절차는 생략할 것이 권유되었다. 그리하여 우리는 계속 방호복을 입고 부지런하게 소독하며 언제나처럼 서로 무사히 하루를 보내기를 기원했다.

약 2개월 뒤 병리과의 코로나 규제가 완화되었고 모든 코로나19 사망자의 시신이 별도의 냉장고에 격리된 후, 우리는 몇 가지 중요한 부검을 다시 실시하기로 했다. 우선 자궁 내에서 죽은 아기를 부검했고 다음 날에는 암 전이가 많이 일어나 사망한 CUP^{Cancer of Unknown Primary} 사망자의 시신을 부검했다. CUP는 '원발 부위 불명 암', 즉 기원을 알 수 없는 악성 종양을 의미한다. 담당 의사와 보조 의사, 나로 구성된 팀이 부검에 나섰다. 나는 높은 수준의 주의와 방호 조건 하에서 부검을 준비했다. 어쨌든 우리는 여전히 '배타적 구역'에서 작업을 하고 있으니까. 우리는 시신에서 간과 신장, 말초 지방 조직과 늑골, 두개골에서 전이를 발견했다. 또 두 명의 의사는 기관지와 유방에서 기원이라고 볼 수 있는 두 개의 종양을 발견했다. 이렇게 흥미로운 결과를 보여 줄 실습생들이 곁에 없다는 사실이 아쉬웠다. 게다가 폐렴과 고열이라는 진단도 따랐다. 부검 시에는 최대한 고인의 시신에 집중해야 했다. 상처를 입지 않기 위해서라도 집중을 유지하는 것은 매우 중요했다.

　몇 시간 뒤 부검이 끝나자 나는 시신을 정돈하기 시작했다. 안전을 기하기 위해 시신의 코로나19 감염 여부를 검사하기로 결정해 선임 의사가 샘플을 가지러 왔다. 그제야 나는 처음으로 코로나19 의심 사망자를 부검했다는 사실을 깨달았다. 수천 개의 질문이 머릿속을 내달렸지만 최대한 침착하게 '코로나19에 걸렸을지도 모르는 시신'을 조심스럽게 봉합하고 세척하고 소독했다. 그리고 시신을 냉장고에 넣고 실내를 청소하고 소독하면서 어떻게든 생각을 다른 쪽으로 돌리려 애썼다. 하루 종일 분주한 날이었다. 아침 일찍부터 같이 일하던 동료 세 명이 내게 온정을 베풀었다. 이들은 내 기분을 알아챘고 미소 뒤의 슬픔을 짐작했다. 누군가 마스크 안의 내 표정을 살피려 나를 빤히 보면 나는 그 시선에 감동하여 즉시 울음을 멈추곤 했다. 우는 건 집에서나 할 일이었다. 집에서는 감정을 마음껏 표현하기로 했다. 누군가가 내면의 가장 깊숙한 무엇인가를 건드린 것 같아서 울음을 멈출 수 없었다. 우는 동안 내 삶에서 잃어버렸지만 영원히 그리워할 모든 소중한 영혼들을 애도했다. 며칠 전에는 꿈속에서 다시 외할머니를 보기도 했다. 외할머니와 내가 옛날 집에서 지내는 꿈이었는데 할머니의 침실에서 우는 소리가 들렸다. 문 앞에 서 있는데 문틈으로 할머니의 울음이 새어 나왔다. 방으로 들어갔을 때 할머니는 눈물 젖은 얼굴을 두 손으로 가린 채 울고 있었다. "할머니, 정말 죄송해요! 할머니를 울리려던 건 아니었어요." 할머니가 우는 모습에 마음이 찢어졌다. 그 감정 속에서 깨어난 뒤 한동안 멍하니 누워 있었다. 그 후 남은 감정을 온 힘을 다해 보이지 않는 한 구석으로 밀어 넣었지만, 하루 종일 우울한 기분을 털어 내지 못해서 저녁에 집으로 돌아가면 눈물로 감정을 해소하리라 작정했다. 퇴근 후의 계획이었다.

코로나19로 사망한 사람들의 수는 점차 증가하고 있었고, 나는 사망자를 한 사람씩 모두 확인해야 했다. 한밤중에 휴대폰이 울리는 경우도 간혹 있었다. 그러면 사망자를 맞이하기 위해 병리과로 차를 몰아야 했다. 밤낮을 가리지 않는 직무가 크게 괴로운 것은 아니었다. 외출 제한이 이미 내려진 터라 테크노 파티장이나 좋아하던 맥줏집에는 출입조차 할 수 없었다. 재택근무를 하는 동료들은 벌써 지루한지 코로나19에 관한 농담을 온라인으로 종종 보내오곤 했다. 그중에는 가짜 편지도 있었다.

스위스 정신의학 및 심리 치료 협회의 권고

친애하는 국민 여러분,

격리 생활을 하는 동안에 동물이나 식물, 또는 가전제
품과 대화하는 것은 완전히 정상적인 행동입니다. 그러
니 우리에게 연락하실 필요가 없습니다. 다만 그것들이
당신에게 응답하기 시작한다면 전문가의 도움을 구하
셔야 합니다.

감사합니다.

혹사당하고 있는 정신과 의사 및 심리 치료사

사실 위의 상황은 내게는 완벽하게 정상적인 일이었다. 집
에서 기르는 토끼들에게 항상 말을 건넸기 때문이다. 그중
세 마리는 토끼 모습을 한 천사라고 믿고 있으며, 이들이 말
을 할 줄 안다면 분명 세상 얘기를 해 줄 것이라 확신한다. 나
는 아침에 자전거를 타고 공원을 지날 때 까마귀에게 아침
인사를 하고 가끔 아파트에 들르는 장님거미에게도 말을 건
넨다. 청소할 때 부디 나를 방해하지 말고 가능하다면 내 손
위로 기어오르는 일은 자제해 주렴! 그리고 가끔 유리로 둘
러싸인 발코니에 거미줄을 치는 작은 거미들에게는 먹이가
더 풍부한 밖으로 나갈 것을 권유하기도 한다. 가끔 아침에

커피를 마시는 시간에는 커피 컵에다 하루의 작은 소원을 담아 말을 건네는 것도 잊지 않는다. 효과가 매우 좋으니 여러분도 시도해 보기 바란다. 이렇게 모든 것이 완벽히 정상으로 돌아왔다.

병리과에는 새로운 일상이 점차 자리 잡았다. 심지어 코로나19 감염 사망자의 시신을 부검하는 것도 고려 대상이 되었다. 여기에는 물론 매우 고강도의 안전 예방 조치와 최소한의 부검이 전제 조건이 된다. 간과 폐, 심장, 신장, 골수의 조직을 떼어 내서 검사하는 것에 대해서도 논의했다. 처음에는 이 새로운 시도에 저항했으나 이내 운명에 모든 것을 맡기기로 했다. 이 상황은 나에게 맡은 일을 제대로 해내고 책임을 질 뿐 아니라 미지의 것을 받아들이고 새로운 영역을 개척하라고 말하는 듯했다. 나는 호기심과 궁금증을 담은 채 상사인 부검의와 코로나19 감염 사망자를 어디에서 부검할지를 의논했다. 물론 그곳이 내 작별의 방만 아니면 괜찮았다.

한편 정부 규정은 며칠마다 바뀌었다. 3월 중순, 바이에른주 정부는 긴급 사태를 선포했다. 관료주의가 어떤 것인지 알고 싶다면 여기 있으니 실컷 보시라. 병원과 노인 요양원에서는 코로나19 사망자의 시신을 '감염성'으로 표시하고 그것을 사망 진단서에 공개적으로 명시하도록 했다. 안전을 기하기 위해 코로나19 사망 환자에 대해 '감염성'이라는 단어와 코로나로 인한 감염이라는 단어를 사망 진단서에 넣도록 한 것이다. 물론 코로나19로 인한 사망일 경우 이 사실을 공지하도록 하는 의무도 생겼다. 장례식에는 엄청나게 까다로운 절차가 따랐다. 독감과 같은 호흡기 감염과 마찬가지로 코로나바이러스도 사망자의 피부에 일정 기간 생존해 있기 때문에 사망자와 밀접하게 접촉했다면 전염될 가능성이 있다고 판단했다. 그리하여 뮌헨 시립 묘지의 경우 일간지에 장례일을 발표하거나 장례에 관한 정보를 제공하는 것이 금지되었다. 관에 넣어 매장하거나 화장하여 항아리에 넣는 형태의 장례는 허용되었지만 애도실은 폐쇄되었다. 관을 열어 안치된 고인에게 작별 인사를 하는 것도 금지되었다. 장례식에 참석하는 사람은 장례회사 직원과 성직자를 제외하고 열 명으로 제한되었다. 당연히 최소한의 거리두기를 위해 1.5미터 이상 떨어져야 하고 악수와 같은 신체 접촉을 피해야 했다. 마이크나 확성기, 음향기기, 장례식을 위한 성수조차도 허용되지 않았고 흙을 떠서 관 위에 뿌리는 의식도 금지되었다. 장례회사 측에서 참석하지 못하는 이들을 위해 장례식을 온라인으로 중계하거나 유족을 위해 녹화하는 서비스를 제공하기도 했다. 공동묘지와 묘지 관리 사무실은 폐쇄된 지 오래였다. 유족 상담은 최대 두 명의 친족 내에서 가능했지만 전화나 화상 회의 또는 이메일로 상담하는 것을 권유하는 경우가 많았다. 위생 안전을 책임질 수 없다는 측면에서 가정 방문은 가급적 멀리하도록 했다. 또한 가능하면 종이가 아닌 형태로 서류를 처리하도록 하고 사망 진단서나 가족 증명서와 같은 서류는 친족에게 이메일로 보내도록 했다. 가정의 위생 상황은 통제할 수 없기 때문에 가정 방문은 권장되지 않았다. 대부분의 등기소는 제한적으로만 이용할 수 있거나 폐쇄된 지 오래였다. 국제 시신 운송은 가급적 회피하거나 화장하도록 권유되었다. 이 많은 제약이 유족을 얼마나 더 괴롭게 했을지 상상할 수 없을 정도다!

봉쇄와 제약으로 도무지 의욕이 나지 않는 상황에서의 과도한 작업량으로 인해 나는 점점 더 성질이 나빠졌고 신경질적으로 변했으며 피로감이 극에 달하게 되었다. 시신 이송이나 시신 처리 작업을 하는 직원들도 과중한 업무와 스트레스로 모두 예민해졌으므로 나는 직장에서는 가능하면 친절함의 마스크를 쓰려고 노력했다. 하지만 자신으로 돌아오는 순간이 되자마자 투덜거리고 징징 대기 시작했다. 매일 마음을 추스르고 불평과 징징거림이 아무런 도움이 되지 않는다는 사실을 명심하기로 했지만 여전히 화가 났다. 헬스클럽에 나갈 수도 없는 상황에서도 살이 찌는 것은 싫었기 때문에 결국 조깅을 해야 했다. 야외에서 신선한 공기를 맡으면서 말이다. 상상할 수 있겠는가? 나는 이를 악물고 느린 속도로 달리기 시작했다. 나이가 많은 사람들조차 나를 추월했다. 온갖 고성능 운동복을 뽐내며 조깅하는 사람들과 엉덩이를 내밀고 달리는 젊은 여자들, 그리고 한심한 자태로 달리는 자신에게 화가 났다.

또한 생각했던 것만큼 내가 친구들과의 만남이나 사람들을 그리워하지 않는다는 사실을 깨닫게 되었다. 어떨 때는 너무 피곤해서 아무것도 할 수 없었기 때문에 가끔은 '봉쇄'라는 상황이 다행으로 여겨지기도 했다. 이러다가 점점 인간혐오자가 되어가는 건 아니겠지?

잠을 잘 때야 비로소 평온이 찾아왔다. 최근 12킬로그램짜리 수면 개선용 이불을 사용하기 시작했는데 이 담요는 멋진 꿈을 많이 선사했다. 나는 꿈속에서 항상 황홀한 곳으로 이동했다. 대부분 조용한 묘지였는데 아름다운 모란꽃이 찬란하게 핀 그곳에는 천사 조각상이 놓여 있었다. 꿈에서는 근심 걱정이 없이 자유로웠다.

코로나19에 걸린 시체를 부검하라는 지시를 아직 받지 못했지만, 집 밖에서 죽은 사람을 부검실로 수송해 달라는 요청까지 받았다. 로베르트 코흐 연구소와 병리학자 협회는 여전히 코로나 사망자의 시신에 인위적 처리를 하지 말라고 조언하고 있지만, 언제까지 부검을 피할 수 있을지 모르겠다. 게다가 방호복이 부족할까 봐 두려운 가운데서도 마스크를 여러 겹 쓰고 가능하면 방호 가운도 입어야 하는 상황이다. 어쩔 수 없다. 한편 전화로 이루어지는 목회자 서비스는 유족에게 아무 도움도 되지 않고 내게도 좋을 게 없다. 현재 내가 이용했던 작별의 방을 사용할 수 없고 장의사들도 관을 열고 염습하는 것이 허용되지 않는다. 지금까지 슬픔에 잠긴 유족을 돕는 것이 나의 소망이었는데 이제는 절차상의 문제로 유족에게 고인과 작별 인사를 할 수 없다고 말해야 했다. 정말로 어려운 일이다. 어떤 사람은 이해하고 어떤 사람은 이해하려 애쓰지만, 화를 내고 상심하는 이들도 많다. 그들을 볼 때마다 억장이 무너진다. 은밀하게 이들에게 작별 인사를 허용할까도 계속 생각해 보았지만 결과가 두려웠다. 그래서 비탄에 빠진 유족에게 이제 작별의 방을 쓸 수가 없으며 병리과가 통제 구역이라고 설명해야 했다. 그러면서 내 진심이 상대방에게 전달되기를 바라며 진심 어린 유감을 표시했다. 하지만 진심이 안 통할 때도 있었다. 한번은 약혼자를 잃은 유족이 있었는데 그는 절망에 사로잡혀 소리를 질렀다.

"이 빌어먹을 병리과! 이놈의 제한 조치들! 모두 지옥에나 가 버려라!"

나는 그 남자를 탓하지 않았다. 누구보다 그를 이해할 수 있었다. 사랑하는 여자를 다시 볼 수 없다는 게 얼마나 끔찍한 일인가. 참으로 비인간적인 시대라는 생각이 들었다.

한편 병리과에서는 사망자에 대한 코로나 검사를 할 수 있도록 이에 관련된 신청서를 제출했다. 감염 위험을 가능한 한 낮게 유지하고 여러 개의 작은 천공을 제외하고는 사체의 무결성을 손상시키지 않도록 초음파 유도 하 조직 검사를 계획에 넣었다. 병원 측에서는 이 작업을 위한 공간으로 내 작별의 방을 점찍었다. 너무 좋은 위치여서 향후 조직될 팀에

서 매우 눈독을 들였고 상사는 결국 연구팀에게 내 방을 내
주기로 했다. 목적에 맞게 방을 리모델링해야 했으므로 나는
즉시 작별의 방을 비워야만 했다. 혼자 남게 되자 울음이 터
졌다. 20년 넘게 나는 그곳에서 힘들었지만 감동적이고 강렬
했던 온갖 순간들을 경험했다. 그런 공간을 포기하기란 너무
나 힘든 일이었다. 언제쯤 애도 상담가로 다시 돌아갈 수 있
을까? 그 일을 위한 공간은 더 이상 존재하지 않았고 이에 대
해 관심을 두는 사람도 없었다. 마치 해고된 기분이 들었다.
이제 내게 남은 거라고는 코로나 시대의 일과밖에 없었다.
장의사에게 시신을 넘겨주고, 새로운 시신을 받아서 서류 작
업을 하고, 전화를 걸어 필요한 용품을 주문하고 회의를 하
는 일들이 반복되었다. 일에 대한 만족은 고사하고 끝없이
지쳐 갔다. 그런 상황에서 유족은 고인이 평화롭게 아름다운
모습으로 누워 있는 모습을 볼 기회를 얻지 못했다. 마지막
대화, 마지막 손길, 함께하는 마지막 순간을 유족은 빼앗기
고 말았다. 나도 더는 그들에게 개인적으로 다가갈 수도, 포
옹이나 위안, 조언을 건넬 수도 없었다.

　나는 작별의 방에 조화나 나무, 십자가에 걸린 예수님상
을 비롯하여 여러 가지 물건들을 비치해 두었다. 공간이 너

무 좁았지만 유족들이 슬픔을 위로받기 위해서는 그 모든 것들을 필요했다. 그 물건들에는 좋은 에너지와 진정한 애도의 정신이 깃들어 있었다. 이제 그 방은 망가진 에덴 동산처럼 보였다. 나는 애도의 표시로 문 앞에 두 그루의 거대한 나무와 촛대를 두었다.

머지않아 리모델링 작업이 시작될 것이었다. 어느 월요일 아침, 갑자기 복도에서 낯선 남자들의 목소리가 들려왔다. 그전까지 전날 밤에 사랑스러운 토끼들 꿈을 꿔서 기분이 나쁘지 않았지만 한때 작별의 방으로 사용되던 공간이 용도 변경으로 인해 훼손되는 것을 지켜보니 마음이 아팠다. 설상가상으로 나는 일꾼들을 감독하는 위치에 있었다. 이들에게 어느 정도라도 호의적으로 대하기 위해서는 안간힘을 써야 했다. 이들도 어쩔 수 없는 일이니, 내 마음을 이해해 달라고 할수도 없었다. 그 와중에 고인에게 작별 인사를 하고 싶어 하는 유족을 설득하는 일을 해야 했다.

감정적으로나 직업적으로나 일상의 압박감은 줄어들지 않았다. 몇 주 동안 단 하루도 쉬지 못했고, 휴가도 생각할 수없었다. 아름다운 일은 오로지 꿈나라에서만 일어났다. 어느날 아침 업무가 시작되기 20분 전, 익사 직전의 갈색 말을 세

마리나 구했던 간밤의 꿈을 떠올리며 흐뭇함에 젖어 있을 때 상사가 차디찬 현실로 나를 끌어냈다. 내 사무실 앞에서 나를 기다리고 있는 상사의 모습을 보자 순식간에 좋았던 기분이 사그라들었다. 더 이상 스트레스 받고 싶지 않았지만 어쩔 수 없었다. 상사는 오늘 새로운 연구 프로젝트를 위한 첫 번째 실험이 있을 것이라고 알려주었다. 연구팀은 벌써 도착해 있었다. 마음을 가다듬고 몇 분 동안 불쾌한 기분을 가라앉히려고 애쓴 뒤 실험에 참여했다. 한때는 우아하게 치장되었던 작별의 방은 천장까지 포일로 덮여 있었고, 내가 벽에 붙여 놓았던 색색의 나비들이 그 사이에서 희미하게 빛을 내고 있었다. 실내에는 램프와 연구 장치, 선반이나 연구원들이 여기저기 뒤엉켜 있었다. 이제 더 이상 내 방이 아니었다. 나는 얼굴을 찡그리고 모니터를 바라보았지만 초음파 영상에서 알아볼 수 있는 것은 없었다. 나는 이따금 고개를 끄덕이며 우울한 생각에 잠겼다. 다행히도 얼마 지나지 않아 전화벨이 울려서 고인을 돌보고 장의사와 상의하는 일로 돌아갈 수 있었다. 이런 일상의 업무들이 나를 다시 일으켜 주었다.

하지만 울적하고 무거운 마음은 여전했다. 나는 모든 일에 쉽게 흥분했다. 아침에 자전거 페달을 밟으며 일터로 가는 길에 맞은편에서 자전거를 타고 역주행하며 빠른 속도로 달려오는 사람을 보면 분노가 치솟았다. 붉은 신호등을 무시하고 통행하는 보행자와 운전자에게도 불같이 화를 냈다. 다음 번 휴가에서 온몸이 벌겋게 타 버리라고 속으로 저주를 퍼부었다. 그뿐 아니었다. 점점 바깥세상과도 담을 쌓고 있었다. 온갖 끔찍한 뉴스를 전하는 신문과 TV에 작별을 고한 지도 오래였다. 필요한 정보는 인터넷에서 얻었다. 바이에른주에서 마스크 착용 의무화 방침이 도입되었다는 것도 인터넷을 통해서 알게 되었다. 나는 즉시 침대 밑 상자에 넣어 두었던 멋진 할로윈 가면을 꺼냈다. 어떤 가면을 쓰고 쇼핑하러 가면 좋을까? 피 묻은 흰 토끼 가면? 아니면 곰 가면을 쓰는 게 더 나을까? 나는 경찰인 이웃이 그런 가면은 바람직하지 않다고 경고하기 전까지 정말로 그 가면들을 쓰고 나갈 생각을 하고 있었다.

친구들과 춤을 추거나 칵테일을 마시러 나갈 수 없는 상황에서 균형 감각이 부족해진 나는 기분을 전환하기 위한 다른 오락거리로 무엇이 있는지, 무슨 변화가 필요할지를 진지하게 고민해야 했다. 평소 레드 와인을 좋아했기 때문에 머리카락을 레드 와인 색으로 염색했는데 그 결과 화장대에 놓인

200개가 넘는 립스틱이 머리카락 색과 맞지 않아 쓸모없게 되었다. 그나저나 마스크를 의무 착용해야 상황에서 립스틱을 바를 필요가 있을까? 나는 그래도 된다고 결론을 내렸고 곧바로 새 립스틱을 네 개나 샀다. 다음에는 피부에 닿는 감촉이 좋지 않은 수건을 여러 개 처분했고, 업무용 컴퓨터의 키보드에 빨간 반짝이 하트 스티커를 붙이고 나서는 중대한 결정을 내렸다. 이제부터는 쓸데없는 일에 시간과 에너지를 낭비하지 말고 내가 하고 싶은 일을 하기로 하자! 또한 시신을 만지는 시간을 제외하고는 일할 때 화려하게 번쩍이는 옷을 입기로 했다. 디스코 파티용 셔츠나 드레스를 몇 달씩이나 옷장에 처박아 두기에는 너무 아까우니까.

4월 말에 처음으로 코로나 사망 환자를 부검해야 할 상황에 부닥쳤다. 젊은 나이에 사망한 환자였다. 하지만 사망 진단서에는 코로나19 감염 사실만 명시되어 있을 뿐, 더 이상의 정보는 없었다. 보건 당국은 감염병 예방법Infektionsschutzgesetz에 따라 부검할 것을 지시했다. 우수 대학 병원에 선정된 우리로서는 코로나19 사망자의 부검을 피할 수 없었다. 좀 더 전문적으로 설명해 보자. 신종 코로나바이러스인 SARS-CoV-2로 인한 감염성 질병인 코로나19는 심각한 증상과 사망을 일으킬 수 있으며 쉽게 전염될 수 있는 위험한 질병이다. 따라서 코로나19는 대유행에 직면하면서 일반 대중에게 명백히 커다란 위험으로 다가온다. 따라서 코로나19가 주요 사인인지 아니면 사망에 역할을 한 또 다른 사인이 있는지를 밝히는 것은 일반적인 관심사에 해당한다. 우리 병리과는 이러한 부검을 "팬데믹 부검"이라 부른다.

그 청년의 가족은 사망자가 곧 부검될 것이라는 소식을 듣고 무척 상심했다. 곧바로 항의 전화가 걸려 왔다. 불행히도 사망자의 유족은 너무나 독일어가 서툴러서 병리과에서는 공식 지시 사항을 이행할 뿐이며 우리가 부검을 원해서 하는 것은 아니라고 설명한 내용을 얼마나 이해했는지는 알 수 없었다. 물론 유족은 변호사를 고용하겠다고 우리를 위협했다. 하지만 부검을 할 수밖에 없다고 나는 유족에게 분명히 말해야 했다. 그러고 나서 팀 회의가 열렸는데, 상사는 모든 팀원이 적절한 보호 아래서 부검을 실시할 것을 지시하며 다음과 같이 강조했다.

"이 상황에서 부검하기를 원치 않는 분이 우리 중에 있다고 해도 나는 이해합니다." 나는 조심스럽게 손을 들었다. 이미 정오가 넘었고 배가 고픈 데다 코로나19 사망 환자의 시신을 해부하기보다는 연어와 프로세코를 먹고 싶었기 때문이다. 상사는 장난스럽게 윙크하며 말했다. "브라우나이스 씨, 죄송하지만 당신 없이는 일을 진행할 수가 없어요." 물론 그렇겠지. 하지만 혹시나 싶어 손을 든 거였다.

부검하는 동안 시신은 되도록 시신 가방 안에 두어야 한다. 액체가 새어 나오지 않아야 부검 장비가 덜 오염되기 때문이다. 권고 사항처럼 최소한의 부위만 부검하는 방식을 사용한 것은 아니지만, 그래도 두개골을 톱질해서 개봉하거나 척추를 제거하는 부검은 하지 않으려고 노력했다. 나는 수술복부터 첨단 보호복, 덧신, 고글, FFP2 마스크, 얼굴 가리개, 장갑 두 켤레, 팔 워머에 이르기까지 동원할 수 있는 모든 보호복을 착용했다. 다 착용하고 보니 상당히 든든하고 따뜻해서 마음에 들었다. 마치 멋진 우주 비행 조종사처럼 보였다. 모든 준비가 끝나자 더 이상 피곤하지 않았고 오로지 호기심과 관심만이 남아 있었다. 연어를 먹고 싶은 마음은 어딘가로 사라졌다(그나저나 스타 셰프 알폰스 슈베크Alfons Schuhbeck의 연어 절임 레시피를 아는가? 내 친구 슈테피가 만든 연어 절임은 완벽하고 내가 제일 좋아하는 음식이다).

젊고 매우 친절하고 키 큰 두 명의 신경 외과의가 부검을 시작했다. 나란히 서서 부검하면서 이들은 숱이 많은 두피를 작게 절개한 다음 핸드 드릴을 사용하여 두개골에 두 개의 구멍을 냈다. 그런 다음 뇌 조직에서 몇 가지 샘플을 채취하여 신비스러운 액체에 담그고 상처를 직접 봉합했다. 그것으로 부검은 끝이 났다. 그 모든 과정이 너무나 역동적이었고 시신과의 접촉으로 인한 두려움도 없었다. 나는 기분이 아주 좋아졌다. 그리하여 코로나19 사망자 부검을 한결 부담 없이 받아들일 수 있었다. 우리는 의학 용어로 두개골 천공술 Trephination을 시행한 것이다.

신경 외과의들이 병실을 떠난 후, 나는 두 명의 병리학자와 함께 부검 작업을 계속했다. 모든 것에 극도로 집중했고, 매사 신중하게 행동했다. 우리가 정말로 훌륭한 팀이라는 생각이 들었다. 부검에는 두 시간이 걸렸다. 그 후 언제나 그랬듯이, 나는 코로나19 사망 환자의 시신을 최선을 다하여 정돈했다. 시신을 봉합하고 세척하고 소독한 다음 평화롭게 쉬게 했다. 지쳤지만 상당히 만족했다. 퇴근하기 전 우리가 사용했던 부검실의 모든 사물을 소독하는 것도 잊지 않았다. 그리고 마침내 남편과 프로세코, 연어가 있는 집으로 돌아갈 수 있었다.

독자들도 내가 언급한 앞의 부검을 비롯하여 다른 부검의 결과가 궁금할 것이다. 나도 궁금하긴 마찬가지이지만 안타깝게도 해당 연구 결과는 아직 발표되지 않았다. 시간이 좀 더 필요하다.

여름이 시작되자 바이에른주의 봉쇄 조치가 점차 완화되어 명랑한 친구들과 다시 어울릴 수 있게 되었다. 친구들과 영상 통화하는 것을 거부하고부터는 내 인기는 상당히 하락했다. 새로운 온라인 문화는 나랑 맞지 않았다. 그런 맥락에서 저녁의 온라인 파티에 참석하는 것도 불편했다. 그러자면 먼저 컴퓨터 전원을 켜야 하기 때문이다. 하지만 이제 우리는 직접 대면할 수 있게 되었다. 죽은 사람보다 살아 있는 사람과 더 많이 접촉하는 시간이 찾아왔다. 하지만 별로 기분이 나아지지 않았다. 나로서는 위안을 구하는 사람들에게 애도 상담과 조언을 해 주는 일이 더욱 그리웠기 때문이다. 물론 친구들의 걱정을 덜어 주는 것도 좋았다. 하지만 시시한 데이트나 연락 두절 이별, 체중 증가 따위에 대한 불평을 듣는 일은 비위에 맞지 않았다. 싱글인 친구들이 온라인 데이트나 연애에 분주하고 유명 필라테스 강사와 함께하는 힙업

필라테스에 열광할 때 나는 고인과 작별 인사를 하고 애도 상담을 할 방법을 끊임없이 찾고 있었다. 사실 그것은 내 욕심을 채우기 위한 것이기도 했다. 내게는 유족들을 보살피고 고인을 챙기는 것보다 큰 의미를 가지는 일이 거의 없었기 때문이다.

어느 맑은 날, 갓난아기의 부검을 마친 후 우리 팀은 부검실에서 조금 더 이야기를 나누었다. 이야기하면서 고인을 염습하고 애도할 기회를 다시 한번 찾아보기로 했는데 한 병리학자가 반짝이는 아이디어를 내놓았다.

"작은 강의실을 이용하면 어때요?"

나는 재빨리 머릿속으로 가능성을 타진해 보았다. 완벽한 아이디어였다. 실현할 수 있는 아이디어! 내가 어떻게 그 생각을 하지 못했지?

"정말 대단하시네요!" 기발한 아이디어를 낸 선임 의사를 업어 주고 싶어질 지경이었다. 상사도 즉각적으로 동의했다. 그 공간이 내게 어떤 의미인지 그도 깨달은 것이 아닐까? 나는 그에게 열렬한 감사 이메일을 쓰고는 희망을 품고 곧장 일하러 갔다. 드디어 작은 강의실이 그럴싸한 작별의 방으로 바뀌게 되었다. 눈앞에 전형적인 강의실을 떠올려 보라. 스피커 아래에 빈 곳이 보이는가? 거기에 나는 살짝 장식을 더했다. 레몬 나무 화분을 놓고 꽃꽂이와 양초로 장식을 한 것이다. 방 가운데에는 실크 천을 깐 관을 놓았다. 관 안에는 흰색 병원 가운을 입히고, 깨끗이 몸을 닦이고 머리칼을 곱게 빗긴 고인이 누워 있었다. 주위로는 유족들이 원하는 만큼 의자를 놓았다. 실내는 밝고 정돈되어 있었고, 입구에서 고인한테까지 걸어가는 데 적당한 거리가 있어서 유족들도 마음을 준비할 수 있다는 점이 좋았다.

이후 유족으로부터 첫 번째 감사의 인사를 받은 순간 나는 너무나 행복한 마음에 애도 공간에 몇 가지 장식을 더하기로 했다. 그건 내게 행운의 부적과도 같았다. 승리의 여운에 젖은 채 상사에게 예전의 인턴과 다시 같이 일하고 싶다고 부탁했는데 상사가 흔쾌히 그러자고 했기 때문이다. 그 순간 내 심장이 얼마나 즐겁게 노래했는지 여러분은 상상도 못 할 것이다.

인턴이 돌아오면서 이 특별한 상황을 헤쳐 나가기가 훨씬 쉬워졌다. 우리는 곧장 예전의 리듬을 되찾았다. 같이 즐기던 커피 시간이 얼마나 그리웠던가. 우리 둘은 특히 인스타그램에서 음식 사진을 구경하는 것을 좋아했다. 또 둘 다 몸매에 신경을 썼지만, 걸핏하면 치팅 데이Cheating Day로 자신을 대접하기를 즐겼다. 커피를 마시면서 사진 속의 케이크와 디저트 그리고 거대한 아이스크림선디를 들여다보며 침을 흘리곤 했다. 코로나로 인한 방역 조치 때문에 더 이상의 모험을 일상에서 즐길 수 없고 뭔가 도전적인 일을 하고 싶을 때 우리는 곤충으로 만든 단백질 바worm bar(초콜릿으로 코팅해서 가까스로 먹을 만한)를 디저트로 먹었다. 그러고 나면 남은 근무 시간이 나름대로 스릴 있게 흘러갔다.

몇 주가 그렇게 흘러갔지만, 코로나19로 사망한 사람들을 선별하는 일이 이어지면서 근무 구역은 여전히 통제 구역으로 남았다. 이것이 일상이 되었다. 그 당시 우리 중 그해 여름이 단지 시작에 불과하다는 것을 짐작한 사람은 아무도 없었다.

나는 직장에서는 꽤 자리를 잘 잡은 편이었다. 하지만 세상 밖으로 나가서는 잘 지내지 못했다. 다른 사람들처럼 생계를 걱정해야 하는 상황은 아니었지만 남편과 나는 제대로 에너지를 충전하지 못해 늘 '배터리 고갈' 상태로 지내야 했다. 기분을 북돋우기 위해 내가 사랑해 마지 않는 연어를 죽어라고 먹어 댔다. 아이스크림은 덤이었다. 그나저나 이불 밑에서 좋아하는 드라마를 보며 커피와 함께 먹는 아이스크림의 끝내 주는 맛을 여러분도 아는지? 천국이 따로 없다. 여담으로 한번은 인턴이 몰래 아이스크림 바의 초콜릿 코팅 부분만 핥아먹고는 그대로 냉동실에 슬쩍 도로 넣어 둔 적이 있었다. 뭉개진 아이스크림 바를 보고 내가 얼마나 충격을 받았는지 모른다.

기분을 북돋우기 위해 입에 맞는 음식을 많이 먹다 보니 불가피하게 몸무게가 몇 킬로그램 늘어나서 결국 기분을 망치는 일이 반복되었다. 이 악순환을 끊기 위해 악마의 조깅을 시작했다.

다시 정기적으로 애도식을 거행하게 되면서 나는 커다란 힘을 얻었다. 처음에는 유족에게 강의실을 애도실로 사용하는 것에 대해 미안한 마음이 들었다. 그러나 강의실에 늘어선 벤치 덕분에 유족도 너무 힘들어지면 밖으로 나가지 않고도 벤치에 앉아 마음을 달랠 수 있었다. 그래서 방문객에게 양해를 구할 필요가 없었다. 코로나로 인해 의대생을 위한 대면 강의가 없는 관계로 나는 그 공간을 좀 더 길게 임시로 사용할 수 있었다. 심지어 시신이 안치된 동안에는 내가 자물쇠로 강의실을 잠글 수도 있었다.

그래도 뭔가 공허함을 느꼈고 평소보다 더 자주, 더 쉽게 눈물을 흘렸다. 정확하게는 3일에 한 번씩 울었다. 그러자 우주가 속삭이며 물어 왔다. "유디트, 고양이와 함께 살아 보는 건 어때?" 남편에게 고양이를 기르는 것에 대해 어떻게 생각하느냐고 물었을 때 그는 별로 놀라워하지 않았다. 남편은 동물에 대한 내 사랑을 잘 알고 있었다. 기르던 토끼 테오가 죽은 지 1년이 넘어가고 있었다. 여름의 밀밭처럼 빛나는 털을 가졌던 뚱뚱한 나의 토끼 테오. 테오가 죽은 후 애도 기간을 정한 뒤 슬퍼했다. 동물을 너무나 사랑했으므로 나는 기르던 동물을 한 마리씩 잃을 때마다 조금씩 죽어가고 있었다. 테오가 죽은 뒤에는 다시는 반려동물을 기르고 싶지 않았다. 고통이 너무 컸다. 하지만 반려동물 없이 살아본 적이 없었다. 내겐 이들에게 줄 사랑이 너무 많이 남아 있었다.

"어때?" 나는 남편을 바라보며 살짝 불안한 어투로 다시 물었다.

"난 별로 상관없을 것 같은데."

반대하지 않는다는 건 분명 찬성하는 것이겠지? 쐐기를 박는 의미에서 나는 엄마가 고양이 집사 노릇을 해 주길 바라면서 엄마에게도 의견을 물었다.

"난 항상 네가 왜 고양이를 기르지 않는지 궁금했단다. 그리고 미리 말해 두는데 내가 잘 돌봐 줄게."

나는 곧바로 우리에게 잘 어울리는, 세상에서 최고의 삶을 누릴 준비가 된 고양이를 보내 달라고 우주에 기도했고 우리 앞에 나타난 첫 번째 고양이를 마침내 선택했다. 우리의 새로운 털북숭이 아기는 랄레라는 이름을 가졌는데 호박색 눈을 한 노란 수고양이였다. 우리는 랄레에게 첫눈에 반했고 빌어먹을 코로나의 파도에도 불구하고 내 삶은 다시 사랑과 행복으로 가득 찼다. 랄레의 털에 얼굴을 묻고 근사한 고양이 향기를 들이마시는 순간 영혼에 평화가 찾아왔고 배터리가 곧 충전되었다.

그 사이에 코로나19 상황은 더욱 나빠졌고 사람들은 기침할 때마다 전염병에 걸리지 않았는지 서로를 의심했다. 상사는 이제 곧 연구용 코로나19 시신이 병리과로 들어올 테니 경계 태세를 유지하라고 주의를 주었다. 이번에는 제대로 준비가 되어 있었고 그에 따른 연구 작업도 활발했으므로 자연히 근무 시간은 더 길어지게 되었다. 오전에 한 연구팀이 왔다 가면 오후에 다음 팀이 들어왔다. 나는 부검 시 언제나 처음과 끝을 지켜야 했다. 그러면서도 집에 있는 새끼 고양이를 계속 생각했다. 우리는 여전히 비상근무 체제를 유지하고 있었다. 밤에도, 주말에도 전화벨이 울렸고 그때마다 병리과로 즉시 달려가야 했다. 부검 어시스트를 쓸모없는 조수라고 생각하는 어느 교수가 있었는데 그는 아니나 다를까 지친 나를 들볶았다. 그 사람은 나를 "이 코로나 미치광이야"라고 부르곤 했다. 마치 내가 세상의 모든 감염자의 곁에서 일하기를 선택하기라도 한 듯이. 그의 언어폭력을 언젠가는 고발하겠다고 벼르고 있었지만, 불행히도 시간이 없었다. 게다가 연구용 시신과 가까이 지내다 보니 나도 그때쯤에는 거의 매일 차라리 코로나19에 걸리기를 기다렸다. 나는 인턴과 내가 지원을 바라고 있다고 상사에게 알렸다. 하지만 우리의 대화는 눈물과 무력감, 그리고 체념의 강을 넘어서지 못했다. 상사는 부검 어시스트를 한 사람 더 고용하는 것은 너무 비용이 많이 든다고 말했다. "당신은 지금까지 15년 동안 혼자 잘해 왔잖아요."

'그래요, 하지만 이젠 못 하겠어요.' 난 생각했다. 야근으로 돈을 더 많이 버는 것은 괜찮았지만 제약 많은 세상은 내게 어떤 도움이나 힘도 주지 못했다. 나는 길고 화려한 휴가를 꿈꾸면서도 동시에 휴가를 받기 전에 죽어 버릴지도 모른다는 두려움에 시달렸다. 할인할 때 산 옷들을 다 입어 볼 때까지 내가 살아남을 수 있을까?

　부검이 이어지는 고달픈 날들에서 나를 구원해 준 유용한 전략이 있었다면 높은 칼로리로 나를 채우는 것이었다. 운동은 오로지 스트레스만 불러일으켰다. 땀에 흠뻑 젖은 방호복은 말할 것도 없었다. 그나마 위안이 된 것은 연어와 매그넘 아이스크림이었다. 이불 속에서 보내는 달콤한 저녁, TV 드라마와 커피 그리고 고양이. 천국이었다. 하지만 더 자주, 더 강력한 봉쇄 정책이 이어지면서 연어와 아이스크림, 고양이 트리오가 주는 감동이 점점 줄어들었다. 내게 남은 것은 오로지 일뿐이었다. 일은 끝이 보이지 않았다.

　코로나19 사망자들을 부검할 때, 나는 늘 같은 팀과 함께한다. 바로 두 명의 병리학자와 나로 이루어진 팀이다. 고위험 부검을 할 때는 준비하는 데도 시간이 오래 걸린다. 팀을 꾸리고, 각 부서의 모든 사람이 부검 구역에 도착할 때까지 기다리고, 옷을 갈아입거나 온갖 종류의 소독제를 배포 또는 살포하는 일 등등. 게다가 FFP2 마스크 아래서 숨쉬기가 너무 어려워서 나는 종종 바다코끼리처럼 숨을 헐떡이며 금방이라도 쓰러질 것 같은 두려움을 느꼈다. 아무리 김 서림 방지 스프레이를 자주 사용해도 고글과 바이저에는 금세 김이 서렸다. 이마에서 땀이 뚝뚝 떨어졌고 마치 안개 속에서 헤매듯이 부검을 진행했다. 다행히도 이미 수천 번 부검 작업을 해 왔으므로 우리는 자동 모드로 작업을 이어갈 수 있었다. 시신에 작은 구멍을 뚫고 그 틈새로 내부를 들여다보는 방식의 부검을 진행했지만, 잘 보이진 않았다. 3시간 후 의사들은 부검을 마쳤고 나는 남아서 시신을 복구하고 뒷정리를 했다. 나는 말없이 눈물을 흘렸다. 가끔은 소리를 지르고 미친 듯이 화를 내기도 했다. 너무나 지쳤다. 허리가 아팠고 거의 앞을 볼 수가 없었으며 숨을 헐떡이는데도 퇴근하기까지는 몇 시간이나 더 남아 있었다. 그런데도 감사나 칭찬의 말을 들을 수 없었다. 들을 수 있는 말이라고는 "당신은 언제나 잘해 왔잖아요. 그렇지 않나요?"라는 말뿐이었다.

나는 수면 패턴을 통해서 업무 상황이 나를 짓누르고 있다는 사실을 알아차렸다. 나는 낮에 무슨 일이 있었건, 혹은 내일 무슨 일이 기다리건 보통 아기처럼 깊이 잠드는 사람이었다. 우주에 감사의 기도를 드리고 나선 곧바로 잠에 빠졌다. 도둑이 왔다 간 것도 모르게 잘 수 있었다. 하지만 요즘 들어

잠은 불안에 차 있었다. 유령들이 내 얼굴을 건드리고 베개와 이불을 끌어당기고, 심지어 머리카락을 당기는 느낌에 혼란스럽고 짜증이 났고 두려운 마음이 들었다. 도움을 청하고 싶었지만 어떤 소리도 목에서 나오지 않았다. 그저 칭얼거리기만 할 뿐이었다. 남편은 내가 잠을 자면서 훌쩍거리는 소리에 잠을 깼다. 그는 나를 잠에서 끌어냈고 다시 잠들 때까지 안아 주었다. 어느 날 밤 아무도 없이 잠을 자다가 땀에 젖어 악몽에서 깨어난 순간, 랄레가 사려 깊은 눈으로 나를 바라보고 있는 것을 발견했다. 고양이는 내 불안을 느꼈는지 부드러운 앞발로 나를 가만히 쓰다듬었다. 몇 분 동안이나 내 볼을 쓰다듬었다. 그러자 긴장이 풀리면서 마음이 사랑으로 차올랐다.

하지만 피비린내 나는 악몽의 밤이 이어졌다. 충전되기는커녕 탈진한 상태로 출근해서 언제나 그랬듯이 배에 힘을 꽉 주고 부검하고 땀을 뻘뻘 흘리고 유족을 위로하고 한숨을 쉬고 청소하고 다시 부검을 시작했다. 봄철에 비해 코로나 사망자가 거의 세 배나 증가했기 때문에, 연구용 부검은 더 빈번해졌다. 하지만 부검을 시작하기 전 나는 매번 긴장하지 말자고, 상사인 의사와 말다툼하지 말자고 다짐했다. 그러려면 아무도 모르게 나만의 우주로 탈출해야 했다. 상상의 세계 속에서 나는 사랑하는 사람들과 행복하게 어울리거나, 온갖 꽃들이 피어 있고 수목이 울창한 들판과 숲을 돌아다니는 꿈을 꾸곤 했다.

그런 가운데서도 병원 동료들은 죽어가는 이들의 마지막 존엄성을 위해 지칠 줄 모르고 싸우고 있었다. 나와 가까운 친구는 우리 병원의 중환자실 간호사로 가족 친화적인 중환자실 실무반을 이끌고 있다. 그 친구를 비롯하여 그녀의 의욕적인 동료들은 집중 치료 일기를 쓰고 고인의 사진을 찍는 작업을 지속해서 해 왔다. 덕분에 유족들은 나중에 고인의 사진이 보고 싶을 때는 병원 측에 요청할 수 있었다. 병원 측은 의대생을 가족과의 화상 통화를 연결해 주는 연락 보조원으로 고용하기도 했다. 인류가 길을 잃어버리지 않도록 이들은 온갖 노력을 다하고 있었다.

축하할 일 하나 없는 새해 아침에 아침을 먹은 뒤 자전거를 타고 출근했다. 나의 아늑한 지하실 작업장으로. 많은 사람이 죽었고, 내 공간에는 새로운 죽음을 맞이할 여지가 거의 없었다. 이곳은 내가 필요한 곳이었다. 그 모든 괴로움에도 불구하고 이곳에서 나는 자신을 돌볼 수 있었다.

한 해가 끝나면서 또 다른 새해가 시작되었다. 더 엄격한 조치들로 일상은 새롭게 위협받고 있었다. 재택근무 강제 의무와 지역 대중교통의 운행 중단 조치 등이 논의되고 있었다. 장래는 암담하게 느껴졌고 나는 삶에 대한 배신감을 점점 크게 느끼고 있었다. 겨울 아침, 어둠 속에서 조깅하면서 최근 우리 병원 안치실에 들어온, 저체온증으로 죽은 여자처럼 그냥 눈 속에 누워 얼어 죽는 것은 어떨까 상상해 보기도 했다. 나는 항상 알코올중독자와 자살자에 대해 깊은 연민을 느껴 왔다. 이들을 완벽하게 이해할 수 있었고, 때때로 삶이 견딜 수 없다는 것도 잘 알고 있었다. 이들이 원하는 것은 삶이 끝나는 것이 아니다. 단지 끊임없는 고통이 막을 내리기를 원하는 것이다. 나는 자살한 사람에게 자살은 다음 생을 위한 일종의 시험과 유혹으로 다가온다고 믿고 있다. 이들은 거듭해서 같은 감정을 겪을 것이고 그 유혹을 이겨 내야만 한다. 나는 절대 편견을 갖고 자살을 바라보지 않는다. 하지만 나라면 자살하지 않을 것이다. 차라리 실컷 잠을 자는 편이 낫다. 잠은 탈출구와도 같다. 잠 속에서는 생각하지 않아도 된다. 하지만 그 또한 그리 쉽지는 않다. 어떤 때는 너무나 거대한 슬픔에 잠겨서 잠에서 깨어나는데 그럴 때는 마치 온 세상의 고통이 내게로 몰아닥치는 것 같다. 혼란스러운 생각을 떨치고 기적처럼 회복될 수 있을까? 이처럼 세상이 칠흑같이 어두운 날에는 비참한 기분을 느끼는 날이 평생 이어지는 것이 아니라 그저 어쩌다 한 번씩 찾아온다는 사실에 위안받으려 애쓰게 된다.

백신은 희망의 빛이 될 것인가? 드디어 세 가지의 코로나 백신이 승인을 받았다. 우리 병원에 신속하게 예방 접종 센터가 설치되었다. 나는 첫 번째로 예방 접종을 받는 소수의 특권층 중 하나였다. 동료와 상사 또한 언론을 통해 백신을 맞는 모습을 보여 주었다. '젠장, 이제 다시 자유로운 세상을 맞이하려면 조만간 바이러스 돌연변이에 대한 백신을 또 맞아야 할 것 같군.' 나는 속으로 생각했다. 여러 번 백신을 맞아야 한다고 해도 효과만 장기적으로 지속된다면 상관없다고 생각했다. 내가 목격한 수많은 죽음과 산 자들이 겪어야 할 액운과 고통을 생각한다면 말이다. 이 백신 접종으로 인해 내 생존 확률은 높아질 것이다. 백신 카드를 받고 화이자 백신 주사를 맞은 뒤에야 백신 접종을 할 것인지, 무슨 종류의 백신을 맞을 것인지에 대한 온갖 걱정에서 벗어날 수 있었다. 참고로 나는 그 어떤 백신이라도 맞았을 것이다. 나는 다른 사람들처럼 백신 접종 경험을 소셜 미디어에 공유하지 않았다. 단지 그것이 실제로 효과가 있기를 바랄 뿐이다. 2차 예방 접종은 대부분 실제 독감 증세를 보이며 아프다고 했다. 다행히 병원에서 검진받거나 병가 신청을 하지 않아도 병가를 얻기가 무척 쉬웠고 2차 접종 후 우리 병원의 직원들도 대부분 적어도 하루는 병가로 집에서 쉬며 후유증을 달랠 수 있었다. 오직 나와 인턴 둘만이 두 번째 백신 접종 후에도 몸 상태가 좋았다.

봉쇄가 1년 내내 이어진 것처럼 여겨졌다. 고된 노동의 한 해였다. 솔직히 말해 재택근무 하는 사람들이 조금 부러웠다. 심지어 몇몇은 승진까지 했다. 독일 총리는 또한 우리 공공 부문 근로자에게 세금을 면제한 600유로의 보너스를 지급하겠다고 약속했지만, 불행히도 아직 받은 바가 없다. 그것도 무척 속상하긴 했다. 코로나 국면 동안 장의사들이 대중에게 점점 더 많이 알려졌다. 그들이 하는 일은 사람들의 주목을 받고 있다. 이들이 어려운 상황을 어떻게 대처하고 있는지에 대한 기사도 여럿 있었다. 반면 부검 어시스트들이 하는 일은 감추어져 있었다. 나는 때로 화가 났고 차라리 재택근무를 하는 것이 더 좋지 않을까 생각하던 참이었다. 그런데 프로젝트 매니저에게서 연구 발표 계획을 듣게 되었다. 병리학자인 매니저와 나는 오래전부터 아는 사이였고 나는 그 사람을 좋아했다. 코로나19 연구 프로젝트를 발표하기 위한 자리에 많은 의사가 초대되었다. 병리학자는 코로나19 대유행이라는 현상 속에서 사후 진단과 연구를 위한 혁신적인 학제 간 개념의 확립에 대한 견해를 발표했다. 우리는 MIA^{minimally invasive autopsy}(최소 침습 부검) 프로젝트를 통해 1년 동안 이런 방식으로 연구를 진행했고 결과는 꽤 만족스러웠지만, 여전히 코로나19 사망자라는 연구 재료가 더 많이 필요했다. 이를 위해 우리는 임상의들을 설득하여 사망자 유족에게서 동의서를 받아서 경우에 맞게 부검 신청을 했다. 프로젝트의 책임자는 팀을 소개할 때 나를 정식으로 호명했고 단체 사진 속에도 포함되었다. 보통 부검 어시스트들은 부검 작업에서 언제나 필수적인 역할을 함에도 거의 주목을 받지 못하는 것이 대부분이다. 하지만 이번에는 달랐다. 그런 상황이 무척이나 기뻤다. 내가 팀의 일원일 뿐 아니라 제대로 된 대접을 받는다는 사실이 중요했다. 참석한 모든 사람 앞에서 자신을 소개해야 할 차례가 오자 가슴이 뛰었다. 팬데믹 시대에 새롭게 등장한 전염병을 연구하는 연구팀의 일원으로 인정받은 것이다. 집에서 근무하는 것보다는 어쩌면 훨씬 더 멋진 일을 하는 게 아닐까.

내가 매우 좋아하게 된 새로운 병리과 의사 덕분에 나는 다시 평화를 찾았고 보호 기능이 뛰어난 방호복을 입고 코로나19 사망자의 시신을 몇 시간째고 부검하는 일을 잘 견딜 수 있었다. 사실 바깥세상에는 여전히 닫혀 있거나 파산한 곳이 많기 때문에 일찍 퇴근해 봐야 할 일도 거의 없었으니 초과 근무도 그럭저럭 견딜 만했다. 간혹 코로나19 사망자 시신이 단 한 구도 들어오지 않는 날이면 내 밑의 인턴과 함께 그가 정규직으로 자리 잡을 방법을 찾느라 시간을 보냈다. 우린 정말 완벽한 팀이었다. 그리고 몇 달간의 고군분투 끝에 우리의 노력은 결실을 얻었다. 봉쇄 생활에서 얻은 가느다란 희망의 씨앗이었다. 그동안 악명 높은 치명률이 서서히 낮아졌지만, 상황이 완화되었다는 것을 그다지 느낄 수 없었다. 클럽은 이 모든 상황이 지나야 마지막으로 문을 열 것이고 그때쯤엔 내 나이는 클럽에 가기엔 너무 늙은 쉰 살이 넘을 것이다. 나는 예전의 삶이 그리웠고 하루빨리 이 쳇바퀴에서 탈출하고 싶었다. 연구팀에 속하건 말건 상관없었다. 신경도 거미줄처럼 가늘어져 있었다(거미를 모욕하려는 건 아니다). 어느 날 누군가 내 자전거를 주차된 공간에서 빼낸 다음 자신의 자전거를 그 자리에 놓고 간 적이 있었다. 대체 무슨 일이지? 어떤 인간이야? 이런 일을 하다니, 사탄 같으니라고! 나는 펜과 종이를 꺼내 메모를 쓴 다음 그 사람의 자전거 짐받이에 놓아두었다. "지옥에나 가 버려!" 모든 사람이 스트레스로 다가왔다. 너무 속상한 나머지 점심시간에 자신도 모르게 자몽을 먹고 말았다. 신경이 통제 불능의 상태에 이른 나머지 그 자리에 놓여 있는 자몽에 손을 댄 것이다. 그런데 생각보다 맛이 괜찮아서 묘한 기분이 들었다. 보통 나는 거의 과일을 먹지 않는다. 껍질을 벗겨야 하는 과일은 내게 음식 리스트에서 배제되었다. 나는 진정한 과일의 적이었다. 엄마는 브라우나이스 집안에서는 야채나 과일은 발붙일 데가 없다고 공언해 왔기 때문에 내가 자몽 사건 얘기를 하자 오히려 나를 걱정했다. 어쩌면 내가 눈 쌓인 라플란드 Lappland(핀란드에 있는 유럽의 최북부 지역—옮긴이) 지역으로 가고 싶다고 말해서인지도 모른다. 유리창이 있는 이글루에서 밤을 보내면서 차가운 별이 빛나는 하늘을 보고 싶다니, 유디트가 추위를 동경한다고? 이 무슨 날벼락이란 말인가!

그 사이에 바이에른 주의 장례 조례는 흥미진진한 변화를 맞이하고 있었다. 필요한 경우 유족에게 정보를 적시에 제공할 수 있도록 나는 항상 새로운 소식에 귀를 기울이고 있었다. 바이에른주 보건부는 2021년 3월 말에 주 의회가 결정한 사항을 발표했고, 2021년 4월 1일부터 이 법령이 발효되었다. 이에 따라 관과 관련한 요건도 완화되었다. 앞으로는 이념적·종교적 이유로 시신을 관에 넣지 않고 묘지에 안장할 것인지를 묘지 관리소가 현장에서 결정할 수 있게 되었다. 또한 묘지에 대한 규정은 지역의 법령에 따라 적용되었다. 또한 장례 기간이 4일에서 8일로 연장되었다. 물론 시신은 장례식을 치를 때까지 차가운 상태로 보관되어야 하지만 이는 문제가 되지 않았다. 오히려 슬픔에 잠긴 유족들이 모든 것을 정리하고 장례식을 준비하는 데 필요한 시간을 벌 수 있었다. 화장한 유해는 늦어도 3개월 후까지는 어딘가에 안치되어야 한다.

화장 및 해외 이송 전, 두 번째 사후 진단에 대한 규정도 새롭게 업데이트 되었다. 하지만 이에 관련한 규정은 2023년

1월 1일이 되어야 시행될 전망이다. 베를린에는 이미 내가 인턴 생활을 하던 때에도 이와 같은 규정이 있었다. 화장터에는 항상 부검 어시스트가 있었고, 검시관을 도와 몇 시간 동안 여러 시신을 진단하는 역할을 했다. 아무튼 미래에는 여기 바이에른주에서도 두 번째 사후 진단이 이루어질 전망이다. 보건부는 자격을 갖춘 의사를 선발할 책임이 있다. 이들은 법의학, 병리학 또는 공중보건 분야의 전문가이어야 하며, 법의학 연구소에 소속되어 있거나 사후 진단 분야에 특별한 전문 지식을 가지고 있어야 한다. 나도 무척 그 일을 하고 싶었지만 애석하게도 나는 의사가 아니다.

새싹이 돋아나는 신선한 초록의 봄은 내 삶에 좋은 영향을 주었다. 자연은 결코 봉쇄되어 있지 않았다. 나는 헬스클럽에 가는 대신 70유로를 고양이 사료를 구매하는 데 사용했고 되도록 자주 아침에 조깅을 했다. 조깅하면서 지나치는 푸른 강의 고요함에 매혹되었다. 강변에서 알록달록한 청둥오리와 사람을 반기는 개들과 비버를 만날 수 있었다. 차가운 풀밭 위로 아침 이슬이 반짝거릴 때면 잠시 맨발로 걷기도 했다. 새로운 유디트로 거듭나는 기분이 너무 근사했다. 그 후 아침 식사 시간에는 고양이 랄레가 테이블 위 남편과 나의 커피 잔 사이에 자리 잡았다. 남편은 이미 오래전에 그에 반기 드는 것을 포기했다. 랄레와 내가 나누는 위대한 사랑을 남편은 잘 알고 있었고 고양이가 우리 삶에 들어온 이후로 내가 얼마나 행복해하는지 익히 보아 왔다. 하느님과 남편 덕분에 랄레는 우리와 함께 살게 되었다. 그 덕에 우리는 아침에 멋진 시간을 함께 보낼 수 있었다. 랄레는 내 영혼의 동반자였다. 그 녀석은 절대로 다른 방에서 따로 잠들지 않는다. 또 내가 집에 올 때면 반드시 문 앞에서 나를 맞이한다. 목욕을 할 때면 욕조 가장자리에 기댄 내 머리 옆에 마치 조각상처럼 꼼짝하지 않고 앉아 나를 지켜본다. 랄레의 털에 코를 박고 숨을 들이쉬는 것만큼 내가 좋아하는 일은 없다. 게다가 고양이 수염에 소원을 들어주는 마법이 있다는 걸 아는가? 여러분도 이 낯설고 기억에 남을 시간을 잘 보내길 진심으로 바란다.

9장

시체 안치실 바깥의
기쁨과 슬픔

여러분도 눈치챘겠지만 나는 대체로 투덜거리고 징징거리는 타입의 사람이다. 남편의 말을 빌리자면 "고차원적인 새로운" 방식으로 말이다. 사실 20여 년이 지나도 뮌헨 공과 대학 병리과 지하 1층보다 나에게 더 적합한 일터는 상상조차 할 수 없다. 이곳은 나의 집이다. 햇볕을 거의 쬐지 못하고 생활한다는 사실에 나는 전혀 개의치 않는다. 담쟁이덩굴로 덮인 수직 통로가 내다보이는 사무실의 창문도 대개는 닫혀 있다. 신선한 공기 따위는 필요 없다. 나는 내가 보살피는 고인 곁에서 뭉게뭉게 피어오르는 향냄새에 취해 있는 것을 좋아한다. 이 아래는 너무나 평화로운 곳이다. 일과 휴가는 별개

이므로 크리스마스 때에는 신나게 파티를 즐기고 싶다. 매년 병리과 동료와 얼마나 멋진 크리스마스 파티를 했는지. 넘치는 술과 취해서 흥에 사로잡혔던 시간. 지난 크리스마스 때는 파티가 끝나고 내가 많이 취했는지 동료에게 물어보았다.

"유디트, 당연히 모두가 취했지." 그는 대답했다. "하지만 당신은 단연 주정뱅이의 여왕이야!" 물론 그렇겠지. 우리 외할아버지는 항상 절반만 취하는 건 돈 낭비라고 말했다. 며칠 후 받아 보는 크리스마스 사진은 또 얼마나 웃기는지. 하지만 불행히도 파티 다음 날에는 몸이 성한 데가 없다. 두통이 문제가 아니다. 몸 군데군데 멍이 들어 있었다. 파티가 있던 날 저녁에 나는 바닥까지 내려오는 꽉 끼는 이브닝드레스와 하이힐을 착용하고 집을 나섰다. 이런 복장으로 새벽에 술에 취해 자전거를 타고 귀가하는 건 물론 좋은 생각이 아니었을 것이다. 나는 인턴 사원을 믿었으나 30분 동안의 실랑이 끝에 그는 포기하고 내가 자전거를 타고 가도록 내버려두었다. 아니나 다를까 나는 자전거를 세워 둔 안치실 바깥 주차장에서 곧장 넘어지고 말았다. 망할 놈의 영구차가 하필 옆에 있어서였다. 자전거를 세우는 과정에서 장식용 조화가 뜯겨 나갔고 핸들도 많이 틀어져 버렸다. 그래도 집으로 오는 데는 성공했다. 어떻게든 말이다.

물어볼 필요도 없이 나는 광란의 파티를 좋아한다. 이는
우리 가족의 내력이기도 하다. 나는 친구들과 낡은 비행기
격납고에서 연 불법 테크노 파티를 포함한 당대 최고의 파티
에 참석하곤 했다. 음악은 너무 시끄러워서 몇 시간 동안 귀
가 먹먹할 정도였다. 나는 여전히 굵은 베이스 소리에 맞춰
밤새도록 춤을 추는 종류의 파티를 좋아한다. 비록 예전만큼
격렬하게 놀지는 못하지만 말이다. 과거 나는 노는 데라면
빠지지 않고 참석해 음주 가무를 즐기고 싶어 했다. 하지만
세월이 지나면서 파티에 대한 욕구는 줄어들었다. 이제 결혼
을 했고 쉰 살에 가까워져 오면서 내 몸도 그렇게 파티를 열
렬히 원치 않게 되었다. 주름과 흰머리가 서서히 늘기 시작
했다.

풀장 파티는 여전히 좋아하는 파티 중 하나다. 남쪽 나라
에서 열린다면 금상첨화다. 나는 광란의 시절이 사람들에게
한 번쯤은 필요하다고 생각한다. 어느 해 남편과 나는 멋진
파티에서 훌륭한 샴페인을 마시고 한껏 취했다. 나와는 달리
그다지 파티를 즐기지 않는 남편은 일찌감치 방갈로로 돌아
간 뒤였다. 파티가 끝나고 호텔 정원을 가로질러 숙소로 가

던 중에 정원에서 아직도 파티를 즐기는 몇 사람을 만나 그들과 같이 놀았다. 마침내 성에 찰 만큼 충분하게 파티를 즐긴 내가 비틀거리며 숙소로 들어가려 하자 새벽같이 일어난 투숙객들과 호텔 직원들이 나를 향해 다가오며 정말로 멋진 차림이라며 칭찬과 환호를 보냈다. 새로 산 수영복이 정말 잘 어울리는 듯했다. 자다 일어난 듯한 남편은 방에 들어오는 나를 보더니 히죽히죽 웃었다(나는 그에게서 편잔을 들을 각오를 하고 있었다).

"자기야, 지금 자기 꼴이 어떤지 알아? 늙은 나방 같아!"

궁금해진 나는 거울을 보다 웃음을 터트렸다. 면도용 거품기로 만든 커다란 수염이 내 얼굴에 그려져 있었다. 마치 수영복을 입은 산타클로스처럼 보였다.

내가 좋아하는 다섯 가지 종류의 파티가 무엇인지 아는가? 풀장 파티와 테크노 파티, 테마 파티, 페티시 파티, 해변 파티다. 예전에 나는 그야말로 온 파티장을 휘저으며 키스를 하고 다녔다. 키스는 천국으로 가는 길이었다. 진정한 꿈이 시작되는 길이었다.

말이 나와서 하는 얘긴데 나는 정신 건강을 되찾기 위해 주로 파티가 끝난 직후에는 혼자만의 몽상에 잠긴다. 백일몽은 근사했다. 내가 원하는 대로 꿈을 마음대로 조종할 수 있다. 꿈속에서 대개 나는 괴로움을 잊으려는 외로운 영혼들이 쓸쓸히 앉아 있는 어두운 호텔 바의 가수가 되어 있다. 나는 낡아 빠진 빨간 벨벳 커튼과 낡은 피아노가 있는 작은 무대에 서 있다. 바닥은 은빛 입자로 반짝거린다. 거의 새벽 5시가 다 되어 가는데, 담배 연기가 드리워진 술집이 곧 문을 닫을 시간이다. 나는 헤나 염색을 한 길게 물결치는 머리에 타이트한 보랏빛 반짝이 드레스를 입고 있다. 마치 제시카 래빗Jessica Rabbit(애니메이션 영화 《누가 로저 래빗을 모함했나》의 등장인물이며 치명적인 매력을 가진 여성 가수다—옮긴이)이라도 된 듯이. 내 목소리는 깊고 어두우며, 나는 밤을 사랑하는 갈 곳 없는 영혼들을 위해 구슬픈 노래를 부른다. 손님들은 나에게 눈길도 주지 않고 자신들만의 생각에 사로잡혀 있거나, 깊은 시름에 잠겨 있는 듯하다. 내 노래는 그들의 감정을 채워 주는 배경 음악과도 같다.

애도식에서 노래를 부르는 꿈도 있다. 작은 교회면 좋겠다. 실제로 우리 병원은 매년 병원에서 사망한 고인을 위한 애도식을 주관한다. 나는 그곳에 여러 번 가봤고, 조문객과 함께 촛불을 켰으며, 가끔은 조문객 앞에서 연설하기도 했다. 애도식에서 항상 노래를 부르는 사람은 병리과의 대표인 내 상사가 유일한데 나 또한 고인을 매일 보살펴 주는 사람으로서 조문객을 위해 노래를 부르고 싶은 꿈이 있다. 눈물과 추억을 가져다주는 천사의 목소리로. 병원의 모든 직원이 객석에 앉아 있다. 그들 중 몇 사람은 내 노래에 감동받는 표정이 역력하다. 세상에서 가장 구슬픈 노래다. 이들은 프로그램 책자를 들여다보며 대체 이렇게 환상적인 노래를 부르는 사람이 누구인지 알고 싶어 한다. 유디트 브라우나이스? 항상 전화를 친절하게 받는 병리과 직원? 저렇게 노래를 잘 부르는 사람이었어? 게다가 저렇게 멋진 사람이었다고? 노래가 끝나면 내 눈에도 눈물이 어려 있다. 나 또한 추억에 잠겨 괴로움을 느끼는 것이다. 좌중은 쥐 죽은 듯 고요하며 여기저기서 흐느낌과 코 푸는 소리가 나지막하게 들린다.

세 번째 꿈은 거대한 공항의 출국장에 서 있는 꿈이다. 사람들은 그곳에서 책을 읽거나 모바일 게임을 하고, 졸거나 지루하게 둘러앉아 시간이 지나가기를 기다리고 있다. 그 누구도 뚱땅거리며 피아노를 치는 젊은 남자에게 눈길을 주지 않는 것 같다. 그가 연주를 멈추자 나는 다소곳하게 박수를 친다. 그런 다음 용기를 내어 미친 짓을 해 보기로 한다. "나도 연주를 한번 해 보겠어!" 옆에 있는 친구에게 선언한다. 우리는 라스베이거스에서 미친 듯이 신나게 파티를 즐기고 집으로 돌아가려는 참이다. 친구는 내가 피아노를 칠 줄 안다는 사실을 모른다. "뭐라고? 뭘 친다고? 무슨 연주를 한다고?" 친구는 황당해하며 질문을 던진다. 그새 나는 이미 피아노 의자에 앉았다. 공항 출국장의 사람들은 각자의 일에 몰두해 있다. 그런 가운데 부드러운 피아노 음이 울려 퍼진다. 내 손이 건반 위를 매끄럽게 미끄러져 간다. 친구는 펄쩍 놀라며 재빨리 내 모습을 휴대전화로 찍기 시작한다. 사람들이 고개를 들고 놀란 표정으로 나를 쳐다본다. 이렇게 아름다운 소리를 한 번도 들어 본 적이 없다. 피아노 쪽으로 가까이 다가오는 사람도 있다. 꿈같은 멜로디에 매료되어 점점 더 많은 사람이 내 주위에 모여들기 시작한다. 친구는 덩달아 기뻐한다. 피아노 연주가 끝나고 열광적인 박수가 터져 나오며 앙코르 요청이 쇄도한다. 죄송하지만 곧 비행기를 타러 가야 해요. 여러 사람에게 감동을 줬다는 생각에 흐뭇함에 젖는다.

노래, 음악, 비장하고 아름다운 연주 음이 백일몽을 떠돈다. 주로 단조 음이 지배적이고 장조는 내 취향과는 거리가 멀다. 그 외에 음악과는 거리가 먼 즐거운 백일몽도 있다. '투명 망토의 꿈'이 바로 그것이다. 투명 망토를 두르고 해변에 누워 있는 남자에게 다가가는 꿈이다.

현실이 감당하기 너무나 벅찰 때면 나는 그런 백일몽의 도움을 받아 슬쩍 도망쳐서는 꿈같은 평행 우주 속으로 뛰어들었다. 현실은 때로 참으로 가혹하다.

또 나는 마법이 넘치는 듯한 공간에서 백일몽을 꾸는 것과 비슷하게 마음의 평화를 찾는다. 특별하고, 몽환적이고, 조용하고, 독특한 공간들. 가령 오래된 공동묘지는 항상 마법 같은 매력을 가지고 있다. 다른 나라를 여행할 때 대도시에 들르게 되면 나는 항상 방문할 만한 가치가 있는 역사적인 묘지가 있는지를 물어본다. 나는 런던에 있는 하이게이트 Highgate 묘지뿐만 아니라 파리와 바르셀로나, 베네치아, 프라하, 더블린, 로마, 드레스덴 근교의 엘스테르베르다 Elsterwerda, 캐나다 하이다 Haida의 환상적인 묘지에도 가 보았다. 그중에서도 세상에서 가장 아름다운 묘지는 아마 하바나에 있는 묘지일 것이다. 하얀 대리석 천사들이 햇빛에 반짝이고 화려한 꽃으로 장식된 무덤들로 가득 찬, 잊을 수 없는 아름다운 묘지의 바다.

꿈속에서 나는 특정한 무덤을 반복해서 찾아갔고 그 앞에서 눈을 뗄 수가 없었다. 어쩌면 나는 무의식적으로 꿈속에서 본 그 무덤을 찾고 있었는지 모른다. 온갖 무덤들 사이를 걸어 다니면서 말이다. 그러다 바르셀로나에서 내가 찾던 무덤을 드디어 발견했다. 내가 꼭 가 보고 싶었던 공동묘지는 세 곳이었는데, 그중에는 몬주익 공동묘지Cementiri de Montjuïc도 포함되어 있었다. 그곳은 귀뚜라미 소리가 울려 퍼지고 그늘진 소나무가 늘어선 산비탈에 자리 잡은 신비한 묘지였다. 묘지에 들어서자마자 감동이 밀려왔다. 기분 좋은 우울함이 나를 사로잡았고 그곳에서 행복감을 느꼈다. 그리고 다음 순간 날개를 펼친 높이 1미터의 천사상을 보았다. 묘지에는 여러 가지 멋진 형상의 천사상이 있었지만, 그중에서 특별한 기운을 내뿜고 있는 천사상이었다. 나는 천사상에 다가가 서늘하고 거친 돌 표면을 쓰다듬기 시작했다. 곧장 알아볼 수 있었다. 그곳이 내가 꿈속에서 그토록 자주 보았던 무덤이라는 것을. 무엇이 그토록 내 마음을 움직였는지 알 수 없었지만 천사의 날개 그늘에서 나는 구슬프게 울기 시작했다. 그 후로 나는 한 번도 본 적 없는 낯선 사람의 마지막 안식처인 그 무덤에 대한 꿈을 다시는 꾸지 않았다. 그 꿈은 여전히 미스터리지만, 아름다운 천사와의 친밀한 조우를 경험했던 그 순간은 가장 소중한 기억으로 남아 있다.

지하 묘지와 납골당에서 내가 엄청난 편안함을 느낀다는 사실도 전혀 놀랍지 않다. 나는 로마의 납골당과 체코의 쿠트나 호라Kutná Hora에 있는 유명한 해골 성당도 좋아한다. 그림 같은 마을을 드라이브하는 것만으로도 내 영혼은 노래를 부른다. 그곳 성당은 사람의 유골로 만든 화려한 장식으로 장관을 이룬다. 아무리 보아도 신기할 따름이다.

이 모든 마법의 장소 중에서도 단 한 곳을 꼽으라면 단연코 바다 한가운데에 있는 작은 조개껍데기 묘지에 왕관을 씌워 주겠다. 이곳은 엄마와 함께 세네갈을 여행하다 락 로즈 Lac Rose(세네갈의 북쪽에 있는 호수로 조류에 인한 분홍색 물빛으로 유명하다—옮긴이) 근처에서 우연히 발견한 곳이다. 어느 날 나는 인터넷 서핑을 하다가 다카르Dakar 근교에 있다는 3미터 깊이의 동화 속 그림 같은 분홍색 소금 호수를 발견했다. 내 눈으로 직접 확인하고 싶었다. 그래서 엄마에게 전화했다.

"엄마, 나랑 세네갈에 갈래요?"

엄마는 지금까지 어떤 내 제안도 거절한 적이 없었다. 그리하여 우리는 몇 달 후 서아프리카로 가는 비행기를 탔다. 나는 비행기에서 보이는 비현실적인 풍경에 매료되었다. 온 세상이 모래로 가득했다. 완벽하게 평평하고 건조하지만 너무나 찬란한 파스텔 톤으로 빛나는 사막, 그 옆으로는 검푸른 바다가 넘실거렸다. 호수에 도착했을 때, 순식간에 경건한 고요함이 가득 차올랐다. 락 로즈 호수가 우리 앞에 잔잔하게 펼쳐져 있었다. 엄마와 나는 그곳에 온 거의 유일한 방문객이었다. 나는 이토록 아름다운 물빛을 살면서 단 한 번도 본 적이 없었다. 호수는 따뜻했지만 감히 수영할 엄두가 나지 않았다. 어쩌면 분홍색 소금 호수에 사는 악어들이 통통한 내 몸을 뜯어먹으려 물밑에 웅크리고 있을지도 모른다.

다음날 우리는 지프를 타고 기괴할 정도로 아름다운 곳을 지나 수정처럼 맑은 물이 흐르는 바다로 갔다. 거기에 우리가, 아니 내가 그토록 보고 싶어 했던 조개껍데기 묘지가 있었다. 하지만 우리는 묘지로 가려면 배를 타야만 한다는 사실을 모르고 있었다. 락 로즈와는 달리 이곳은 파도가 심한 바다였지만 이곳에 온 이상 꼭 가보고 싶었다. 배를 찾아 두리번거리던 우리의 눈에 푹 파인 통나무를 타고 우리를 향해 다가오는 한 남자가 들어왔다. 그렇지, 여긴 여행지니까. 나는 항상 모험을 추구하는 여행자였다. 흔들리는 배를 타고 20분 후에 묘지로 이루어진 섬에 도착했고, 섬의 풍경은 즉시 나를 끌어당겼다. 섬 전체가 온통 조개껍데기 무덤으로 이루어져 있었다. 조심스럽게 경건한 몸짓으로 홍합 껍데기로 이루어진 바닥에 발을 디뎠다. 주위를 둘러보았지만 여기저기 흩어진 나무는 거의 그늘을 드리우지 않았다. 섬은 찌는 듯이 더웠지만 나는 전혀 개의치 않았다. 수백 개의 하얀 십자가와 밝은 홍합 껍데기가 햇빛을 반사하고 있었고 모든 것이 빛을 내며 반짝이고 있었다. 정말로 근사한 곳이었다.

참고로 세네갈에 있는 세 개의 조개 섬 중 하나로 유명해진 이 조개 묘지는 해안 마을인 조알 파디우트Joal-Fadiouth에 속한 곳으로 약 1,500년 전에 만들어졌다. 수 톤의 홍합 껍데기가 얕은 호수에 쌓여 있는 이곳을 방문하게 되어서 너무나 감사한 마음이 들었다.

특히 바다나 안개가 짙게 깔리는 이런 묘지를 방문하려면 산책에 대한 혐오감을 극복해야만 했다. 좋은 날씨를 갈망하는 많은 사람의 욕구가 나는 항상 기괴하게 느껴진다. 야외에서 서로의 발가락을 밟고 선 채 행복하게 아이스크림콘을 핥고 있는 사람들을 봐라. 신비로운 묘지를 산책하거나 온라인 쇼핑이라는 취미에 탐닉하지 않을 바에는 나는 차라리 매그넘 아이스크림 컵을 들고 소파에 누워 TV 드라마를 보는 것을 더 좋아한다. 멋진 패션이 즐비한 대형 온라인 쇼핑몰은 인기 상품 목록을 잘 정리해 놓아서 세일이란 단어가 뜨는 순간 곧바로 클릭해서 옷을 구매할 수 있다. 문제는 이 모든 옷을 언제 입어 보는가 하는 것이다.

요즘 나는 거의 안치실에서만 시간을 보내고 있는데 부검용 의복을 입기 위해 자주 옷을 갈아입어야 한다. 하지만 새로운 택배 포장지를 뜯고 새로 도착한 옷을 입어 보며 유혹적으로 보이는 자기 모습에 즐거움을 느끼는 것은 정신 건강을 위한 중독성 강한 나름의 방책이기도 하다. 마음을 다스리기 위해서 나는 약 10년 전에 요가를 시작했다. 몸은 상당히 유연해졌고 균형을 찾게 되었다. 적어도 내 생각은 그렇다. 그렇다고 해서 나무나 보드 위에서 하는 요가, 강아지 및 고양이와 같이하는 요가를 위한 멋진 요가복이 필요한 것이 아니다. 오히려 그 반대다. 인터넷에서 날씬하고 유연한 요가 '인형'을 볼 때마다 무척 기분이 상한다. 멋진 모습으로 요가 실력을 뽐내는 거야 뭐라 할 것은 아니지만 왜 굳이 핫팬츠에 배꼽을 다 내놓은 요가복을 입어야만 하는가? 내가 그런 요가복을 입는다면 필시 늘어진 뱃살로 인해 운동할 의욕이 꺾고 말 것이다. 평범한 운동복을 입고 어려운 동작을 하지 않으면서도 요가를 할 수 있다는 사실을 이 인형들은 모르는 것일까? 섹시한 요가 인형들은 물론 비건 음식과 글루텐 프리 음료만을 먹을 것이다. 하지만 나는 아니다. 요가는 좋아하지만 즐겁지 않으면 의미가 없다. 내 영혼을 위한 관리 목록에 치팅 데이가 박혀 있는 것은 바로 이 때문이다.

치팅 데이는 먹고 싶은 것은 무엇이건 마음껏 먹을 수 있는 날이다. 생활 체육인으로 왕성한 식욕을 가진 나는 보통은 정신을 붙잡아 두기 위해 단것에 대한 무분별한 갈망을 억제해야만 한다. 그런 측면에서 나름의 작은 위안거리를 찾아냈는데, 그것은 바로 내가 먹고 싶은 것을 사서 남편 앞에 놓는 것이다. 전 직장 동료가 귀띔해 준 이 방법을 통해서 내 몸에 칼로리를 쌓지 않고도 내가 먹은 것처럼 포만감을 느낄 수 있었다. 다른 섭식 장애는 없다. 오히려 깊은 슬픔 속에서도 식욕은 줄어들지 않았다. 치팅 데이가 돌아오면 나는 프레첼(매듭 모양으로 만든 짠맛이 강한 독일식 과자—옮긴이)과 초콜릿 크루아상으로 하루를 시작하고, 낮에는 촉촉한 케이크와 페이스트리를 맘껏 즐기며, 피자로 저녁 식사를 한 후에는 초콜릿으로 후식을 마감한다. 그러고 나서 편안하고 느긋한 기분으로 소파에 깊이 몸을 파묻고 똥배를 쓰다듬는다.

그날부터는 몇 주, 때로는 몇 달 동안 기름기 넘치는 음식이 없어도 살아갈 수 있다. 치팅 데이는 당신을 행복에 잠기게 할 것이다. 여러분에게도 꼭 추천하고 싶은 날이다.

동네 노래방과 댄스파티 또한 진정한 분위기 메이커다. 물론 구경꾼이 없어야만 최고의 효과가 난다. 디스코 볼로 벽에 멋진 화려한 무늬를 그린 다음 취한 정신에 최면을 거는 것이다. 그런 뒤 비단 같은 목소리로 노래하며 상상 속의 클럽이나 공항 피아노 앞으로 나를 데리고 간다. 아, 춤도 빠질 수 없다. 물론 엉덩이와 무릎이 따라 주기만 한다면 말이다. 나를 빤히 바라보는 고양이의 모습이 좀 웃기긴 하지만 이렇게 아늑한 시간이 또 어디 있겠는가!

고양이 얘기가 나와서 말인데, 세상에서 가장 키스를 많이 받는 고양이 랄레는 내게 가장 큰 마음의 평화를 가져다준다. 말하자면 정신적 만병통치약과도 같다. 랄레와 함께 있을 때는 행복하다. 놀면서 긁힌 손등이나 물린 자국은 전혀 문제 되지 않는다. 털북숭이 녀석에게 나는 혼이 쏙 빠져 있다.

이 모든 것들이 스트레스에 대처하는 데 도움이 된다. 매일 아침 나는 그날 만나는 모든 사람에게 친절할 것을 우주에 맹세한다. 아무리 스트레스를 받더라도 말이다. 내 스트레스를 해결해 줄 수 있는 사람은 아무도 없으며 다른 사람에게 화풀이할 수도 없다. 때론 참기 어려울 때도 있다. 그래서 사무실에 펜이 날아다니거나 문이 쾅 닫히는 일이 간혹 일어나지만 그래도 고인이나 유족을 불친절하게 대하는 일만은 절대로 하지 않으려 한다. 나만의 원칙이다.

물론 지금도 애도 상담이 부담스러울 때가 있다. 우리 병리과의 애도식은 일회성 행사이지만 때로 유족들이 며칠 후에 전화하거나 이야기를 나누기 위해 방문하기도 한다. 그럴 때 항상 시간을 내주려 한다. 무력감을 느낄 때도 있지만 내 일이 최선을 다해 유족을 돕는 것이라 느끼기 때문이다. 특히 곁에 있던 유일한 반려자를 떠나보내고 완전히 혼자가 되어 돌아가는 노인을 볼 때면 그 깊은 슬픔에 내 심장이 같이 부서지는 듯하다. 종종 이들이 가고 나서도 한참을 생각한다. 혼자 남은 노인이 과연 남은 삶을 잘 살아갈 수 있을지, 아니면 곧 다른 한쪽을 따라갈지 걱정스럽다. 내가 죽음의 세계에서 헤어 나오지 못할까 봐 걱정스러운지 남편은 때때로 내게 일침을 가한다. "여보, 제발 집으로 죽음을 데리고 오지 마!" 그럴 때는 나 자신에게서 벗어나서 뭔가 다른 일을 해야 한다. 동시에 내가 항상 말해 왔듯이 어둠을 포용하는 것도 중요하다. 그렇지 않으면, 어둠의 힘이 점점 커져서 모든 빛을 빨아들이고 말 것이다.

어둠 속의 슬픔을 우리는 반드시 받아들여야만 한다. 울어야 할 때는 반드시 울어야 한다. 나는 이를 위해 애도 기간을 정해 두고 집에 촛불을 켜둔 채 침잠한다. 그리고 어둠을 몰고 온 사건의 기억을 떠올리며 조용히 운다. 그게 내 나름의 소생법이다. 느낀다는 것은 살아 있다는 것이다. 그러므로 나는 내 모든 감정을 허용하고 집중하여 들여다보며, 아름다운 것들을 즐기거나 미친 듯이 흥분하기도 하면서 어둠 속으로 완전히 빠져든다. 그곳에서 나는 울고, 슬퍼하고, 웃고, 꿈을 꾸고, 평행 우주에 존재하는 유령과 요정과 천사의 세상으로 잠시 도망치기도 한다. 또 술에 취하고, 파스타와 허브 프레첼과 훈제 연어를 마음껏 먹고, 춤추고, 노래하고, 사람들에게 키스를 날리며 사랑한다고 말한다. 나는 선물과 바쁜 일정, 허브 고수의 향과 라일락과 로즈메리 향을 사랑한다. 또 꽃을 넣은 소금과 밝은 빨간 립스틱, 마일리 사이러스^{Miley} Cyrus(미국의 배우이자 가수―옮긴이)의 온화한 얼굴을 비롯한 수천 가지 다른 것들을 사랑한다. 가끔 소리 지르며 깨어나는 악몽과 실패에 대한 나쁜 기억, 사랑하는 사람들에게 무슨 일이 일어날지도 모른다는 두려움이 들 때도 있지만, 그것들이 내 삶의 빛을 가져가지 않도록, 또 어둠 속에서 길을 잃은 누군가에게 내가 빛이 될 수 있도록 나는 그 모든 것들을 껴안기로 한다.

10장

아주 작은 영혼들을
보내는 방법

내가 계속해서 받는 질문이 있다. "죽은 아기를 부검하는 것이 무섭지 않나요? 좀 비정하게 느껴지는데요." 이 질문을 처음 받았을 때부터 많은 생각을 했다. 이 일을 시작한 초기부터 나는 죽은 아이들을 부검해야 했다. 대개는 유산된 아기거나 신생아였으며 그보다 나이 든 아기는 드물었다. 물론 다른 수만 구의 시신과 마찬가지로 나는 이들의 시신도 존중하는 마음으로 일상적으로 대하려 한다. 필요한 일이라면 무엇이든 하지만 어린아이의 시신이라고 해서 어른의 시체를 부검할 때보다 더 큰 슬픔이나 영향을 느끼는 것은 아니다. 여기에는 세 가지 이유가 있다.

우선 내가 아이에게 큰 관심이 없다는 사실과 어느 정도 관련이 있다. 나는 유모차를 들여다보거나 낯선 아기에게 미소를 지은 적도, 품 안에 신생아를 안아 보고 싶었던 적도 없다. 아이를 갖는다는 것 역시 생각해 본 적이 없다. 물론 내게 무슨 문제가 있는지, 혹시 아이를 사랑할 기회를 놓치고 있는 것은 아닌지 자문해 보곤 했다. 하지만 단지 이대로의 삶이 좋을 뿐이다. 언제 쉴지, 어느 때 물러날지를 결정할 수 있는 시간과 기회가 소중했다. 게다가 내 보살핌이 필요한 사람들도 많다. 두 번째 이유는 나에게는 선택권이 없다는 점이다. 부검대에 어떤 몸이 누워 있건 상관이 없다. 내가 할 일은 시신을 검시하는 일이다. 그것이 내 일이고 누구도 나에게서 빼앗을 수 없는 일이다. 아기를 부검하는 데도 성인과 거의 같은 시간이 걸리며, 작은 시신이라도 이후의 정리 작업은 똑같이 번거롭다. 세 번째로 병리과에서는 폭력 행위로 인한 사망과 같은 부자연스러운 형태의 죽음에 대한 부검을 피한다. 우리가 검시하는 대부분의 유아 시신은 유전적 결함과 돌연변이를 가지고 있다.

그리고 유족이 신생아를 잃었든, 다른 소중한 아이를 잃었든 슬픔의 고통은 똑같다. 부모의 슬픔뿐 아니라 사랑하는 사람을 잃은 배우자, 자녀, 손자의 슬픔도 똑같이 중요하고 무겁다. 어떤 존재를 사랑할 때, 그 존재를 잃는 것만큼 고통스러운 일은 없다. 그런 점에서 나는 유족을 안타까워할 뿐 고인의 죽음을 애도하지는 않는다. 나이가 들었거나 어리거나 마찬가지다.

이는 민감한 주제이기 때문에 전문적인 관점에서 이에 대해 논의하고자 한다. 여기서는 내가 많은 경험해 본, 유산된 아기의 부검에 초점을 맞추고자 한다. 이와 관련하여 몇 가지 전문 용어가 있다.

배아   발육 초기 단계의 생물체

태아   이미 내장이 형성되어 있는 임신 9주째부터의 '미니 인간'을 부르는 이름이다.

유산   임신 중 태아를 잃는 것. 임신 23주 미만, 즉 태아가 의학적으로 생존할 수 없는 단계에서 사망하거나 한 번에 둘 이상의 태아가 임신된 상태에서 일부 태아가 사망하는 현상이다.

정상 출산   태아가 자궁을 떠난 후 태아의 심장 박동 및 폐호흡
         이 자연스럽게 시작되고 탯줄의 맥박이 뛰는 상태
         를 일컫는 용어다.

사산   이 경우에는 앞에서 말한 특징 중 어느 것도 나타나
         지 않는다. 태아가 이미 자궁에서 사망한 상태이기
         때문이다. 사산된 태아의 최소 몸무게는 500그램
         이다.

태어나기 전이나 출산 도중 또는 직후에 죽은 아기를 부르
는 보다 온화하고 정서적인 표현은 별 아기Sternenkinder 혹은
나비 아기Schmetterlingskinder다. 사산아라는 용어도 흔하게 쓰
인다.

매년 약 70명의 별 아기가 부검 어시스트인 내 손을 통과
한다. 다른 어른의 시신과 마찬가지로 병리과로 이송된 다음
등록을 마치고 냉장고에 보관되었다가 필요하다면 부검을
거친다. 모든 별 아기는 육안 검시를 거치게 된다. 또한 유전

학 전공의에 의해 검시되는 경우가 많다. 병실에서 병리과로 이송되는 경우, 산모의 이름과 임신 주수, 사망 날짜와 장례 관련 정보가 필요하다. 사망 당시의 상황도 중요한데, 특히 나중에 부검할 때는 더욱 그렇다. 어떤 경우에는 마음씨 착한 간호사들이 병원 전용 운송 차량에 별 아기를 태워 보내는 대신 직접 데리고 오기도 한다. 우리 병원에서는 별 아기들을 위해 무지개 색깔의 나비들로 멋지게 장식된 전용 냉장고를 마련해 두었다. 나비는 불멸의 영혼, 무지개는 희망을 상징하기 때문이다.

물론 유족들이 원한다면 죽은 아기들에게 장난감이나 사진, 보석 등 무엇이든 줄 수 있다. 이제 그 모든 것이 별 아기와 함께할 것이다.

2006년까지만 해도 500그램 미만인 별 아기는 적어도 바이에른주에서는 장례의 대상이 아니었다. 새로 제정된 법에 따르면 적어도 500그램 이상의 몸무게가 나가거나 몇 분이라도 살아 있었다면 그 태아 혹은 아기는 사람으로 간주한다. 하지만 무게가 500그램 이하라면 어떻게 될까? 부모가 비용을 부담하여 장례를 치르겠다는 권리를 포기하면, 때로 자비로운 장의사들이 이 작은 별들을 다른 고인들과 함께 관에 넣어 묻기도 하지만 대부분은 적절하고 안전하게 처리한다. 다시 말해 다른 임상적 장기 폐기물과 함께 지정된 용기에 담긴 다음 위험물로 처리되거나 소각되는 것이다. 어느 날, 두 명의 기자들이 병리과에 전화를 걸어 정말로 아기들이 길거리의 아스팔트 재료로 사용되는지 물었다. 매우 넓은 의미에서는 그렇다. 산업용 유골의 형태로 말이다. 또한 1980년대까지 태반이 미용용품으로 여겨져 노화 방지 크림에 사용되었다는 사실도 어렴풋이 기억한다. 이 크림에 열광하는 여성도 있었다. 우리 엄마도 태반 영양 크림을 사용한 적이 있다.

그럼 2006년 1월 1일부터 시행된 바이에른주의 장례법에 대해 자세히 살펴보자. 낙태 또는 유산에 의해 나온 태아 및 배아는 부모가 요청할 시 부모의 비용으로 장례를 치를 수 있다. 그런데 새롭게 추가된 조항은 보통 태아나 배아를 처분해야 할 사람들, 즉 대부분의 경우 부모가 이들에게 장례를 치러 주어야 할 의무를 지게 되었다는 것이다. 만약 이것이 불가능하거나 적합하지 않은 경우 시신 보관자(병원이나 병리과, 산부인과)가 적절한 조건으로 태아나 배아를 거둬서 비용을 받고 장례를 치른다. 법은 "불가능" 혹은 "부적절"이란 단어가 의미하는 것에 대해 정확하게 말해 주지 않는다. 어쩌면 아무것도 정확히 말하지 않는지도 모른다. 이는 부모가 시신 안치에 정신을 쏟기에는 너무 경황이 없거나 단순히 장례를 치를 재원이 부족하다는 의미일 수도 있다. 하지만 어떤 상황에서도 병원 측은 부모에게 장례식을 치를 권리를 알려야 한다. 부모가 따로 장례를 치르지 않기로 하면 양육권자가 장례를 치르게 된다.

간단히 말해서, 이제 바이에른주에서는 태아나 배아의 매장이나 화장, 그 이후에 묘지에 안장하는 것이 의무 사항이 되었다. 어떤 상황에서도 우리 병리과에서는 이제 단 한 구의 별 아기도 폐기하지 않는다. 병원 산부인과와 교회 돌봄 센터 그리고 내가 긴밀하게 협의하여 공동 장례식을 치르는 것으로 마감한다. 매장을 위해 뮌헨의 아름다운 외스트프리드호프Ostfriedhof 묘지 터도 마련해 놓았다. 나는 태아를 보관하는 일을 맡으며 친절한 장의사는 장례를 책임지고 산부인과의 훌륭한 심리 상담사가 부모의 상담 및 장례식 초대를 책임지며 교회의 성직자들이 시신 안치에서 매우 중요한 부분 중 하나인 장례 예배 일체를 계획하고 꾸려 나간다.

초기에는 1년에 한 번 집단 장례식을 치렀지만 이후 부모들의 기다림을 단축하기 위해 1년에 두 번 장례식을 거행했다. 모든 별 아기는 장례식이 다가올 때까지 지정된 부검 구역에 보관된다. 우리가 부검하는 이유는 유산된 아기들의 유전적 원인을 규명하는 일에 임상의들이 지대한 관심을 보이기 때문이다. 이를 위해서는 먼저 의사가 부모와 쉽지 않은 대화를 풀어야 한다. 부모 대부분은 부검에 동의할 수밖에 없다. 태아의 죽음의 원인을 규명하는 것이 임신을 바라는 엄마에게 중대한 역할을 하기 때문이다.

나는 서류를 보고 별 아기들이 어떻게 되는지 알게 된다. 부검 여부나 누가 장례를 치를지와 같은 정보를 알 수 있다. 부모가 별 아기를 위한 장례식을 별도로 치른다는 사실을 통보받으면 나는 알록달록한 나비가 달린 냉장고에 아기를 넣어 둔다. 반면에 집단 장례식을 치르는 별 아기들을 위해서 병리과에 있는 부검이 되었거나 부검되지 않은 아기들을 모두 포르말린 용기에 보존해 둔다. 그런 다음 내가 마련한 조그만 선물과 함께 포르말린 용기를 상자에 담아 둔다. 이 아기들을 위한 별 아기용 선반도 따로 있다. 기본적으로 부모들은 집단 장례식 날까지 자신들의 별 아기를 직접 장례 치를 기회가 얼마든지 있다.

물론 양식과 규제가 여전히 많다. 예를 들어 낙태의 경우 신고의 의무가 있다. 또한, 병원 측은 바이에른주 보건부로부터 조언을 받았는데 그 내용은 장례법상 낙태로 인한 태아와 배아의 사망 진단서는 발급할 의무가 없다는 우리의 평가와 다르지 않았다. 다만 장례를 치를 때 장의사와 묘지 관계자에게 낙태 진단서를 증거로 제공할 것이 권유된다. 따라서 낙태된 별 아기는 몸무게와 상관없이 사망 진단서가 필요하지 않다. 이렇게 하면 부모가 장례를 치러야 할 의무가 없으므로 부담이 조금 줄어든다. 만약 별 아기가 '정상'으로 태어났고 최소 500그램 이상의 몸무게가 나갔다면 사망 진단서의 발급과 장례의 의무가 따른다.

부모가 직접 장례를 치르려 한다면 부모가 선택한 장례식장에서 아기를 데려갈 것이다. 만약 아기의 몸무게가 500그램 이하라면, 부모가 직접 데리고 가는 것도 가능하다. 다만 안전을 위해 별 아기를 무덤에 안치할 것이라는 인계 서류에 서명해야 한다.

반면에 집단 장례식의 경우 먼저 장례식 날짜를 정한 다음 부모를 초대한다. 관의 크기는 별 아기의 수와 아기들의 관에 넣을 품목에 따라 달라진다. 장의사가 관을 가져오면 나는 안치 절차를 시작한다. 그 전날 아기들을 포르말린 용기에서 꺼내 물에 담근다. 포르말린 용액에서 나는 매캐한 냄새를 씻어 내기 위해 물속에 적어도 12시간 동안 아기들을 담가야 한다. 물통에 50여 명의 별 아기들이 누워 있는 모습은 참으로 기이한 광경이다. 병리과의 재미있는 일화를 한 가지 들려주겠다. 당시 호감형의 의사가 업무를 시작하기 전에 부검실에서 여러 가지 실습을 하기 위해 병리과로 들어왔다. 그날 아침 우리는 언제나 그랬듯이 별 아기들을 물에 담그고 있었다. 내가 옆 사무실에서 맛있는 커피 한 잔을 준비하는 동안 동료가 의사를 아기들이 있는 공간으로 불렀다. 갑자기 날카로운 비명이 들렸고 불쌍한 의사는 완전히 넋이 나가서 우리 쪽으로 도망치다시피 했다. 아마도 동료가 그에게 미리 경고하지 않았을 것이고 의사는 공포의 태풍에 전혀 대비하지 못했을 것이다.

물에 담근 아기들을 꺼낸 후 나는 이들을 일일이 말린 뒤 유족들이 선택한 옷을 입힌다. 그런 다음 아기들을 모두 관에 함께 눕힌다. 편지나 사진, 그림이나 천사 모양의 열쇠고리와 꽃, 여러 성상과 동물 인형…. 이별의 순간에 슬픔에 잠긴 부모들에게 힘이 될 수 있는 모든 것들이 관에 함께 담긴

다. 그러고 나서 관이 닫히고 장의사가 아이들을 데려간다. 처음 3년 동안은 장례식 과정에 관심이 많기도 했고 혹시 내가 도울 일이 있을지도 몰라서 나는 목회자와 함께 묘지로 차를 몰곤 했다. 장례식장은 촛불, 꽃, 장미 꽃잎 등으로 아름답게 꾸며져 있었다. 장례식에서 군이 할 일이 없었으므로 나는 뒤에 남아서 장례식이 진행되는 것을 보고 있었다. 장례식은 상당히 고전적으로 진행되었다. 관이 유족들과 함께 묘지 주변으로 옮겨질 때 나는 이들과 거리를 두고 따라 갔다. 묘지에서 서로 위로의 말을 주고받는 시간이 흐른 다음 흙과 꽃잎을 관 위로 던지는 의식이 이어졌다. 그다음에는 미리 약속한 대로 목회자와 내가 유족들과 대화를 나누며 위로의 말을 전달하는 시간이 있었다. 하지만 내가 자신들의 아기를 돌보았던 사람이라는 걸 유족들이 어떻게 알겠는가? 대부분 유족은 성직자 주변으로 몰려갔고 사람들은 그 언저리에 서 있는 조그맣고 초라한 여자를 보고 의아해할 뿐이었다. 3년째 되던 해가 되자 집단 장례식에 참여하고 싶은 마음이 거의 들지 않았다. 그러다 유산 후 태아의 시신을 어떻게 돌보고 어떻게 장례식을 조직하는지를 유족에게 설명하는 역할을 맡게 되면서 자신을 그저 단순한 직원으로 여길 수 없게 되었다. 시간이 지나면서 몇몇 유족을 알게 되었고 이들과의 대화와 안치 과정을 통해 애도의 과정에 적극적으로 참여하게 되었다. 그러면서 장례식에서 아무것도 하지 않고 구경만 하는 사람이 되지 않기로 했다. 이후 좀 더 책임이 큰 역할을 제안받았을 때도 그 결심을 바꾸지 않았다.

그 이후로 나는 별 아기의 장례를 치르는 데 내가 맡은 역할에 대해 만족해 왔다. 아기와 유족에게 마지막 봉사를 하는 일이 기쁨을 주기 때문이다.

시간이 지나면서 공간이 부족해졌고 우리 병원의 장례 방식은 매장에서 화장으로 바뀌었다. 만약 부모가 이에 동의하지 않고 좀 더 다른 방식을 택하고 싶다면 아기의 묘지를 직접 준비하면 된다. 이런 방식으로 가족이 품위를 잃지 않고 별 아기가 가는 길에 동행할 수 있다.

유족은 별 아기와 작별을 고할 기회도 얻는다. 염습 과정은 어른과 비슷하다. 단지 염습 물품만 조금 다를 뿐이다. 옷을 입힌 별 아기를 바구니나 하얀 레이스 침대에 눕힌다. 주변에는 반짝이는 별, 천사 날개, 화려한 꽃 모양의 장식을 흩어 놓는다. 또한 화재 보호 규정에도 불구하고 침대 주변에 초를 몇 개 켜 두기도 한다. 다행히도 나는 화재 진압 보조

요원으로 일한 경험이 있다(내가 지금까지 경험한 임시 직업 중 제일 재미없는 일이기도 했다). 유족이 오면 나는 어려운 시기를 지나는 그들에게 도움이 되는 일이라면 무엇이든 하게끔 하고 유족의 곁을 지킨다. 유산 후 부모가 실제로 어떤 일을 겪는지 정확히 이해할 수는 없지만, 나는 그들의 슬픔과 방 안을 떠도는 애도의 감정을 느끼고 내 안으로 받아들인다. 어째서 우리 중 어떤 사람은 그토록 일찍 세상을 떠나야 하는지에 관한 만족스러운 답을 찾기는 어렵다. 세상에는 아주 짧은 시간 동안만 머무르는 작은 영혼들이 너무나 많지만 그렇다고 그 존재가 결코 헛된 것은 아니다. 우리의 가슴속에 이들은 각자의 흔적을 남기기 때문이다.

11장

전설적인 부검

쉬어가는 의미에서 잠깐 짧은 일화를 들려주고 싶다. 내게 무슨 일이 일어나고 있는지조차 알 수 없는, 정말로 현실에서 그런 일이 실제로 벌어진 것인지 혹은 꿈속인지, 그것도 아니면 죽어서 천국에서 연어 샌드위치를 아침으로 먹고 있는 건지 알 수 없는 날들이 있다. 어느 날 아침에 한 병동의 의사가 전화를 걸어 죽은 사람을 부검해야 한다는 소식을 전했다. 가족의 동의가 있었기 때문에 부검을 바로 시작할 수 있었다. 그런데 고인의 이름이 낯설었다. 분명 우리의 안치실에 아직 도착하지 않은 게 틀림없었다. 나는 항상 그 부분을 철저하게 숙지하며 까다롭게 챙기고 있었다. 누가 냉장고에 들어가 있고 어떤 장의사가 고인을 어디로 수송해 가는지를 항상 숙지하는 것이 의무이기도 했다.

"시신은 공동묘지에 있어요. 당신이 그곳으로 가야 해요. 죽은 사람의 몸무게가 250킬로그램이나 나가는데, 정상적인 방법으로는 병리과에 데려올 수 없거든요." 의사가 설명했다. 세상에, 숲속의 괴물인가? "그 때문에 어쩔 수 없이 소방서에서 고인을 공동묘지로 데리고 갔답니다."

고인의 체구로는 어떤 냉장고 칸에도 들어갈 수 없었다. 우리 병원에는 일반 크기의 냉장실 외에도 특별히 넓고 큰 냉장 칸이 세 개 있다. 하지만 그곳으로 시신을 나르려면 일단 시신의 몸무게가 수용 한도를 넘어서지 않아야 했다. 그래서 그런 경우가 생기면 나는 항상 장의사에게 요청하여 심한 과체중의 시신을 보관할 수 있는 묘지의 냉장고로 시신을 옮기도록 했다. 하지만 그때 시신은 이미 묘지 냉장고에 있는 상태였으므로 나는 공동묘지에서 직접 부검을 할 수 있는지 논의하기 위해 팀을 모았다. 모험심이 강한 나는 당장 부검하자고 했다. 다행히 상사들도 모두 이에 동의했다. 그리하여 나는 부검 도구 상자와 유쾌한 분위기를 차에 잔뜩 실었다. 우리 일행은 시간이 나면 나와 잡담을 나누거나 피자를 먹곤 했던 교수 한 명과 의사 그리고 학생으로 이루어졌다. 우리는 유명한 팀이었다. 호기심과 유쾌한 기분을 앞세워 우리는 묘지의 강당 안으로 행진했다. 거기서 시체 안치실 앞쪽에 있는 방으로 들어갔는데 그곳에는 한 구의 시신이 우리를 참을성 있게 기다리고 있었다. 시신은 병원 침대 시트를 덮은 채 누워 있었다. 방 안에는 찬장도 탁자도 없었다. 어디에도 도구들을 놓을 수 있는 곳이 없었다. 우리는 더는 법석 떨 것 없이 바닥에 도구들을 내려놓고, 부검을 위해 옷을 갈아입은 다음 외부 검시를 시작했다. 그리 키가 크지 않은 나로서는 똑바로 서도 고인의 배를 간신히 내려다볼 수 있을 정도였다. 사실 고인을 묘지에서 부검하는 것은 도덕적인 측면에서는 말할 필요도 없고 미관상으로도 그리 좋은 일은 아니었다. 하지만 이 경우에는 다른 방법이 불가능했다.

나는 그렇게 무거운 사람을 부검해 본 적이 없었다. 모든 과정이 힘들었다. 시신을 자르기도 힘들었고, 수습하거나 운반하기도 힘들었다. 피하 지방층이 있는 복부는 거의 15센티미터가 넘는 두께여서 복부를 열어 장기를 확인하는 데 애를 먹었다. 나는 말 그대로 시신 속으로 파고 들어가야 했고 내 몸은 머리부터 발끝까지 피와 오물로 뒤덮였다. 운 좋게도 시신은 아직 냉장되지 않은 상태였다. 며칠 동안 냉장고에 보관되어 있던 시체를 부검하면 손가락이 말도 못 하게 얼얼해진다. 하지만 따뜻하고 김이 나는 시신도 적응하는 데에 시간이 걸린다. 간혹 사람이 죽은 직후 부검해야 할 경우도 있다. 몸의 표면은 6시간에서 12시간 이내에 주변 온도와 같아질 만큼 식으며, 위장 부위는 식는 데 약 20시간이 걸리며, 창자는 시간당 1도씩 낮아진다. 개인적으로 나는 식지 않은 시신을 부검하는 것에 대해 항상 불편함을 느낀다. 몇 시간 전만 해도 살아 있었다는 사실을 상상할 수밖에 없기 때문이다. 엄마는 항상 말하곤 했다. "네가 식은 시신으로 뭐하건 간에… 시신은 따뜻해야지 아름답단다." 엄마는 요양원에서 사망한 환자나 노인의 따뜻한 시신에 너무 익숙한 것이다.

부검 대상인 뚱뚱한 시신에 남아 있는 약간의 온기가 꽤 쾌적하게 느껴졌다. 물론 시신을 갈라서 열면 안쪽이 더 넓어지기 때문에, 그 속의 내용물이 넘치지 않도록 내 배로 지탱해야 했다. 문제는 묘지의 강당에서 우리가 수돗물도 없이 부검 작업을 해야 했다는 것이다. 이따금 장의사나 묘지 일꾼들이 나타나서 우리 작업을 슬쩍 훑어보고는 시체만큼이나 창백해져서 도망쳤다.

하지만 이 특별한 부검은 엄청나게 고된 일이었지만 내게 흥미로운 변화를 가져다주었다. 고인의 시신을 꿰맬 때 나는 봉합용 실이 두꺼운 피부를 지탱할 만큼 아주 튼튼하길 간절히 기도했다. 교수와 학생은 내가 봉합을 마칠 때까지 나를 도와 거대한 흉막 옆에 몸을 바짝 붙이고 서 있었다. 마침내 우리는 일을 끝마치는 데 성공했다!

　불량한 위생 상태와 극도의 불편함을 감수하고도 훌륭하게 부검을 끝낸 우리 팀을 격려하는 차원에서 교수가 우리를 저녁 식사에 초대했다. 나는 칼로리 폭탄의 푸짐한 음식을 먹고 싶었다.

🐱 12장 🐱

이 일을 계속할 수 있을까?

부검 어시스트로 병리과에서 즐겁게 일해 왔던 시간이 거의 10년이 지난 지금 내 삶에는 큰 전환점이 찾아왔다. 나는 이 시간을 단절이라고 부른다. 병리과의 부검 업무가 점점 축소되는 상황이 발생했기 때문이다. 처음에는 천천히 진행되었지만, 부검 승인 절차를 받고자 하는 병리과 의사들의 의욕이 점점 줄어드는 것이 보였다. 임상 병동에서 전화나 서류를 통해 부검에 관심을 보이더라도 병리과 의사 중 한 명이 다시 전화해서 자세한 질문을 하거나 부검 서류를 더 많이 요청했다. 그렇게 해서 상황이 어려워졌다. 어떤 경우에는 부검에 필요한 물품이 없었고, 고인의 상태에 대해 아무것도 모르는 경우도, 또 어떤 경우에는 죽었다던 고인이 살아난 적도 있었고 아무도 책임을 지지 않으려 하는 상황도 있었다. 허가를 받고 서류를 준비하는 것은 누워서 떡 먹기와는 거리가 멀었다. 분명 임상 병동의 직원들은 잦은 우리의 전화에 짜증이 났을 것이다. 하지만 그 또한 우리의 의무였다.

그러던 어느 날 사망 진단서의 양식에 변화가 생겼다. 부검의가 부검을 해야 할지 말지를 결정하는 항목이 추가된 것이다. 그때부터 우리 부서는 내리막길로 접어들었다. 거의 모든 부검의가 사망 진단서의 부검 여부를 표시하는 칸에 '아니오'라고 체크를 했는데 이는 부검 어시스트의 일에 아무런 관심도, 흥미도 없다는 의미였다. 가령 사인이 명백해 보인다면 굳이 비싼 부검을 할 필요가 없지 않겠는가? 게다가 부검에는 언제나 유족과의 복잡한 대화가 논쟁이 수반되는 것이 일반적이다. 내 관점에서 볼 때 비용 절감에 대한 필요성과 일반적인 부검에 대한 몰이해가 결합한 이러한 상황은 결과적으로 우리 병원의 부검 횟수에 엄청난 영향을 끼쳤다. 어쩌면 의사 측도 불확실한 상황을 피하고 싶었을 수 있다. 부검 연구 결과가 임상 동료들의 연구 결과와 다르다면 어떻게 하겠는가? 다만 내가 이야기하고 싶은 한 가지는 우리 병리과에서도 임상 부서와 같은 일을 하고 있다는 것이다. 유일한 차이가 있다면 임상 부서에서는 주로 현재의 환자를 위한 최상의 치료를 제공하는 데 관심이 있지만, 병리학 및 해부학 분야에서는 미래의 환자를 위해 최상의 치료 가능성을 연구하는 것을 목표로 한다는 것이다.

어느 순간 부검의 수가 너무 적어지면서 여러 해 동안 함께 일하던 동료는 구조 조정에 따라 다른 부서로 이동해서 전혀 다른 업무를 하게 되었지만 다행히도 만족스러워하고 있다. 처음에는 내가 휴가 중이거나 병가 때에 그가 나를 대신했지만, 지금은 그럴 경우 내 자리는 비어 있다. 하지만 근로 계약서에는 여전히 그는 두 번째 부검 어시스트로 자리 잡고 있다. 그러다 보니 나는 두 사람 일을 혼자서 낑낑거리며 해야 할 때가 많다. 예를 들어 고인을 싣고 도착한 운반용 수레를 나 혼자 씻고 소독해야 한다. 시신 트레이만 해도 무게가 20킬로그램가량 나간다. 그걸 수레 위로 들어올려야 하는데 트레이 뚜껑만 해도 몇 킬로그램이 나간다. 이런 일을 하루에도 몇 번씩하곤 하는데 정확히 말하자면 그 횟수가 열 번이 넘는다.

다음 문제는 시신 운반에 관한 것이다. 검시와 염습을 위해 시신을 그에 합당한 공간으로 옮겨야 한다. 그러자면 일단 냉장실에서 꺼내 커다란 수레에 실은 다음 엉망진창으로 흔들리는 시신을 운반한다. 드디어 부검 장소에 도착하면 먼저 시신을 부검대에 올려야 한다. 물론 부검이 끝나면 다시 수레에 싣는다. 100킬로그램이나 나가는 시신을 운반하는 과정에서 기꺼이 나를 도와줄 동료나 의사를 찾는 것은 모두 내 일에 속한다.

그사이 나는 여러 곳을 바쁘게 달음박질해야 한다. 내가 부검하는 동안 장의사는 문 앞에 서서 시신을 인도받기를 재촉하고 있고, 동료는 기록 보관소에서 시신에 관한 특정 파일을 달라고 요청하는 가운데 작별의 방에서는 유족들이 한시라도 빨리 염습해 달라고 요구하고 있다. 이 모든 일에 스트레스를 받지 않기까지는 많은 시간이 걸렸다. 일단 처음에 나는 스트레스로 인해 소리를 지르거나 물건을 던지지 않고 한 번에 한 가지씩 일을 처리하는 방법을 배웠다. 필요하다면 동료나 장의사 혹은 유족에게 좀 기다리라고 말하면 된다. 그리하여 그다음부터는 "네, 그걸 할 거예요. 하지만 지금은 안 됩니다"라는 말을 되풀이했다. 시신을 제외하고는 모두 그 상황에서 살아남았다. 이런 식으로 나는 점점 늘어나는 작업량에 조금씩 적응할 수 있었다.

하지만 더욱 극복하기 어려운 문제는 고립감이었다. 장의사나 부검에 참여하는 학생들, 유족과 이야기를 나누지만 직업적인 어려움과 내면의 걸림돌을 해소하려면 현장에서 나와 동등한 위치에 있는 사람이 필요했다. "오늘은 부검하지 않는다"라는 말은 타인의 관점에서 볼 때는 내가 할 일이 없다는 것을 의미했으므로 나는 사람들의 이해와 공감을 받을 수 없었다. 그런 상황은 오늘날에도 변함이 없어서 매우 좌절하고 있다. 내가 무엇을 할 수 있을까? 만고의 진리인 "절이 싫으면 중이 떠나라"라는 말이 떠오른다. 나는 여전히 이 일을 사랑하는가? 슬프게도 더는 그렇지 않은 것 같다. 이 상황을 바꾸려 노력해 봤던가? 몇 번이고 시도했지만 잘 안되었다. 이곳을 떠나 다른 곳에서 직업적 행복을 찾아보는 건 어떨까? 정말로 여기보다 나은 곳이 있을까? 살다 보면 언제나 화날 일이 있지 않은가? 하지만 어떤 관점으로 내 상황을 바라보든, 그리고 얼마나 많이 고민을 했든 간에 내가 여기에 머물러야 할 이유가 더 많았다. 일하면서 지낼 수 있는 작은 사택과 같은 매우 현실적인 이유도 있다. 이에 따라 나는 천금과도 같은 짧은 통근 시간을 누릴 수 있다. 그리고 어쨌든 뮌헨을 떠나고 싶지 않았다. 병원도 마찬가지다. 병원 구내에 있는 이 병리과는 뮌헨 공과 대학에 소속되어 있으며 내 직장이기도 하지만 그동안 모든 병동 의사와 간호 직원, 행정 직원과 긴밀히 협력해 온 덕분에 나는 이곳과 매우 가깝게 연결되어 있다고 느낀다. 그러니 몰래 도망가는 것은 배신이라 생각해 왔다. 다른 병동에서 나는 항상 친밀함과 존경을 받아 왔다. 내가 속한 병리과는 병원의 다른 병동과 분위기가 완전히 달랐다. 나는 너무 피곤한 나머지 회사 크리스마스 파티나 옥토버페스트에 나타나지 않으면 누군가가 내 부재를 눈치챌 거로 생각하곤 했다. 하지만 전혀 그렇지 않았다. 그런데도 나는 고인과 유족 그리고 친절한 병원 직원에 대한 의무감으로 이 직장에 계속 머무르기로 했다. 그러면서 병리과와 내가 하는 일에서 다시 만족감을 찾기로 했다. 엄청나게 많은 일에도 불구하고, 부검에 대한 흥미가 줄어든 것에도 불구하고, 줄어드는 체력에도 불구하고 말이다.

이렇게 결정한 데는 관점을 바꾸는 것이 도움이 되었다. 오랫동안 나는 과거에 내가 품었던 꿈의 직업에 대해 친구나 지인들과 거의 이야기하고 싶지 않았다. 사람들의 반응이 한

결같았기 때문이다. 세상에! 너무 으스스하고 소름 끼쳐, 멋있네, 신나겠다, 나라면 도저히 못 해…. 많은 사람에게 나는 병리과의 괴짜, 학생들의 감탄을 부르는 병리과의 섹시한 여자, 아니면 단순히 "시체 여자"로 불렸다. 나는 내가 일하는 부검 구역이 '죽음의 공간'으로 여겨지는 것이 좋았다. 마치 소설 제목 같지 않은가? 아무튼, 간단히 말하자면 나는 이제부터는 예전에 꿈꿔왔던 직업을 그저 돈을 버는 직업으로 여기기로 했다. 그리고 내가 원하는 대로 되지 않는 일에 대해 끊임없이 트집을 잡기보다는 일상의 작은 기쁨을 즐기기로 했다. 마지막으로 내게 가장 중요한 것 중 하나는 장의사와의 작업이었다. 나는 시체가 뒤섞이지 않도록 세심히 감독한다. 장의사가 일하는 것을 그냥 쳐다보는 것이 아니라 옷 입히는 일을 도와주기도 한다. 이를 통해 많은 것을 배웠는데 이미 뻣뻣해진 시신에 능숙하게 옷 입히는 법도 이에 포함되었다. 장의사가 불쌍한 시신의 다리와 팔을 부러뜨린다는 소문을 들을 적이 있다면 당장 잊어버리길. 그 누구도 시신에 해를 가하지 않는다. 단지 사후 경직 후 부러진 부위만 다시 물렁해질 뿐이다.

매일 장의사가 방문하는 것은 내가 병리과에서 보내는 시간을 그리 외롭지 않게 해 주었다. 지난 몇 년 동안 나는 장의사 중 여럿과 꽤 친해지게 되었고 상당히 따뜻한 관계를 발전시켜 왔다. 이들은 온갖 괴로움을 목격하고 매일 고인과 유족, 죽음과 슬픔에 둘러싸여 있다. 게다가 어깨나 허리 통증 디스크에 시달린다. 육체적으로 매우 고된 일을 하기 때문이다. 또한 슬픔에 빠진 유족에게는 사랑과 위안도 필요하다. 아주 비열하거나 까다로운 유족도 있다. 나는 장의사만큼 존경하는 직업이 없다. 장의사를 볼 때마다 가슴이 두근거린다. 내 친구들에게도 장의사를 멋진 직업이라 소개하곤 한다. 물론 이상한 장의사를 만난 적도 있다. 언젠가 두 명의 장의사가 병리과의 지하실에 찾아왔다. 둘 다 낯선 사람들이었는데 한 사람은 매우 젊었고 다른 한 사람은 그보다 나이가 좀 많았다. 그때 업무용 전화가 울려서 나는 잠시 이들에게 기다려 달라 부탁해야 했다. "곧 돌아올게요"라고 말하고 옆 사무실로 갔다. 돌아왔을 때 나는 어린 청년이 장례 명부에 서명하는 동안 좀 더 나이 많은 장의사가 싱크대에 오줌을 누고 있는 광경을 목격했다. 너무 깜짝 놀랐다. 신사라면 절대 하지 않을 짓이었다. 내가 당황해서 그곳에서 뭐 하냐고 물었지만 그는 아무 대답도 하지 않았다. 분명히 내 말을 들었는데도 말이다. "아니, 왜 화장실을 사용하지 않는 거예요?" 다시 말했지만 그 남자는 못 들은 척 계속 오줌을 쌌다. 결국 인내심이 폭발했다. "당장 그거 집어넣어요, 당장!"

이상한 장의사 2인조가 시신을 싣고 마침내 떠났을 때, 나는 방금 본 끔찍한 장면을 지우기 위해 머릿속에 급하게 다른 그림을 떠올려야 했다. 가령 스포츠카를 타고 아름다운 아말피 해변을 해리 스타일스^{Harry Styles}(영국의 배우이자 4인조 보이밴드 원 디렉션의 멤버—옮긴이)과 달리는 그림 같은 것 말이다. 얼마 지나지 않아 잘생긴 다른 장의사들이 도착하는 것을 보고 난 뒤에야 마음이 풀렸다.

장의사와 만나는 것도 정말로 즐거운 일이지만 매번 내 삶을 새롭게 풍요롭게 해 주는 것은 시신을 안치하는 것, 그리고 유족에게 위로와 조언을 건네며 그들 곁을 지켜 주는 일이었다. 그래서 어느 순간 꿈이 바뀌는 것을 깨달았다. 물론 계속해서 성실하게 부검 작업에 임했지만 나는 유족에게 애도 상담이 진정으로 힘이 된다는 사실을 알게 되었다. 전화나 개인적인 대화, 조언이나 경청, 길고 따뜻한 악수와 같은 모든 것이 도움이 된다. '완전히 냉정해야 하는' 내 직업과는 달리 애도 상담가로서는 헌신적인 도움을 주면서 굳이 무엇인가를 증명할 필요가 없다. 다만 도움이 필요한 사람들이나 이 우주에 내가 뭔가를 돌려줄 수 있다면 그것으로 족했다. 나는 어둠 속에 있는 사람들에게 빛을 주고 싶었다. 왜냐하면 "진정한 연민과 배려로 남을 돌보는 시간은 천사를 노래하게" 하기 때문이다(누군가 내 시집에 써 놓은 이 문장이 머릿속에서 지워지지 않는다).

🐈 13장 🐈

총 격

아시다시피 병리과에서 나는 대부분 자연사를 다룬다. 물론
별로 재미가 없다. 정말 흥미로운 사건은 대개 법의학과 동료
들과 위기 개입팀이 담당하기 마련이다. 하지만 우리가 극적
인 사건에 관여한 경우도 있다. 2016년 7월 22일 뮌헨의 올
림피아 쇼핑센터에서 일어난 테러 사건이다. 열여덟 살의 독
일계 이란인이 아홉 명의 사람을 죽이고 다섯 명을 다치게 했
다. 그는 가짜 페이스북 계정을 사용하여 10대들을 패스트푸
드 레스토랑으로 유인한 후 이들에게 총을 쏘았고, 이후 쇼
핑몰에 뛰어들어 다시 총을 난사했다. 마침내 경찰이 대규모
파견대와 함께 현장에 도착했을 때 범인은 도주했으나 2시

간 30분 뒤 쇼핑센터 인근에서 경찰 순찰대에 의해 검거되었다. 가해자는 즉시 머리에 총을 쏴 자살했다. 사건 당시 도심에서 또 다른 총격에 관한 소문이 나돌았고, 사람들은 공포에 질려 도망치다가 상처를 입었다.

그날 밤, 나는 남편과 여러 친구와 함께 칵테일 수업을 들으려 가기로 해서 근사한 칵테일의 맛을 상상하며 군침을 흘리고 있었다. 갑자기 TV가 켜져 있는 거실에서 남편이 소리를 쳤다.

"여보, 빨리 와 봐. 큰일 났어!"

뉴스 방송국에서 경고 방송이 흘러나오고 있었다. "뮌헨에서 총격 사건이 일어났습니다. 집 안에서 나오지 마세요!" 나는 곧 업무용 전화벨이 울리리라는 것을 직감했다. 나는 출근 첫날부터 병원의 시민 보호팀에 속해 있었다. 이는 분명 재난 사건이었다. 칵테일 수업에 참석하는 것은 불가능했다. 그리고 바로 전화통에 불이 나기 시작했다. 곧장 병원으로 달려가야 할 상황이었다. 마음이 그리 편치는 않았다. 경찰이 모든 시민은 집 안에 머물러야 한다고 하지 않았던가. 나는 모든 차창을 닫고 안전하게 병원에 도착하면 바로 연락하겠다고 남편에게 약속하고 집을 나섰다. 이번에는 자전거가 아니라 자동차로 가야 했다. 차 안에서 나는 어느 정도의 안전함을 느꼈다. 거리는 텅 비어 있었다. 이런 광경은 본 적이 없었다. 정말 무서웠다.

주차장에 차를 세운 후 사무실에서 재빨리 작업복으로 갈아입고 서둘러 집합소로 갔다. 이미 시민 보호팀의 팀원들이 그곳에 모여 있었다. 지금까지 죽은 사람이 얼마나 되는지 모르는 데다 어떤 일을 맡아야 할지 확신이 서지 않아 나는 유족이나 환자 가족을 돌보는 역할을 맡기로 했다. 곧 여러 명의 부상자와 이들을 찾는 친인척들이 밀어닥칠 것으로 예상하였다. 나는 먼저 온 가족이 기다리는 강당 중 한 곳에 갔다. 이들을 진정시키고 돌보는 것이 나의 일이었다. 그사이에 우리는 위험 상황에 대한 정보를 얻으려고 노력했다. 강당은 우려했던 것처럼 아수라장이 아니었다. 오히려 놀라울 정도로 조용했다. 그때 어찌할 바를 모르는 것 같은 젊은 남자가 내 주의를 끌었다. 그의 옆에 앉아서 얘기를 나누어 보니 여동생이 응급실에 있다는 것을 알게 되었다. 청년도 어떤 일이 일어났는지 상황을 정확히 알지 못했다. 그가 가족의 전화를 받아 응급실에 갈 때까지 나는 그의 곁을 지켰다. 몇 시간 후 경찰이 상황을 완전히 통제했다는 소식을 들었다.

결국 나는 응급실로 가게 되었다. 응급실에 연락한 동료는 한 소녀가 그곳에서 사망했다는 소식을 전했다. 바로 그 청년의 여동생이었다. 하지만 내가 거기서 뭘 할 수 있었겠는가? 모두가 자기 일을 계속했고 내가 필요하지 않았다. 그곳에는 내가 돌봐야 할 유족도 없었다. 나는 동료들과 간단한 이야기를 나눈 후 병리과로 돌아가서 고인을 기다리기로 했다. 새벽 1시에 집합 장소로 가서 도울 일이 있는지를 살펴보았지만, 그곳의 상황도 정리되고 있었다. 내가 작별 인사를 하자 경비원 중 한 명이 인사를 했다. "잘 자고 즐거운 밤 보내세요!" 이런 얼간이 같으니! 즐거운 밤은커녕 제대로 잠을 잘 수나 있을지 모르겠다.

다음 날 아침 나는 고인을 맞이하러 갔다. 시신 이송 기관에서 고인을 냉장실에 보관해 두고 있었다. 길고 까만 머리칼을 한, 머리에 총을 맞은 아름다운 소녀였다. 그런데 소녀의 상처와 몸 전체가 너무 깨끗해서 의아했다. 나중에 유족들이 소녀의 시신을 깨끗이 닦았다는 사실을 알게 되었다. 사건 발생 초기에 이런 행위는 절대로 허용될 수 없다. 소녀의 시신을 경찰이 압수하고 있으므로 시신의 어떤 부분도 손대면 안 되는 것이다.

며칠 후 나는 현장에 있던 모든 시신을 수습했던 훌륭한 장의사 중 한 명과 이야기를 나누었다. 그 일을 도왔던, 패스트푸드점에서 아르바이트하는 청년과도 얘기를 나누었다. 청년은 살면서 그렇게 많은 피를 본 적이 없다고 말했다. 더는 질문하지 않았지만, 장의사와 청년의 헌신에 감동했다. 어쩌면 그렇게 끔찍한 일을 당하고도 이렇게 좋은 사람으로 남아 있을 수 있을까?

총격 사건 이후, 난 악몽에 시달렸다. 쇼핑센터에서 총격전에 휘말려 범인에게서 도망치는 꿈을 꾸었다. 공황 상태에서 나는 길바닥에 쓰러지고 총에 맞았다. 총알이 머리에 곧바로 날아와 박혔다. 날카롭고 타는 듯한, 모든 것을 집어삼키는 고통이 파고들었고 곧 죽으리라는 것을 깨달았다.

하지만 내 악몽은 피해자의 유족이 겪어야 했던 고통, 그리고 여전히 겪고 있을 고통에 비하면 아무것도 아니었다.

14장

어둠과 빛
사이에서

부검 어시스트로 사는 삶은 정신에 영향을 미치기 마련이다. 엄마나 조부모님은 나를 항상 미쳐 있는 아이라고 말했다. "네 머릿속에는 작은 새가 한 마리 들어 있는 거 같아." 외할머니는 이렇게 말하며 웃으면서 내 이마를 톡톡 치곤 했는데 나는 전혀 웃기지 않았다. 왜냐면 난 그렇게 이상한 아이가 아니니까. 처음 10년 동안은 직장 생활의 모든 것이 정말 쉬웠다. 부검대에 올라온 여러 사건에 매료됐고, 고인에게 연민을 느끼기는커녕 병리과를 나오자마자 모든 것을 잊어버렸다. 개인적으로 나는 묘지를 방문하고 죽음을 주제로 한 책을 읽으면서 병적 성향을 어느 정도 해소했다고 생각한다. 법의학 교과서뿐만 아니라 사후에 관한 영적인 책들도 도움이 되었다. 처음에는 언젠가 법의학 분야에서 일하면서 굉장한 사건을 해결하는 일에 관여하고 싶었다. 하지만 세월이 지나 부드러워진 지금은 그런 일을 더는 상상할 수조차 없다. 과거에 법의학과에서 일하고 싶어 했던 것조차 이해가 가지 않을 정도다. 나는 그곳의 동료들을 정말 존경한다. 하지만 나는 병리과에서 보는 죽음도 아주 흥미롭다는 사실을 안다. 특히 그곳에서 일하면서 질병이 신체에 어떤 영향을 미치는지를 볼 수 있었다. 또한 온갖 종류의 자살과 교통사고의 결과도 알게 되었다. 하지만 예전처럼 이들 죽음을 들여다보고 해부하고자 하는 욕망을 느끼는 대신 이제는 그 죽음의 상황에 대해 생각한다. 사망 진단서에 적힌 빈약한 정보로는 많은 것을 얻을 수 없다. 나는 고인들이 견뎠어야 할 충격과 고통, 두려움을 상상해 본다. 그러다 보니 이제 엄청나게 방어적이고 경계심이 강한 보행자 또는 운전자가 되었다. 나는 적색 신호등에는 절대 도로를 건너지 않고 주변을 주의 깊게 살피며, 내가 먼저 가야겠다고 우기는 일은 절대 하지 않는다. 참을성 있게 운전하고 경적을 울리지 않으며, 항상 부주의한 다른 운전자가 있다는 사실을 기억하려 한다.

맙소사! 접촉 사고가 날 뻔했잖아.

한편으로 나는 사람이 병들고 죽음에 이른다는 사실을 받아들였다. 그렇다고 한 사람의 운명이 다른 한 사람의 운명보다 덜 슬프다는 건 아니다. 때로 누군가의 운명을 집으로 데리고 오기도 한다. 마음속에 남아 있는 무엇인가를 누군가와 얘기하고 싶어서다. 그런데 누구와 얘기해야 할까? 외과 의사인 남편 또한 매일 끔찍한 모습을 목격한다. 친구들도 유족의 비통한 울음소리와 떨리는 손, 필사적인 매달림을 전달하는 내 슬픈 이야기를 별로 듣고 싶어 하지 않는다. 유족의 모습은 늘 내 마음에 와닿고, 나는 슬퍼하는 이들을 볼 때마다 연민을 느낀다. 여담인데 옛말에 우리가 누군가를 진심으로 포옹할 때마다 우리는 삶에서 하루를 덤으로 얻는다고 한다. 멋진 얘기다.

공식적으로 유족이 작별의 방을 떠나면 내 임무는 끝난다. 그 후 내가 그들을 위해 할 수 있는 것은 아무것도 없다. 이들은 각자 홀로 슬픔을 견뎌야 하지만, 그 슬픔의 일부는 내게도 남는다. 나는 슬픔에 빠진 유족에게 좀 더 나은 도움을 주기 위해 내가 할 수 있는 일이 무엇인지 계속 생각했다. 나는 유난히 다른 사람의 감정과 기분에 민감하다. 얼마 전에 나는 아끼는 동료를 만났는데 그 사람을 보자마자 곧바로 그가 슬픔에 빠져 있다는 것을 느꼈다. 그는 자기 개가 독이 든 음식을 먹는 바람에 어제 자신의 품속에서 죽었다는 사실을 전했다. 오, 하느님. 슬픔이 나를 압도했다. 나는 표정을 관리하며 그를 위로하고 개에게 독을 먹인 자를 저주했지만, 그에 대한 동정심이 사라지기까지는 2주라는 시간이 걸렸다.

이런 높은 감정 민감도는 자신을 매우 취약하게 만든다. 항상 끊임없이 더듬이가 뻗쳐 있고, 마음이 활짝 열려 있으므로 삶에서 실망하지 않기란 불가능하다. 왜 아무도 내가 다른 사람을 생각하는 것처럼 나를 신경 쓰지 않는 거지? 나는 왜 내가 다른 사람을 사랑하는 것처럼 사랑받지 못할까? 누가 나를 이 부조리한 세상으로부터 구해 줬으면 하는 강렬하고 세찬 갈망이 나를 짓눌렀다. 만약 누군가가 내 눈 속의 슬픔을 알아보기라도 한다면 깊은 감동에 빠지곤 한다. 그 사람이 혹시 내 꿈과 희망에 관심을 보인다면 그에게는 곧장 내 마음속으로 들어갈 수 있는 길이 열린다.

끊임없이 감정을 느끼는 것은 흥미로운 한편 말할 수 없이 지치는 일이기도 하다. 마음을 어느 정도 진정시키기 위해 나는 일부러 고독한 상태로 있기를 택한다.

20년 이상 매일 죽음과 맞닥뜨린 나날들은 결국 나를 징징대고 변덕스러운 사람으로 만들었다. 간혹 감정이 범람하여 눈물이 멈추지 않을 때가 있다. 예를 들어, 동물이 차에 실려 가는 것을 보면 항상 울음이 터져 나온다. 첼로 연주를 들을 때도 눈물이 흘러내린다. 마치 스위치를 켜는 것과 같이 강한 전사는 물러가고 울보가 등장하는 것이다.

동시에 남들에게는 이상하게 보일 수 있지만, 나로서는 완전히 정상적인 행동을 한다. 다른 사람이 나를 어떻게 생각하는지는 더는 그리 중요하지 않은데 그것만으로도 해방감을 느낀다. 내 직업이 괴상한 사람으로 살 수 있는 자격을 주기 때문이다. 내가 시신을 자르고, 애도하는 사람들과 가깝게 지내는 것에 대해 사람들은 수군거리고 의구심을 표한다. 그래도 나는 그들과 상관없이 나 자신으로 살 수 있는 자유를 누린다. 나는 미친 사람처럼 말하고, 입고 싶은 대로 입으며, 일하면서도 울고 싶으면 운다. 깨어 있는 예민한 감각으로 압생트 없이도 유령과 요정들을 만난다. 밤에 침대 옆에 누가 나타나는 것을 보는 것은 내게 드문 일이 아니다. 나는 종종 어떤 사건이 일어나기 직전에 예감을 느낀다. 또한 선행에 대한 믿음은 그 반대의 경험을 하기까지는 흔들리지 않는다. 무모하다고 볼 수도 있지만 이에 따라 재미있는 일도 많았다. 한번은 요리하다 향신료 혼합물이 든 유리병을 떨어뜨린 적이 있다. 파스타 소스에 넣을 향신료가 필요했기 때문에 나는 큰 유리 조각들을 골라낸 채 쏟아진 향신료를 모아 요리에 넣었다. 그런데 파스타를 먹을 때 약간 까끌까끌한 느낌이 들었다. 그제야 소스 안에 유리 파편이 잔뜩 들어갔다는 사실을 깨달았다. 이미 병원 식당에서 식사를 마친 남편은 파스타와 소스를 버리라고 말했다. 깨진 유리가 든 파스타를 먹는 건 좋은 생각이 아니라는 것이다. 하지만 나는 유리 크런치가 좀 거슬리긴 했지만, 소스가 너무 맛있어서 그냥 무시하고 계속 먹었다.

"여보, 세상에 깨진 유리를 먹는 사람이 어디 있어!" 남편이 못마땅한 얼굴로 화를 냈다.

"그래? 겁쟁이들 같으니라고!" 나는 빈정거리며 대답했다.

그 후에 약간 메스꺼움을 느꼈다는 사실을 고백한다. 내 식도와 위가 잘려 나간 것일까? 혹시 오늘 밤 복부 출혈로 죽는 것은 아닐까? 하지만 위험이 없으면 재미도 없겠지?

어쩌면 이런 에피소드는 내 직업의 부작용일 수도 있다.

하지만 어둠이나 외로움, 비틀거림은 빛과 웃음, 쾌활함과 꿈, 그리고 악몽만큼이나 내 삶에서 많은 부분을 차지한다. 나는 어린아이일 때 어두운 터널 속에서 차가운 물줄기를 따라 달리는 꿈을 꿀 때마다 비명을 지르고 울면서 깨어났다. 10대가 되어서는 꿈속에서 화형당하는 마녀가 되곤 했다. 장작더미가 밀밭에 세워져 있었다. 들판과 함께 나는 불길에 휩싸였고 열기와 참을 수 없는 고통을 느꼈다. 나는 허공에서 불타고 있는 나를 바라보았다. 불꽃이 살갗을 타고 들어갔지만 나는 꿈속에서 살아남았다. 그리고 그 불꽃을 바라보며 웃었다. 오늘날에는 가끔 엄마와 자동차를 타고 가파른 다리를 질주하는 꿈을 꾼다. 우린 살아남지 못할 거야. 차가 뒤집히면 우리도 같이 죽겠지. 하지만 우리가 죽었는지 살았는지를 깨닫기 전에 언제나 꿈이 끝난다.

　가끔은 물속에 잠겨서 호흡하는 꿈을 꾸기도 한다. 놀랍기도, 황홀하기도 한 꿈이다. 꿈속에서 나는 근사한 조개 브래지어를 한 인어이기 때문이다. 하지만 바다에 불길이 치솟아 오른다. 나는 물속에서 비명을 지르고, 고통을 느끼고, 엄청나게 두려워하며 수면 위로 헤엄쳐 올라오지만, 바다 전체가 불타고 있다. 나는 길을 잃고 만다.

혹시 여러분은 정체를 알 수 없는 악몽에 대해 알고 있는 가? 이 악몽은 몇 년 전부터 시작되었다. 꿈이 아닌 듯 느껴지는 상황에서 나는 가슴이 두근거리면서 깨어나서는 갑자기 내가 죽었다는 사실을 깨닫는다. 이전의 모든 인식은 환상이었고, 이제는 더 이상 아무것도 없다. 사랑하는 사람들을 다시는 볼 수 없을 것이고 그들도 나를 볼 수 없을 것이다. 너무 무서워서 눈물이 날 지경이다. 그곳이 어딘지 알 수 없고 어둠만이 보인다. 그 상태는 내가 의식을 되찾고 단지 꿈을 꾸었다는 것을 깨달을 때까지 한동안 지속된다. 그런데 그것이 정말 꿈일까?

과거에 악몽에 등장하는 정령^Alb은 잠든 사람의 가슴에 납처럼 무겁게 쪼그리고 앉아 있는 뚱뚱하고 고약한 괴물로 상상되었다[악몽^Albtraum은 말 그대로 알브(정령)의 꿈이라는 뜻이다 —옮긴이]. 악몽은 낮에는 표현하지 못했던 감정을 꿈속에서 스스로 표현하는 방식이다. 잠에서 깨어서 손을 씻고 물을 한 잔 마시면 악몽을 물리치는 데 도움이 된다고 한다. 정신적인 차원에서 물은 해로운 에너지를 씻어 내는 것을 의미하기 때문이다. 그런 다음, 마저 잠들어 해피 엔딩으로 꿈을 마감하고 나면 내면의 힘이 길러진다고 한다. 하지만 지금까지

나는 죽음에 대한 불안한 꿈에서 그럴듯한 행복한 결말을 얻지 못했고, 악몽은 여전히 나를 괴롭힌다. 그래서 가능한 한 악몽을 내 삶의 일부로 받아들이려 한다. 나는 내 우주를 신뢰한다. 그것은 항상 나를 놀라게 하지만 어느 순간 모든 것이 이치에 맞기 때문이다. 또한 내가 지상에서 베푸는 선한 행동으로 인해 결국은 천국에서 연어로 보상받을 것이기 때문이다.

15장

추 모 연 설 에
필 요 한 것

간혹 장의사와 유족이 내게 추모 연설을 해 보면 어떻겠냐고
묻는다. 듣고 보니 나에게 잘 어울릴 것도 같았다. 그렇지, 난
수다 떠는 것도 좋아하고 얘기하는 것도 좋아하는데 안 될
것도 없지. 나는 죽음이 관련된 것이라면 어떤 일이든 할 수
있다고 생각했다. 그런데도 위기의 상황에 부딪힌 한 친구로
부터 문자 메시지를 받은 어느 저녁까지는 추모 연설에 대
한 생각을 구체적으로 해 보지 않았다. 친구의 문자는 최근
에 세상을 떠난 사랑하는 동료의 애도식에서 위로의 말을 몇
마디 해 달라고 부탁하는 내용이었다. 좋은 기회가 찾아오
면 언제나 그랬듯이, 나는 자연스럽게 그것을 받아들였고 그

후에는 어떻게 할지를 고민했다. 그리고 문자를 보낸 친구의 신뢰를 저버리지 않기 위해 일주일 동안 최선을 다해 애도사를 마련했다.

순수하게 직업적인 관점에서 본다면 애도사를 쓰는 일은 특별히 어려운 일이 아니다. 무엇보다도 슬픔에 잠긴 유족이 기대하는 것은 고인의 성품에 관한 위로의 언어다.

몇 년 전 작별의 방에서 작은 애도식을 준비했던 기억이 났다. 아기가 사망한 후 나는 아이의 부모와 여러 번 연락을 주고받으며 애도식을 준비했다. 식이 시작되기 한 시간 전에 나는 가족들에게서 아이의 죽음에 대해 몇 마디 해 달라는 이메일을 받았다.

"네, 물론이죠. 그렇게 할 수 있다니 오히려 제가 기쁘네요." 나는 곧바로 대답했다. 하지만 어떻게 한 시간도 안 되는 시간에 전문적이고도 능숙한 위로의 말을 생각해 낼 수 있을까? 나는 왜 번번이 지금까지 한 번도 해본 적이 없는 일을 할 수 있다고 믿는 걸까?

다행히도 내게는 수년에 걸쳐 늘 지니고 다니던 공책이 있었다. 거기에는 사랑과 죽음이라는 주제에 대한 내 오랜 생각뿐만 아니라 어디선가 읽고 들어서 기록한 다양한 문장이 담겨 있었다. 나는 중학교 시절에 이 공책을 쓰기 시작했는데 당시에는 그것을 '나의 스티커 북'이라 불렀다. 주로 의미가 있는 감동적인 사진과 말들로 이루어진 공책이었다. 한번은 친구들에게 그걸 보여 주려고 학교에 가져간 적이 있었다. 그런데 학교 운동장에서 남자애들이 그 공책을 내 손에서 낚아채서 함부로 뒤적거리면서 나와 내 세계를 조롱하고 놀려 대었다. 그러더니 공책을 찢기 시작했다. 나는 소중한 사진과 말들이 담긴 공책이 찢겨 나가 흩어지는 것을 보며, 환한 햇살이 쏟아지는 운동장에서 힘없이 울었다. 그 뒤로는 공책을 보물인 양 철저하게 지켜 왔다. 그리고 그제야 추모 연설에 넣고 싶은 적절한 내용을 찾아내서 인용할 수 있었다. 공책에 대한 애정과 집중력의 도움으로 나는 추모 연설을 꽤 멋들어지게 해냈다. 적어도 부모에게서 연설 후에 받은 감사 인사는 진심에서 우러나온 것처럼 들렸다.

그러나 최근의 요청은 좀 더 규모가 큰 것이었다.

모든 추모 연설은 가장 가까운 친척에게 인사하는 것으로 시작된다. 이후에 연설자와 고인과의 관계를 간략하게 설명한다. 이어서 고인이 사망한 상황을 묘사하는데 이것이 가족에게 얼마나 큰 고통을 가져올지는 연설자도 분명히 주지하고 있어야 한다.

이어지는 주요 부분에서는 고인을 기억하는 시간이 이어지는데 대체로 고인의 삶을 환기한다. 고인과의 일화나 특별한 경험, 마법 같은 고인과의 시간에 관한 이야기가 포함된다. 이 부분은 고인의 유지에 대한 언급으로 끝맺을 수 있다. 죽은 이에게 가장 큰 의미를 지녔던 것은 무엇인가? 그에게 필생의 일은 무엇이었을까? 그가 삶에서 지속하고 싶은 것이 있다면 무엇일까? 그의 정신을 기릴 수 있는 것은?

고인에 대한 감사의 말로 고전적인 애도사가 끝난다. 우리가 함께했던 좋은 시간, 소중했던 모든 세월과 그가 유족들과 함께했던 행복한 시간…. 이런 추모 연설에서는 비판적인 발언보다는 긍정적인 면을 강조하는 것이 일반적이다.

추모 연설은 보통 5분에서 15분 사이로 구성된다.

물론 위의 보편적인 틀은 연설자의 성격이나 고인과의 관계에 따라 유연하게 재구성할 수 있다. 연설 도중 감정적이되거나 목소리가 떨리거나 눈물이 나는 것은 모두 자연스러운 일이다. 외할아버지의 장례식에 고용되었던 전문 추모 연설가의 연설은 다정했지만 거리감이 느껴졌는데 나는 이런 연설은 원하지도 않았고, 할 수도 없었다. 거리두기는 나와는 거리가 먼 이야기다.

나는 이 새로운 단기 임무에 만족했다. 의미가 있는 일이었고 누군가에게 도움을 줄 수 있는 일이었다. 장소와 시간, 공간은 이미 정해져 있었고 다만 그 추모 연설의 구체적 내용에 대해 주최 측과 의견을 교환하기만 하면 되었다. 나의 추모 연설은 장례식장에서의 공식적 추모사라기보다는 가까운 동료들과의 사적인 모임과 같은 성격이었다. 그럼에도 불구하고 나는 사랑하는 사람의 죽음을 슬퍼하고 위안을 찾는 사람들이 많은 만큼 추모 연설을 진지하고 진실하게 하려 애썼다.

오랜 세월 동안 동료였던 친한 친구들에게서 나는 그들이 오랫동안 고인과 함께 경험했던 잊을 수 없는 순간에 대한 아름다운 이야기를 들었다. 또한 고인의 사진을 보며 그에 얽힌 일화를 들었으며, 고인과 관련한 모든 이야기에 귀를 기울였다. 연설을 위해 정보가 필요해서이기도 했지만, 다른 한편으로는 고인과 어떻게든 연결되고 그의 삶을 제대로 묘사할 수 있도록 고인에 대해 최대한 많이 알고 싶었다. 동시에 고인과 가까웠던 사람들에게 처음으로 혹은 다시 한번 자신들의 상실감을 표현할 기회를 주었다. 내가 일부러 이들과의 대화 시간을 제한하지 않기로 한 것은 바로 그 때문이었다.

정기적으로 하는 직업적인 일이지만, 그런 대화가 끝나면 항상 크게 감동한다. 고인의 삶에 깊이 공감했고, 함께 대화했던 사람들의 슬픔을 받아들여서 한동안은 그 감정 속에 같이 머물기도 했다. 나는 사명감에 가득 차서 고인의 사진을 입수한 다음 혼자서 고인의 모습을 상상하며 그다음 날 저녁에 연설문을 썼다. 너무 감상적인 것을 아닐까 하는 두려움은 접어 두고 내 방식대로 글을 작성했다. 연설문 지침을 따랐지만 나만의 언어를 사용하여 내가 상상한 모습으로 고인의 삶을 묘사했다. 마지막은 용기와 위로를 담아 유족을 격려하고자 했다. 엄마는 내 추모 연설문의 첫 번째 독자였다. 엄마에게 전화해 내가 강조하고 싶었던 감정이나 과장을 뺀 담백한 연설문을 읽어 주었다. 몇 초 동안 침묵이 흐른 뒤 엄마가 말했다. "그래, 참 아름답구나." 늘 냉정한 엄마에게서 받은 나름의 큰 칭찬이어서 큰 의미로 다가왔다. 다음 날에는 인턴과 내가 가장 존경하는 병리과 의사에게 의견을 들었고 많은 격려를 받았다. 다음은 친한 친구의 차례였다. 내 연설을 들은 후 그녀는 감정이 격해져서 눈물까지 보였다. 그리고 나를 오랫동안 꽉 안아 주었는데 나로서는 큰 힘이 되었다. 나는 연설을 손대지 않기로 했다.

애도식이 있던 날, 나는 꽃무늬 아플리케가 있는 검은색 레이스 드레스를 입었다. 내 나름대로 희망과 슬픔을 동시에 표현하는 옷차림이었다. 무엇보다도 고인이 그런 모습을 좋아했을 것이라는 생각이 들었다. 거기에 검은색 가죽 신발을 신으니 옷차림이 완성되었다. 애도식은 특별히 장식된 회의실에서 열렸다. 심장 모양의 장식 위에 촛불을 꽂았고 벽에 설치된 스크린에는 고인의 모습이 상영되고 있었으며 손님들은 행사 후의 소박한 연회를 위해 각자 간단한 음식을 가져왔다. 참석자들은 모두 차려입은 모습이었다. 세련된 애도식은 아니었지만 마치 고인과 함께 멋진 파티라도 하는 듯한 분위기가 마음에 들었다. 처음에 나는 침묵을 지키고 가만히 바라만 보았지만 이 행사가 모든 사람에게 커다란 의미가 있다는 것을 느낄 수 있었다. 내 연설이 그들에게 닿기를 간절히 기도했다.

연설하는 동안 나는 슬픔에 빠진 많은 눈동자가 주의 깊게 나를 쳐다보고 있다는 것을 느낄 수 있었고, 연설로 인해 그들이 많은 위로와 평화를 얻고자 한다는 것을 알 수 있었다.

다행히 나는 완전히 자신감을 회복해서 어떤 실수도 하지 않고 침착하게 연설을 마감할 수 있었다.

음식을 먹고 와인을 기울이는 시간이 되자 여러 사람이 고마움을 표했다. 그런데 고인의 가까운 친구 한 명이 이렇게 말했다. "처음에는 당신이 내 친구를 좀 과하게 묘사하지 않나 하는 생각을 했는데 듣다 보니 정말로 그 애를 완벽하게 잘 이해하고 있는 것 같았어요. 정말 감사해요."

나는 잠시 더 머물며 몇 마디 더 나눈 다음 만족스럽게 차를 몰고 집으로 돌아왔다. 애도식에서 연설을 할 수 있어서 기쁘고 감사했다. 앞으로도 추모 연설자로 내가 필요한 경우가 종종 생길지도 모른다. 나는 준비가 되어 있다.

16장

시 신 기 증

과학 연구를 위해 죽은 몸을 기증할 수 있다는 사실을 대부
분은 알고 있다. 친애하는 독자 여러분, 여러분도 언젠가 멋
진 해부용 시신이 될 수도 있고, 군터 폰 하겐스의 〈인체의
신비전〉에 등장하는 플라스티네이션 처리된 예술품이 될 수
도 있다. 그런데 신선한 시신 기증에 대해 들어본 적이 있는
가? 포르말린에 담기거나 플라스티네이션 기법으로 보존된
것이 아닌, 아무런 처리가 되지 않은 신선한 시신 말이다. 몇
년 전 시신의 머리 부위만 모아 놓은 상자를 받기 전까지만
해도 나는 그것이 가능한지를 모르고 있었다. 이들 머리는
임상 실습 워크숍을 위한 것이었다. 이들을 받아서 보관한

뒤 워크숍을 준비하는 것이 내 일이었다. 의사들과 합의된 것으로 병동과 병리과 간의 이러한 협동 워크숍은 종종 있는 일이기도 했다. 나는 앞으로의 워크숍을 위해 시신의 일부를 냉장실에 며칠 보관하라는 요청을 받았다. 그럼, 안될 이유는 없지.

"무엇을 보관해야 하나요?" 나는 궁금했다. 시신의 일부만 다루는 수업에 참여해 본 적이 전에는 없었기 때문이다.

"머리 부위예요!"

"머리요?"

"머리요."

그렇구나. 머리, 사람의 머리 부분이라. 알겠어요, 참 놀라운 일이군요! 머리 부위가 냉동되어 있다고 전달받았다. "신선한 냉동 상태예요." 포르말린에 보존된 것이 아니라고? 그렇다면 부검된 시신에서 나온 머리가 아닐 텐데 대체 어디서 온 머리일까? 갑자기 흥미가 솟았다. 하루에 여러 개의 머리를 녹이는 일을 과연 누가 경험해 볼 수 있을까?

나는 시신 안치용 냉장고의 냉방 칸을 두 개 예약해 놓고 시신이 운송되기를 간절히 기다렸다. 마침내 시신을 수송하는 인부가 도착했는데 그는 약간 내성적이고 수줍음이 많은 듯한 사람이었다.

"병리과에 배달해야 할 게 좀 있어서요." 그가 말했다.

그의 몸 상태는 별로 좋지 않아 보였다. 나는 그에게 따라오라고 했다. 그런데 왜 몸이 안 좋아 보이지? 시신 안치실에 가는 게 무서워서? 외부에서 온 사람들이 종종 안치실이 있는 지하로 들어가는 것을 꺼린다는 걸 알고 있는 나는 일부러 쾌활하게 커다란 수송물을 가져온 인부에게 인사하며 엘리베이터로 안내했고 우리는 같이 지하로 내려갔다. 배달원은 눈에 띄게 안색이 창백해졌다. 그는 수송물을 가리키며 물었다. "설마 이 안에 시신이 든 건 아니겠죠?"

이게 무슨 말이지? 성인의 시신이 얼마나 큰데 그런 말도 안 되는 소리를 하는 걸까? 솔직히 말해 배달원의 질문은 너무나 비논리적으로 들렸다. 정육면체 모양의 상자에 들어갈 수 있는 시신이 대체 어디 있겠는가? 그래도 나는 그를 혼란에 빠뜨리고 싶지 않았으므로 그를 안심시키기로 했다.

"물론 당연히 시체는 없어요! 시신의 머리만 있는 거죠." 그의 눈이 휘둥그레졌다. 그의 얼굴이 황당함으로 일그러지는 동안 우리는 아름답고 환한 지하 안치실에 도착했다. 그곳에서는 당연히 어떤 시신도 제멋대로 돌아다니지 않는다.

모든 이가 자신들의 상자에 깔끔하고 착하게 들어가 있다. 이 평화로운 광경에도 불구하고, 불쌍한 남자는 재빨리 짐을 내린 후 허둥지둥 작별을 고했다. 이상한 사람이야.

이제 엽기적인 배달 물품에 전념해야 할 때가 왔다. 나는 조심스럽게 스티로폼 감옥에 갇혀 있는 열 개의 얼어붙은 머리를 하나씩 떼어 냈다. 세상에, 얼어 있는 머리가 얼마나 무거운지 까맣게 잊고 있었다. 나는 그것들을 부검대 위에 나란히 놓았다. 머리는 돌처럼 단단했다. 나는 경건하게 그것들을 바라보았다.

그것들은 여전히 얼굴을 가지고 있었다. 멍청하기는, 당연히 머리에 얼굴이 있지. 나는 자신을 꾸짖었다. 머리는 남녀노소 할 것 없이 섞여 있었고 어떤 머리는 눈을 감고 있었고 어떤 머리는 앞을 응시하고 있었다. 잘린 머리라니, 세상에 누가 이 머리를 자른 걸까? 이슬람 극단주의 무장 단체라면 가능하겠지만 합법적으로 이처럼 머리를 자르는 사람들은 과연 누굴까? 어쩌면 우리와 같은 부검 어시스트가 한 일일 수도 있다. "비현실적이지만 좋았어요." 영화 〈노팅힐〉에 나오는 휴 그랜트의 대사가 머릿속을 스쳐 지나갔다. 유심히 이들을 살펴본 후, 나는 머리가 해동되는 동안 누구도 안치실에 들어오지 않도록 문단속을 단단히 했다.

다음 날, 의사들이 해동된 머리를 가져갔다. 나는 이들이 머리를 수술 연습용으로 사용한다는 사실을 알게 되었다. 워크숍은 며칠에 걸쳐 진행되었고, 머리들은 하나씩 나에게 돌아왔다. 마치 살아 있는 몸인 양 외과적 상처가 말끔하게 봉합되어 있었다. 냉각 과정에서 머리가 부패하지 않도록 나는 계속해서 드라이아이스를 넣어야만 했다.

약 1주일 후에 워크숍은 끝이 났고 나는 시신의 머리를 제대로 처리해 달라는 요청을 받았다. 이에 따라 머리들은 검은 상자에 담겼다. 이것들은 유기물을 처리하는 지침에 따라 처리했는데, 지난번 언급한 바와 같이 결국 소각되는 것으로 끝났다. 그런 처리가 비윤리적이라는 생각이 들어 내키지는 않았지만 해야 할 일은 해야만 했다. 나는 시신을 함부로 다루는 느낌이 들지 않도록 머리 하나하나를 조심스럽게 통에 집어넣었다.

첫 번째 워크숍이 열린 지 벌써 15년이 지났지만, 그 이후로 적어도 1년에 한 번은 이런 종류의 워크숍이 열렸다. 그러는 사이 나는 시신의 무표정한 얼굴과 움푹 들어간 두 눈에 익숙해졌다. 반면에 무릎이나 어깨, 팔꿈치 같은 관절에 거리를 두는 것은 처음부터 문제가 없었다. 이들 신체 부위 또한 매우 흥미롭지만 얼굴이 없기 때문이다. 나는 수년에 걸쳐 수백 개의 절단된 신체 표본을 접해 왔다. 하지만 내가 보관해야 할 신체 표본에 두 개의 상반신이 포함되었을 때, 나는 또다시 도전에 직면했다. 이 상반신은 팔이 없는 시신 일부였다.

　아무튼 상반신을 볼 것을 생각만 해도 으스스한 느낌이 들었지만 결국 호기심이 나를 압도했고, 가까운 미래에 이에 대해 더 많은 연구를 해야 할 것 같은 생각도 들었다. 그래서 나는 조심스럽게 첫 번째 시체 가방을 열어 보았다. 세상에, 너무나 무거웠다! 나는 상반신을 자세히 보기 위해 냉장고에서 부검실로 옮겼다. 대리석 흉상을 옮기는 듯했지만 사실은 해동된 상태여서 살결이 느껴졌다. 기분이 상당히 이상했지만 불편진진 않았다. 상반신을 앞에 두고 자세히 살펴보니 그것이 얼마나 미적인 완성도가 높게 잘 관리되었는지, 그리고 도덕적으로도 얼마나 완벽하게 처리되어 있는지 놀랄 지경이었다. 팔이 어깨에서 잘려 나가 있었지만, 상처는 한 방울의 피도 새어 나오지 않도록 잘 봉합되어 있었다. 마치 내가 직접 봉합한 것처럼 말이다. 게다가 복벽의 피부로 시신의 절단 부분을 감싸 봉합한 까닭에 상반신은 전체적으로 깨끗하고 정돈되어 있었다. 나는 감동했다. 시신을 정중하게 다루었음을 보여 주는 증거이기도 했다.

하지만 내가 두 개의 상반신을 넣 놓고 바라보기 위해 꺼낸 것은 아니었다. 내가 할 일은 상반신에서 머리를 잘라 내는 것이었다. 맙소사! 워크숍을 진행한 교수는 추가 연습을 위해 상반신으로부터 분리된 머리가 필요했다.

나는 연장 서랍에서 날카롭게 벼려진 칼들을 찾아내 어떤 톱이 소위 말하는 참수에 가장 적합한지를 곰곰이 생각해 보았다. 작은 톱? 아니면 줄톱? 둘 다 자르는 데 너무 힘이 들것 같았다. 머리 절단용 전기 톱을 사용하는 것이 제일 나아 보였다. 모든 것이 준비되었지만, 긴장한 나는 일단 마음의 소리를 주의 깊게 듣기로 했다. 어떤 느낌이 들까? 혐오와 후회? 흥분? 나중에 악몽을 꿀까? 혹시 이 일을 못 할지도 몰라. 아니야, 나는 할 수 있어. 나는 눈을 부릅뜨고 작업을 시작하기로 했다.

일단 망설임 없이 목을 벤 다음 피부와 살, 근육과 힘줄을 잘라서 목등뼈까지 도달했다. 거기까지는 괜찮았다. 하지만 톱이 거기서 제대로 들지 않았다. 목등뼈가 상당히 얇은 데도 불구하고 톱이 더 작았다. 하지만 해결책을 찾는 것은 그리 오래 걸리지 않았다. 부검할 때 척추에 붙은 피부를 벗기는 데 쓰는 크고 날카로운 끌이 있는데 그것을 사용하면 될 터였다. 잠깐 내면의 소리를 들은 다음(괜찮아, 잘될 거야) 끌을 집어 들었다. 강하게 세 번을 내리치자 뼈는 부서졌고 머리가 몸통에서 분리되었다. 아무런 느낌도 없었으므로 내친김에 두 번째 몸통에서 머리를 분리하는 일까지 한 번에 해치웠다. 그리고는 끝이었다.

이 작업을 마음속으로 다시 한번 돌아보면서 기본적으로 그것이 부검 준비 작업에 불과하며 다른 작업과 마찬가지로 집중이 필요하다는 결론을 내렸다. 하지만 나로서는 잊을 수 없는 경험이기도 했다.

여담이지만 해동한 지 일주일이 지났는데도, 몸통에서는 여전히 향기로운 비누 냄새가 났다.

이제 이 '무서운 장'에서 진정 흥미로운 부분을 차지하는 기술적 요소에 대해 살펴보려 한다. 신선한 시체 기증자라는 말 뒤에는 자신의 시신을 과학 연구를 위해 기증하는 선량한 사람들이 있기 마련이다. 독일에서는 아직은 급속 냉동 상태로 시신을 보존하는 것이 불가능하다. 이를 위해서는 장례법이 변경되어야 한다. 우리는 부검용 냉동 시신을 미국 회사로부터 공급받는다. 시신 기증을 위해서는 기증자 또는 그 법적 보호자와 시신 기증에 대한 계약서를 써야 한다. 장기 기증 코디네이터는 기증자의 유족과 연락을 담당하는 역할을 한다. 정맥에 주입하는 중독성 약물을 사용하거나, 심한 과체중 또는 저체중이거나, 후천성 면역 결핍 증후군, B형 간염, C형 간염과 같은 전염병을 앓고 있거나, 노숙자이거나, 투옥되었거나, 정신 질환을 앓고 있는 사람일 경우, 자발적으로 기증자가 되고자 해도 거부될 수 있다. 또 만약 시신 기증자이면서 동시에 장기 기증자라면, 장기 기증에 당연히 우선권이 있다. 그 후에 시신은 부검의 재료로 사용될 수 있다. 기증 계약에 대한 금전적 보상은 없지만, 유족은 장례 비용을 부담하지 않아도 된다. 우리가 함께 일하는 회사는 시신의 운반과 화장, 화장된 유골을 유족에게 돌려주는 일을 책임지는데 심지어 해상 장례까지도 가능하다.

사망자의 시신은 먼저 후천성 면역 결핍 증후군, B형 간염, C형 간염 검사를 받는다. 결과가 음성이면 기증에 적합하다는 판정을 받는다. 그다음 영하 30도 안팎에서 급속 냉동되는데 해부 실습을 하는 동안 섭씨 3도 안팎을 유지하는 조건에서 해동 후 최대 7일간 사용할 수 있다.

필요한 시신의 신체 부위에 대한 요청은 연구 및 실습 요청 사항에 따라 달라진다. 유족은 시신의 기증이 연구에 이바지하는 바에 대한 정보를 요청할 수 있다.

그런데 그런 신체 부위가 필요한 사람은 누구일까? 미래에 의사가 되고자 하는 의대생들이 해부학 수업에서 기증된 시신을 대상으로 해부를 연습한다. 또 구급대원들이 흉관 튜브를 삽입하거나 응급조치를 연습하기 위해 시신을 사용하기도 한다. 또한 각종 전문 분야의 외과의들이 외과적 위험을 최소화하기 위해 기증된 시신으로 수술 기법을 연습하기도 한다. 예를 들어 화상 치료 전문 외과의들은 피부 이식술과 상처 치료를 연습한다. 기증된 시신은 또한 수술용 로봇으로 수술을 연습하거나 법의학 및 군사 연구 프로젝트의 목적으로 실험하는 데 이상적이다.

이렇게 급속 냉동된 신체 부위를 요청하는 이들은 시신의 나이와 크기, 몸무게, 성별, 출신지, 사망 원인 및 수술 약력과 같은 관련 정보를 받는다. 하지만 이름은 절대로 노출되지 않는다.

시신 기부와 관련한 문제에서는 윤리적 측면이 매우 중요하다. 따라서 시신과 모든 신체 부위를 정중하게 다루는 것이 가장 중요한 부분으로 여겨진다. 시신을 촬영하는 경우 교육 목적으로만 영상을 보는 게 허락된다. 소셜 미디어에 업로드하는 것은 엄격히 금지되어 있다.

유족들은 일단 부검이 끝나면 더는 시신을 그대로 두어서는 안 된다는 것을 통보받는다. 그 후 기증자의 시신을 적절히 처리하거나 원하면 따로 화장하기도 한다. 어떤 가족은 유골을 받아서 추모식이나 장례식을 치르기도 한다. 우리에게 기증된 시신을 공급하는 회사는 심지어 기증자를 위한 공개 추모 페이지를 온라인에서 운영하는데 유족은 홈페이지에 자비로운 고인의 얼굴과 삶, 애틋한 생전의 일화와 관련한 자료들을 올려놓을 수 있다. 나도 그 페이지에 들어가 본 적이 있는데 매우 감동적이었다.

부검용 시신을 포함한 모든 종류의 시신 기증자들은 의학 발전과 연구뿐만 아니라 의료 전문가의 진지한 실습을 위한 과정에서 중요한 역할을 한다. 이런 점에서 이들은 우리 사회에 매우 가치 있는 존재들이다. 이들로 인해서 의학이 발전하고 많은 사람이 더 오래 더 건강한 삶을 살아갈 수 있는 것이다.

만약 시신 기증자가 되고 싶다면, 내가 기꺼이 연결해 줄 테니 내게 연락하기를 바란다.

17장

어떻게 천사들을
노래하게 만들까?

그리하여 나는 진정한 운명을 찾았다. 바로 병리과의 애도 상담가로서 유족에게 애도 상담을 제공하는 일이다. 물론 여전히 부검을 좋아한다. 특히 베테랑 부검 어시스트로서 먼저 증상을 파악하여 젊은 레지던트 의사들의 진단에 도움을 줄 수 있다는 것이 기뻤다. "유디트, 당신 정말로 셜록이군요!" 고마움을 듬뿍 담아 한 의사가 말했다. 그런데 애도 상담가로서는 초보자였으므로 더 나아지기 위해 최선을 다했다. 이미 여러 가지 전문적 훈련을 받았고 경험도 있었다. 하지만 무엇인가가 더 필요했다. 내 우주를 위해서 최선을 다할 필요가 있었다. 나는 파울로 코엘류^{Paulo Coelho}(인간의 내면을 탐구하고 삶의 본질적 측면을 다루는 소설을 쓰는 브라질의 소설가—옮긴이)의 책에서 많은 영감을 얻었다. 그리고 마침내 깨달았다. 돌봄이야말로 마법의 단어이며 나의 천사를 행복하게 만드는 비법이라는 것을. 타인을 배려하여 솔직하고 진실하게 관심을 보내는 것. 아무것도 기대하지 말고 모든 것을 주는 것. 나는 내 삶에서 감동과 솔직한 공감을 얻고 싶었다. 만약 이 길이 나를 어디로도 이끌지 못한다면 언제든지 원래 하던 일로 돌아가면 된다.

공감은 개인적인 선택이자 실천의 문제다. 나는 내가 아끼는 사람들의 감정과 연결되기 시작했다. 유족은 나와 매우 고통스러운 감정을 공유한다. 그들이 주는 신뢰만으로도 시간과 절대적인 관심을 바칠 수 있다. 이들에게는 희망의 연결고리가 필요하다. 자신의 괴로움이나 분노 혹은 실망을 표출할 수 있어야 한다. 사랑하는 사람의 죽음이 어떠한 감정을 불러일으켰든 그것은 존중받아야만 한다. 그것은 그들의 일부이며 절대 함부로 평가할 것이 아니다. 유족이야말로 특별한 돌봄이 필요한 사람이다. 이들이 무례하고 화난 태도로 나를 대할 때면 나는 짜증을 내곤 했다. 하지만 오늘날 나는 이들이 쓰고 있는 분노라는 가면 뒤에는 두려움과 외로움, 좌절, 혼란, 죄책감, 무력감, 스트레스, 심지어 우울감 같은 감정이 있고 이들의 분노가 나를 향한 것이 아니라는 것을 안다. 그리고 연민은 바로 그것을 깨닫게 하는 힘이다. 유족에게 별다른 할 말이 없을 때 나는 "그렇게 말해 줘서 고마워요"라고 말한다.

만약 유족들이 두려움을 느끼고 있다면 그들과 함께 산책하러 갈 수도 있다. 신선한 공기를 맡는 것이 최고다. 심호흡을 몇 번 하고 물을 마시는 것도 도움이 된다. 사랑하는 사람이 죽는 것을 지켜보는 두려움을 포함하여, 두려움을 느끼는 것은 지극히 인간적인 반응이다. 중요한 것은 지금 당신이 혼자가 아니라는 사실이다.

사람마다 애도의 과정과 기간이 다르겠지만 슬픔이 지속되는 과정에서 당신이 느끼는 것을 때로 글로 적어 내려가거나, 창조적인 활동을 하거나, 위안이 되는 음악을 듣거나, 당신이 신뢰하는 누군가에게 도움을 청하는 것은 때때로 도움이 될 것이다.

내 애도 방식은 다른 사람들과는 달랐다. 연민을 담은 방식은 좋은 평가를 받았다. 사람들의 소망과 신의 축복 속에서 나 또한 감동을 느꼈다. 내가 가진 어둠도 분명 이에 한몫

했을 것이다. 어둠은 나의 스승이었다. 슬픔과 두려움, 외로움은 지옥과도 같은 상처를 안겨 주었지만, 그것들을 겪고 지나오는 동안 나는 부드러워지고 맑아졌다. 그것들이 내 마음을 열었고 유족과 더욱 강하게 연결했다. 심지어 개인적으로 기분이 좋지 않을 때도 나는 애도 상담가로서 훌륭한 태도를 유지하려 애썼다. 그 누구에게도 내 감정을 들키고 싶지 않았기 때문이다. 또한 정서적으로 상처받은 사람들을 돌보는 것은 나 자신의 상처를 치유하는 데도 도움이 되었다. 지금 고통에 빠진 사람에게는 언젠가는 누군가가 그들의 눈과 미소 뒤에 있는 슬픔을 알아볼 것이라고 말해 주고 싶다. 나로서는 위안과 평화를 찾는 사람들에게 애도 상담가로서 사랑과 긍정적 에너지를 주는 것보다 더 보람된 일이 없다. 서로의 세상을 조금 더 밝게 만드는 일이기 때문이다.

연민도 중요하지만 객관성을 유지하는 것도 필요하다. 이는 두 가지 의미에서 일종의 보호막이 된다. 유족들이 사랑하는 이의 죽음을 받아들이도록 도움을 주기 때문이다. 또 내가 침착함을 유지하며 맡은 일을 잘 해내도록 도와주는 역할을 한다. 가령 유가족이 나에게 "그 사람이 정말 죽었나요?"라고 물어 올 때 나는 명료하게 "네, 그렇습니다"라고 대답한다. 이런 경우에 화려한 미사여구는 불필요한 혼란만 안겨 줄 뿐이다. 조문객을 상담할 때 나는 단지 이들을 위로하는 것뿐 아니라 전문가로서 의학적인 상황이나 절차적 문제를 설명해 줌으로써 이들에게 방향을 알려준다.

눈으로 확연하게 볼 수 있는 보호막도 있다. 그것은 바로 나의 근엄한 흰색 가운과 장갑이다. 유족과 함께 고인에게 옷을 입히는 과정에서 나는 유족에게 항상 내가 장갑을 껴도 괜찮겠냐고 묻는다. 당연히 괜찮다고 하지만 정작 유족들은 대체로 장갑을 끼지 않는다.

전문가적인 초연함과 개인적인 공감을 동시에 품고 유족을 대하는 것은 만족스럽고 정당하게 느껴진다. 이 일은 내 삶에 긍정적인 영향을 미쳤고 나는 행복을 느낀다. 다시 말해 연민이 나의 원칙이 되었다. 그때부터는 내 느낌에 마음을 맡기기로 했다. 편하게 마음껏 느끼기로 했다. 그러자 인간관계의 질과 깊이가 눈에 띄게 향상되는 것을 느낄 수 있었다. 공감 속에서 한 사람이 다른 사람과 만나는 것이다. 애도 상담가의 모임에 나가는 것을 좋아하는 것도 그래서다. 위기에 처한 사람을 돕는 일에 종사하는 사람들이 참석하는 심포지엄과 회의는 인정이 넘치고 사랑스러운 사람들로 가득하다. 정말 훌륭한 사람들이다. 이 감정과 공명을 느끼면서 나는 이제 작은 일에서 더 많은 아름다움과 행복을 찾을 수 있다. 나에게 공감이란 하늘이 준 선물이고, 기적을 불러일으키는 자석이며 천사들을 노래하게 만드는 영혼의 소리다.

18장

죽 음 을 사 랑 하 며
계 속 살 아 가 기

친애하는 독자 여러분, 이 장은 이 책에 꼭 필요한 부분이다.
인생이라는 이름의 나의 롤러코스터는 오르락내리락하는
다른 인생 롤러코스터와 하나도 다를 것 없다. 그래서 일이
잘 풀리지 않는 날이면 나는 불평과 징징거림을 입에 달고
살았다. 하지만 남편과 고양이와 함께하는 이 삶, 매일 다른
시신이 도착하는 성스러운 공간이 있는 이 삶을 떠나고 싶지
않다. 이제는 해외 세미나에 참석하거나 강의할 수 있게 되
었고 간호 학교의 중요 인력이 되었다는 것은 참으로 근사
한 일이다. 그동안에는 늘 힘들고 스트레스와 말다툼, 눈물
로 가득 찬 날들이 이어졌다. 그것이 인생이다. 하지만 비 온

다음에는 햇빛이 비친다는 것은 잘 알려진 사실이기도 하다. 때로 우리가 원하는 것보다 더 오래 걸릴 때도 있지만 말이다. 게다가 비는 우리를 성장하게 해 준다(프로일라인 토트의 아름다운 시에 경배를!). 내가 지금까지 직장을 한 번도 바꾸지 않은 것은 바로 그 때문이다. 세상에는 어디에도 완벽한 곳은 없다. 이곳은 내 공간이다. 그 모든 것에도 불구하고 내가 사랑하고 울고 웃는 즐거운 공간이다.

내가 이곳에 정착하게 된 것은 우연이 아니다. 100퍼센트 운명이다. 심지어 나의 천사조차도 학창 시절에 내게 바로 이런 일을 해야 한다고 일러 주었다. 어느 날 영적 세계와의 매개자 역할을 하는 갈색 곱슬머리를 한 키가 큰 여성이 필기장과 연필을 가지고 우리를 찾아왔다. 당시 나와 제일 친한 친구와 나는 신비주의에 빠진 다른 소녀들과 함께 동그랗게 앉아서 무엇인가를 집중해서 바라보고 있었다. 영혼의 세계와 접촉하기 위해 소원을 빈 후에 완벽한 침묵을 유지했다. 분명 거기 있는 모든 이들이 천사의 숨소리를 들을 수 있었을 것이다. 갑자기 팔에 소름이 돋으면서 살갗이 찌릿거리는 느낌이 들었다.

"질문하세요!" 손에 펜을 쥐고 눈을 감은 영매가 말했다.

나는 처음에는 다른 사람들이 먼저 묻도록 가만히 있었다. 하지만 아무도 질문하지 않자 영매는 펜으로 책상을 톡, 톡, 톡 계속 쳤다. 하지만 펜 소리가 더 초조하고 강하게 들릴수록 침묵도 길어졌다. 마침내 나는 내가 궁금한 것을 물어보기로 했다. 수년 동안 나는 게르트루트 할머니가 내 비겁함을 용서하셨을지 걱정해 왔다. 또한 나는 내가 있어야 할 곳이 어디며 내가 선택한 삶이 올바른 것인지도 궁금했다. 영매가 글을 쓰기 시작했다. 그녀는 가만히 앉아서 손만 움직이고 있었다. 방 안에는 오로지 사각사각 연필 소리만이 들려왔다. 바로 다음 순간 내 앞에는 옛날식 독일어로 된 짧은 메시지가 적힌 종이가 놓였다. 아마도 영혼의 세계에 있는 천사에겐 호기심 많은 어린 소녀의 질문에 대답하는 것보다 더 중요한 일이 많을 텐데도 전언을 보낸 것이다. 아무튼, 이제 천사의 말을 인용해 보겠다(멋지지 않은가?).

"더 높은 목표를 설정하렴! 이게 너의 길이란다. 긍정적으로 살며, 긍정적으로 생각하렴. 그렇지 않으면 힘들단다"(이런, 부검 어시스트와 부검에 관한 내용은 아무것도 없었다. 그리고 깊은 뜻을 다 파악하기도 어려웠다).

"그럼 게르트루트 할머니는요?" 나는 눈물을 글썽이며 물었다.

영매는 다음과 같은 글을 써 주었다. "할머니는 알고 계신 단다. 할머니는 너를 사랑해." 진정 훌륭한 영매가 아닌가!

여러분도 눈치챘겠지만 영적 세계는 내 삶에서 핵심적이다. 나는 때때로 삶에서 이곳이 아닌 저곳의 세계를 접한다. 장난꾸러기 영혼들은 나를 놀리기도 하는데 이불을 잡아당기거나 베개를 잡아당기는 식이다. 그리고 밤에는 책꽂이에서 책을 내던지거나 문을 열기도 하고 온실의 블라인드를 잡아당기기도 한다. 가끔은 볼과 머리에 키스하거나 쓰다듬기도 한다. 이는 나를 혼란스럽게 만들지만 동시에 아름다운 경험이기도 하다. 오늘날, 상당한 영적 발전과 성장을 이룬 후에 나는 이 우주 속의 다른 차원을 한 번씩 경험한다. 장난꾸러기 영혼 대신 다른 누군가가 한 번씩 침대 옆에 서서 나를 내려다본다. 나는 그들을 나의 '영적 스승'이라 부른다. 그들은 검은색 머리칼을 가지고 있고 적갈색 망토를 입고 있으며 멘토이자 치료사, 메신저 역할을 한다. 강인한 성격을 가진 보호자, 그들이 처음으로 모습을 드러낸 이후로 나는 그들의 지도와 보호를 받는 듯한 느낌이 들었다. 내가 깊은 슬픔에 잠겨 있을 때 이 영혼의 스승 중 열 명이 가끔 내 머리

말에 나타나곤 한다. 그리곤 마치 병원의 수술팀이 그러하듯 이들은 나를 둘러싸고 의논을 한다. 하지만 한 번도 이들에 게서 위협을 느낀 적은 없다.

혹시 내가 나의 수호천사인 오데온을 언급한 적이 있는 가? 그가 없었다면 난 지금쯤 천국에서 연어를 맘껏 먹고 있을 것이다. 수많은 디스코 파티의 밤을 지내고 완전히 지친 채, 이른 아침에 나는 차를 몰아 집으로 돌아오곤 했다. 그때 마다 운전 중 깜박 졸다가 도랑에 빠지거나 가드레일을 박을 뻔한 적이 한두 번이 아니었다. 만약 오데온이 나를 주시하지 않았더라면 분명 사고를 면하지 못했을 것이다. 언젠가 한번은 거의 충돌 직전에 정신이 들어 운전대를 아슬아슬하게 돌릴 수 있었다. 그 일이 있은 직후 백미러에서 언뜻 나의 천사 오데온을 보았다. 그는 하얀 날개를 늘어뜨리고 피곤한 모습으로 뒷좌석에 앉아 있었다. 나로 인해 오데온은 힘든 시절을 보내야 했지만, 이제는 좀 더 신중해진 나를 한결 느긋하게 지켜볼 수 있을 것이다.

누군가가 나를 보호하고, 인도하고, 지킨다고 생각하면 스스로 강해지는 느낌이 들고 행복해진다. 난 평생 몽상가로 살아왔다. 그래도 상관없다. 회의론자와 과학자 그리고 합리

주의자에 의해 삶의 신비가 벗겨지는 것도 전혀 원하지 않는다. "나는 나만의 우주에서 살아요. 그것도 괜찮아요. 저 위에서는 나를 알아보시거든요." 나는 항상 이렇게 말한다. 매일 나는 죽음 앞에서 살아간다. 또 항상 내 옆에 20여 구의 시신들이 놓여 있다. 20개의 운명. 어떤 운명은 더 빠르게 삶을 벗어던지고 어떤 운명은 덜 빠르게 삶을 마감한다. 나는 지상에 있는 동안은 멋진 시간을 보내고 싶다. 그러니 사람들이 나를 어떻게 생각하는지를 걱정할 시간이 그리 많지 않다. 매일 아침 일어나 죽은 자를 보살피고 사랑하는 사람을 돌보면서 최선을 다해 의무를 다할 뿐이다. 나는 낮 동안 그 어떤 시신도 포기하지 않고 하루를 보낼 것을 약속한다. 어둠 속에서 헤매는 누군가에게 내가 빛이 될 수도 있기 때문이다. 만약 유족들이 사랑하는 고인을 내 손에 편하게 맡길 수 있다고 생각한다면 나는 그것만으로도 축복받은 사람이다.

그렇다. 죽음과 함께 사는 삶을 살면서 나는 더 나은 사람이 되었다. 항상 죽음을 염두에 두는 삶을 살지 않았다면 지금 내가 알고 있는 이 모든 것을 과연 깨달을 수 있었을까? 절대 그렇지 않았을 것이다. 게다가 생각지도 못했던 큰 꿈도 실현되지 않았는가! 아마 언젠가는 반짝이 드레스를 입고 어딘가에서 사랑의 노래를 부르는 날이 올지도 모른다. 어쨌든 인생은 항상 나에게 금가루 한 줌을 뿌리는 신비를 베푼다. 그리고 내가 세상을 떠나는, 어쩌면 내일이 될지도 모르는 그날 나는 근사한 영화가 내 눈앞에서 펼쳐지는 것을 보리라. 주저하지 않고 내 길을 걸어왔고 죽는 순간까지 삶의 아름다운 선물들을 많이 발견했으며 그것으로부터 한없이 많은 가르침을 얻었으므로. 또 살면서 나의 쌍둥이 영혼, 영혼의 단짝을 찾았다. 사랑이야말로 지금도 그리고 앞으로도 나의 오아시스로 남을 것이다. 때로 행복처럼 찰나에 불과할지라도 사랑은 희망과도 같다. 그것은 당신의 눈을 멀게 하지도 아프게 하지도 않는다. 진정으로 당신에게 상처를 주는 것은 외로움과 거부이며 누군가를 잃는 것이다. 하지만 이러한 상처를 극복하게 만드는 것이 사랑이다. 누군가를 진심으로 사랑하는 것은 선물이다. 다른 사람이 아니라 당신 자신에게 주는 선물이다.

그래서 이 책을 끝으로 나는 여러분의 삶에 꽃길이 열리길 바란다. 자신의 길을 당당히 걸으며 큰 꿈을 꾸고 기적을 믿기를 바란다. 이 우주는 당신에게 귀를 기울이고 있다. 서로를 돌보고 누군가를 도울 수 있다면 그렇게 하길 바란다. 기뻠과 축복을 느끼길 바란다. 어쩌면 당신이야말로 그 누군가의 기도에 대한 응답이 될 수 있다.

그 무엇보다 춤추며 살아가라! 천국의 천사들과 나중에 만났을 때 서로 무엇을 할지 몰라 어색하지 않도록.

감사의 말

이게 전부다. 나는 진짜 작가처럼 때가 되면 은퇴하고 안개가 가득한 숲을 낀 호숫가 근처의 오두막에서 살고 싶었다. 담요를 두르고 회색빛 물가에서 커피 한잔을 마실 것이다(세상에서 이른 아침에 마시는 따뜻한 커피보다 좋은 게 있을까?). 작가가 된 나의 아침 식사 메뉴는 연어와 프로세코 와인일 것이다. 이런 멋진 곳에서라면 얼마나 더 멋진 책을 쓸 수 있을까? 하지만 지금은 코로나가 사방에서 맹위를 떨치고 아무 데도 갈 수 없으며 그저 병리과에서 죽어라 일만 할 뿐이다. 내겐 고인이 우선이며 그들의 유족이 최우선이다. 게다가 남편도 있고 내가 노트북과 씨름하는 동안 아파트를 어슬렁거리고 있는 장난꾸러기 랄레도 있다. 이 녀석은 가끔 내 키보드에 기대어 졸기도 하고 키보드의 키캡들을 여기저기 파내려 하며 사랑을 갈구한다.

비록 글을 쓰는 동안에 사람이 없는 고요한 장소에 앉아 있지 않더라도 내 마음은 이미 그곳에 있고 기억과 느낌은 그곳에 한껏 묻혀 있다. 나는 고통과 기쁨을 강단에 올려놓고 이제 사람들에게 보여 주려 한다. 이 자리를 빌려 이를 가능하게 해 준 사람들에게 진심으로 감사하고 싶다.

또 엄청난 신뢰를 보내고 개인적으로 발전할 수 있도록 내게 큰 자유를 주었던 나의 첫 번째 상사에게 감사를 전하고 싶다.

무엇보다 내가 가장 좋아하는 장의사들과 사랑하는 동료들에게 감사한다. 당신들이 없었다면 나는 직장에서 참으로 외로웠을 거예요.

이 책을 쓰라고 격려한 소중한 세미나 참석자에게도 감사의 말을 전한다.

그리고 나의 하루를 밝혀 준 모든 사람, 나를 사랑하고 아껴 준 이들, 특히 그 사랑을 돌려주지 못한 사람들에게 진심으로 감사한다. 멋진 토마스 K야, 너의 첫 연애편지 고마워.

넌 정말 용감했어!

친절한 출판사 직원들에게도 감사의 말을 전한다. 지칠 줄 모르는 열정으로 나를 도와주었던 스완제, 당신의 인내와 배려가 넘치는 제안과 아이디어에 감사해요. 미샤와 마르틴도 함께해 줘서 고마워요. 근사한 표지를 만들어 준 그래픽 디자이너에게도 감사의 말을 전한다. 이들 모두가 없었다면 이 책은 존재하지 않았을 것이다.

친애하는 독자 여러분, 어쩌면 우리가 언젠가 마주치는 날이 올지도 모르겠다. 그날이 오면 나는 기꺼이 당신과 인사하고 대화를 나눌 것이다. 그게 부담스럽다면 나에게 다음 주소로 편지를 보내는 건 어떤지? frolleintod@yahoo.com

당신의 친애하는 죽음의 안내자
프로일라인 토트, 유디트 브라우나이스

사랑하는 외할머니, 사랑하는 외할아버지!
두 분이 천국에서 지켜볼 가치가 있는 삶을
내가 살고 있기를 바라요.

천국에도 분명 고양이가 있을 거예요

1판 1쇄 인쇄 2022년 9월 23일
1판 1쇄 발행 2022년 9월 30일

지은이 프로일라인 토트
옮긴이 이덕임
펴낸이 이영혜
펴낸곳 ㈜디자인하우스

책임편집 김선영
디자인 말리북
교정교열 이진아
홍보마케팅 박화인
영업 문상식, 소은주
제작 정현석, 민나영
미디어사업부문장 김은령

출판등록 1977년 8월 19일 제2-208호
주소 서울시 중구 동호로 272
대표전화 02-2275-6151
영업부직통 02-2263-6900
인스타그램 instagram.com/dh_book
홈페이지 designhouse.co.kr

ISBN 978-89-7041-764-6 03830

디자인하우스는 독자 여러분의 소중한 아이디어와 원고 투고를 기다리고 있습니다.
원고가 있는 분은 dhbooks@design.co.kr로 기획 의도와 개요, 연락처 등을 보내 주세요.